U0482873

春风渡红河

林坚毅

春风文艺出版社
·沈阳·

图书在版编目（CIP）数据

春风渡红河 / 林坚毅著 . -- 沈阳 : 春风文艺出版社, 2025. 2. -- ISBN 978-7-5313-6918-9

Ⅰ . I247.5

中国国家版本馆 CIP 数据核字第 20245U8T32 号

春风文艺出版社出版发行
沈阳市和平区十一纬路 25 号　　邮编：110003
成都市兴雅致印务有限责任公司印刷

责任编辑：周珊伊　　责任校对：张华伟
装帧设计：四川悟阅文化传播有限公司　　幅面尺寸：170mm × 240mm
字　　数：206 千字　　印　　张：16
版　　次：2025 年 2 月第 1 版　　印　　次：2025 年 2 月第 1 次
定　　价：68.00 元　　书　　号：ISBN 978-7-5313-6918-9

内容简介

回到阔别四十载的故乡红水河畔，那坎坷曲折的人生旅途使他摒弃了一切不合实际的幻想，决心从头开始，志心农耕，用汗水浇灌家园。数年泥水里的摔打，使他焕发了暮年青春。

事农实非本意，他于是异想天开做起了天文学家的梦。几经碰壁，才悟到自己不是做天文学家的料，便转而研究地球物理，一心要成为地质学家，因此闹出不少笑话。他还屡屡触犯村规民约，得罪一些寨老，被当作精神失常病人送进了精神病院，备受折磨。在病房里，他一改既往所为，卧薪尝胆与世无争，但实则雄心未泯，以静待动。他的精神感动了上天，一位年轻女子竟阴差阳错地爱上了他，变卖首饰赎他出院并双双回家。这才真叫厄运到顶、否极泰来，从此老夫少妻恩爱有加，精心设计充满理想的未来。在寻求富裕路上，夫妻俩曾深山探宝，曾古洞寻珠，也曾河底淘金、悬崖觅药……饱尝人生的风风雨雨，几度忍受大自然的日晒雨淋，遇毒蛇、逢猛兽、碰歹人！为了幸福的生活他们舍生忘死，忍常人所不能忍，无怨无悔，相依为命，直待碰得焦头烂额才实现彻悟，从此男耕女织，种养兼顾，亦农亦商，生活越来越火红，几年后成为红水河畔第一家！夫妻富贵不忘本，以德报怨，带动乡邻共奔富路，把个穷山沟改造成了人间伊甸园。岂知树大招风，得意之中总碰钉，一场飞来横祸，打碎了他的美梦。以为走投无路，岂知又柳暗花明，老夫少妻历尽人生沧桑后，再一次爆出一起惊天动地的大新闻……

目录

▽ CONTENTS

一、耻辱回归

这是发生在红河边的故事。滔滔红水河，千百年来还没有过一回清。故事发生在二十世纪八十年代。

肖峰点燃三根香，插到石碑前。他撮土代酒，奉献给母亲自己心中的思念。四十年人世沧桑，许多往事早经尘封，只有故去的母亲使他不能忘怀。如今到母亲坟前悼念的，只有自己孤零零一个。肖峰微闭双目，努力把跟母亲的往事回忆，却没能回忆多少。他叹一声，只求母亲保佑自己，因为对他来说，人生已经走到了山穷水尽的地步，他思想不出自己今后的路安在。再有两天，便是大年初一。红河谷充满了喜庆的气氛，不时而响的鞭炮声送来了孩童们的喜悦。可这一切，都跟他无缘。肖峰抬眼望去天边一阵，天色阴晦，黑云翻滚，没有风，明显要有一泼雨了。临近年关。别村人家早就喜气盈盈，从农历二十三就开始热闹，杀猪的叫唤声不曾间断，可韦家寨却静悄悄，死一般沉寂。只有村口那株经历数百年沧桑的老木棉，粗犷地展开它光秃秃的枝杈。树身的棘刺早已脱落干净，露出光滑灰黑的树身。树身上，沾满了牛猪搔痒的泥垢。山脚下，红水河滚滚东去，发出混沌的声响。木棉树下，有一个社神庙，不知什么时候已经修葺一新。在肖峰还是光屁股的顽童时，社神庙就已经现出了它久远的斑驳。如今这座神庙，已由往年的黄泥墙变成了青砖瓦舍，跟韦家村的篱笆草房成了鲜明的反衬。庙里住着的那尊土地公公却一点不变，跟肖峰小时候记忆中的一模一样。土地公旁边的土地婆，也是那个老样子。他俩前面的香炉都插满了烟气缭绕的香柱，香灰落满四周。

整整四十年了。肖峰望着眼前的一切，无声地长叹，凄凉、迷惘占据了心胸。他的脚有千斤之沉，艰难地移动着，朝童时熟识的寨上挪步。几乎所有的家都半掩门，一个人也不见。在走向自己家的拐角处的小道上，懒洋洋地卧着一条大黄狗，见肖峰走过，也不抬眼望望。一切都跟四十年前的记忆一模一样，只是变得更古旧了，门扇正中下角的缺口足以钻过去刚才那条大狗。脏兮兮的门扇，熟悉中又隐含陌生。多少年风风雨雨，故乡依然贫穷，外面热火朝天的景象一点也渗透不到这里来，肖峰的心顿感一阵悸痛。他为自己羞愧，想不通在叱咤风云的岁月里为什么自己竟没有替家乡办一件实事，让家乡还这么穷，距外面的世界十万八千里。熟悉的老菜园里，南瓜苗正破土而出；几张在寒风中摇曳的瓜叶上面撒满了厚厚的灶灰。周遭的篱笆稀稀拉拉，篱笆脚满是铁线草、狼尾草，还有老牵牛的枯藤。一看便知许久无人打理了。一畦老菜地里，几棵大白菜有腿根般粗，被稻草扎住菜身，菜的顶端还压有块碎瓦片，外层的老菜叶已干枯变黄，在风中抖瑟。几行摘剩的老芥菜，叶子又宽又大，青墨色的老叶中高高地长了薹心……

肖峰不忍再看下去，他闭紧了眼睛。儿时的往事又浮现眼前，可是自己如今却是老去了。四十年功劳全打了水漂，孑然一身走投无路，带着耻辱回归故里，他不由得又一声长叹。他把肩上的行李袋重重地搁在脚边，这才顿感一身的疲累，而后歪身坐在门首的一个老石礅上。这块石礅伴随他度过了穿开裆裤的童年。如今，石礅依旧，昔日的主人却面目全非。真不料一晃数十载，人生竟是这么艰难。他抹去眼角的泪，挺直身，神情呆滞地张望着熟悉的村子：房屋、小路、牛栏、猪圈、马厩，还有那些坎坎坑坑的土堆，袅袅升起的炊烟……一切如故，跟儿时没有什么两样。原本的茅房，原本的瓦舍仍旧是茅房瓦舍，不同的是变得更加破旧了，房上还长有凋零的野草；树上，笼罩着一派凋敝的气象，没一点生气。

“二十年不见，红河谷，想不到你一点没变。”肖峰一阵叹息，“外面正在发生翻天覆地的变化，红河谷还依然故我。”他抬眼望着周围的山岗、天空，眼帘里还尽是隆冬的晚帷。他又把目光停留在村头通往红河的小路口上的那株酸枣树。这是一株很大很大的酸枣树，也不知道它活了多少年多少代了。而今，树上的黄叶早已枯萎，凋零败落得不剩多少残叶。光秃秃的枝杈上，停歇有三两只老鸦。风很大，一阵阵吹来，不时还有几片黄叶飘地。他不由得回忆起了自己小时候的往事。那时，他们管酸枣叫“鼻涕果”，这是因为一来果汁浓浓的像小孩的脓鼻涕一样，白中带灰，黏涩涩的。二来呢，这种果很酸，才咬破皮就酸得令你鼻涕直流，所以叫鼻涕果。儿时留给肖峰印象最深的，莫过于跟小伙伴们拖着鼻涕在这树下捡鼻涕果了。那时，树下有许多许多的落果，每个人都捡得了许多。他们有的拿到贵州街上卖，卖得一点钱正好买油盐；有的捡回家去给妈酿酸醋。肖峰没有妈，和爹在一起，爹不爱吃酸果，不酿酸醋，也不让他拿去卖。所以，肖峰捡得的果，都给了小伙伴。他时时对他们说："我爹说，有果落树才长。用酸枣树的皮煮汤，用汤洗身，能医水火烫伤，可灵呢！"

回忆是美好的，谁都有自己一段值得炫耀的往事。肖峰把思路带住，强把自己拉回到眼前的现实来。泥巴地上，积有一层厚厚的落叶。此情此景，又使肖峰不禁想到如今自己已经白发上头，暮年将至……老鸦在树梢上"呱呱"地叫，家乡的黑老鸦特别多。这也是肖峰最常听到的鸟叫了。这一切，都使得肖峰原本沉甸甸的心，仿佛又添上一块石头。这时，他的右眼皮忽然一阵抽动。他真是有点想不通，难道还有什么不测待要发生？大风大浪都过来了，哪怕再有什么袭来，也不过如此吧？他慢慢起身，踱步到那株大酸枣树下，回身朝村子张望。一切都这般眼熟，往事就像昨天刚刚逝去一般。酸枣树下，立有一块长方形石头，上面贴有一张红纸。石块前面，插有不计其数的残香。肖峰心说，是村里求神拜佛的地方了。望了一阵，他又转到树的这面来，背靠树身，朝山脚下那滚滚东流的红河眺望。河中，一去一丈许的旋涡，浑浊的波涛，发出"哗啦哗啦"的涛响。这一切，都无不冲击着他的每一个神经细胞。大河的对面是贵州，那一座座连绵起伏的山峦，不知什么时候已经换上了绿装，漫山遍野，尽是碧绿碧绿的芭蕉树，风吹来，就像整座山都在晃动一般。可回首望，自己村寨这边的黄泥坡上，满是荒山野岭。山梁梁间偶尔有几株刺梨，也都没有了叶。一垄垄东歪西倒的芭蕉，早已干枯、断折，这些都预示了寒冬的行将来临。

不管怎么说，毕竟是自己的故乡。是故乡的土地和山水把自己抚养大。故乡啊，如今你的儿子回来了，是蒙着耻辱和内疚回来……回首往事，好像不过是做了一场梦，简直不敢相信会是真的。肖峰叹息良久，才慢慢掏出一支烟来，衔在嘴上，点燃火，深深吸了一口。他的脑子里一刻也没有停止过思索。人生的道路艰难崎岖，人的命运变幻莫测。本来，浮沉乃是常事，可是祸端如此突如其来，现实如此严酷无情，连考虑的余地也不给，前程就这么了结了，实在是令人想不通。痛苦，怨艾，交织在心胸。如今，事情已经无可挽回，追悔、悲痛又有何用呢？眼下，要考虑往后的日子怎么过的问题。怎么跟年迈的老父亲说？已经当了二十多年父亲的肖峰，如今倒是怕见到自己的父亲。所有的事业、理想、信念，顷刻间烟消云散。“三十功名尘与土”，正当事业初有建树，正当在社会上大展雄图，岂知祸起无端，四十年努力付诸东流……

可幸的是年近八十的老爹，虽然经历了七十年人生的风霜雨雪，仍然是耳不聋，眼不花，照样起早贪黑，操劳度日。只是腰背顺乎自然地弓驼些了，也早已谢顶了。一向训子严厉的肖峣老汉，如今连半句责难儿子的话都没有。听罢儿子声泪俱下的陈述，他一直沉默。晚饭很晚了才吃，父子俩端坐在桌旁，谁也没有动一动筷子。

肖峰递一支烟给父亲，老人没有接，抄起水烟筒，“吧嗒吧嗒”两声，试了试水。他摸出一只旧铁盒，启开，斜着提在握着烟筒的手中，撮起一撮黄灿灿的烟丝，抹在烟筒嘴上。肖峰忙点燃一根烟绳递过去，老人默默接过，就轻轻地点烟抽起来。他长长地吸了一口，直到烟筒嘴上的烟丝燃尽，这才把嘴里的烟吞下肚，将嘴角抵住烟筒口，利用气压把烟筒嘴上那撮烟灰轻轻喷出在地，一点水星儿也没有跟着溅出来。而后，他用手掌捂住烟筒嘴，“咕咚咕咚”一阵烟筒水响，吸尽烟筒里的烟，再让烟从口里、鼻孔里长长地喷出。有时，他又是一小口一小口地吸着烟筒里的烟，待到积得一大口才舒舒服服地喷了出来，而后又重新点烟。记得小的时候，肖峰最喜欢闻爹呼出的烟了，那烟里有一股醇醇的、说不出味道的香。所以，每逢爹吸烟时，他都不离开左右，为爹用烟绳点烟。

家乡的习俗，吃饭时不得生气，长辈不得训斥晚辈，再有天大的事也得等到吃过饭再说。晚辈要给长辈装饭，并且必须双手接送饭碗。老父亲没有说肖峰半句，儿子也老了，生活的风霜已经在他的两鬓间显现了沧桑岁月，他不忍再训斥儿子。

“回来也好，给我做帮手。”

“爹，我对不起祖宗，对不起你老人家。”

“说这个做什么？肖家祖祖辈辈，靠泥巴吃饭，以农为业，何况，‘树高万丈，落叶归根’，回来有什么不好？”

“是。”肖峰点点头，从未轻易掉泪的他，听到老父亲这宽容的话，忍不住痛哭流涕。他并非痛惜刚刚失去的，而是因为自己在外面做了二十五年的官，年老的父亲却还未能跟自己享过一天福。当老人正需要有人照料晚年生活的时候，想不到自己却遭了厄运！把老父亲接到省城养老的愿望泡汤了，实在是有负老人的厚望！

“村里生活当然不比你们省城，往后咬牙吃就是了……爹怎么过，你就怎么过呗。还有乡邻，饭总有你一碗的。”

老爹说话时头也不抬，边抽烟边说。在他的心目中，也许不把儿子的回归当一回事。

“是。”肖峰顿首，抹去了泪。他在心中默默地想，是的，不管遭到怎样不幸，都总得要生活下去，既然要活下去，又何必整天愁眉苦脸呢？要活，就得像样地生活着。从今天起，用自己的双手、汗水，去重新开拓一条新的生活道路吧！

入夜，老父亲回房歇了，很快传来均匀的鼻鼾。肖峰长跪地上，朝老父亲睡的房间一动不动地跪着。他在心中默默地忏悔，无数的心里话在胸中滚翻。他两岁丧母，父亲顶星星扛月亮，节衣缩食把他教养大的。他小学在乡里的私塾就读，十二岁到县上读初中，靠的是父亲常常到黄草坝市去卖马草，甚至卖血！肖峰总算没有辜负父亲的期望，十五岁时以优异的成绩考上了省城公费高中，背井离乡到桂林去了，十八岁上大学，二十三岁大学毕业，在一九四九年参加起义，入了党，留在省城工作，从十五岁算起，不在父亲身边已经四十年。谁又能料到，事业上正一帆风顺的时候，竟遭此飞来横祸，带着耻辱回归故里！父亲虽然半句责备的话都没有，可他深知父亲心中的痛苦。父亲越是不责备，他越是惭愧。因此，他一直跪着，怀着对父亲的忏悔，对自己的既往进行深深的反思！黑黝黝的窗外，不时传来几声猫头鹰的叫唤。红河水喧哗的涛声，代替了公共汽车的喇叭声。肖峰也有几十年没有听到熟悉的涛声了，如今听起来，一切都记忆犹新。

第二天，天刚刚朦胧放亮，肖峰就来到了山上母亲的坟前。这是一座荒凉的光头坡，而今已成为乱葬岗。数十座隆起的坟堆，没在了野牛柑的丛中，晨风在光秃的枝杈中呼啸而过，更显得一派凄凉。母亲的坟由一堆半垄半丘的黄土堆成，跟别的坟一模一样，但也有两处不同：一是母亲坟的四周，不长一棵草。自从母亲过世，父亲便不再娶，数十年如一日坚持不懈地给母亲坟前坟后拔草。二是母亲的坟碑比别的坟碑大，是用上好的花岗石雕成的。

二十年前肖峰携儿带女，与妻子一道回来探望父亲并捎带给母亲立碑。那时，肖峰刚从处长晋升为副厅长，衣锦还乡。给母亲立碑那天的情景，至今仍历历在目，永远铭刻在心间。那天，父亲默默地坐于一旁，“吧嗒吧嗒”地只是抽烟，老泪纵横。肖璜当时还在襁褓中，肖琳、肖瑾、肖珏跟爸爸一道哭成了泪人，肖峰不住地呼喊母亲，三个孩子哭叫奶奶，悲伤得连鸟儿都远远地飞去躲了。肖峰亲手为母亲立了碑。这碑石是他在省城请名匠刻就带来的，碑上，是他亲笔的墓志铭。

母亲墓志铭

不孝儿肖峰自幼丧母，由父亲抚养成人。为谋生计而背井离乡，转辗人世二十三年。今才得给母亲立碑，报答慈母生养之恩。

母亲！您的遗骸早不复存在，唯撮一把曾经掩埋过您骨殖的故土葬于碑下。母亲啊，您的音容笑貌何曾给儿留下一丝记忆？唯有襁褓时母亲对儿的深沉之爱，唯有孩儿啼哭时母亲留下的吻，唯有那万般温馨慈祥的母爱，才永远、永远吻印在孩儿心间……母亲！母亲！让孩儿上哪再寻回您的爱？！

孩儿长跪，思念生母！从此一别又天各一方，也不知道到何年何月，才能又重新在母亲身边，重温母亲给孩儿的爱？！

今儿已成人，谨告慰母亲在天之灵：儿孙都好，家人安康，万勿牵挂。

安息吧，母亲！

不孝儿　　肖峰

媳　　容玲

顿首

孙　　肖琳　肖瑾

肖珏　肖璜

一九五九年清明立

抚摸着妻子的名字，泪如雨注。他回想和她曾经数十年的感情，思念夫妻曾经的情谊。肖峰并没有怨天尤人，末了，他顽强地站起来，透过薄雾，向远处的红河眺望。心中暗暗道：一切都重新努力，一切都将从头开始……

"大礼！"肖峰回头，原来是老父亲找上来了。他默然无声地坐在妻子的坟边，习惯地用手在石碑上摸。好一阵，才对儿子道："听说你回来，好多人来看你。"

"谁？"

"都是你小时候的伙伴，现在他们也老了。"

三天后，肖峰对老父亲说："爹，今天起爹就在家歇了，活儿让大礼做。"

"往后再说吧。"老父亲边吸烟边说。

"不，大礼做得。爹辛苦养大大礼，没有跟大礼享过一天福，倒还让爹时时替大礼操心。从今天起，大礼来侍候爹！"

老父亲没有点头，父子二人一齐出了工。

大礼从这天起，把“肖峰”两字隐了，叫起了还是村里顽童时的小名。

说实在的，大礼虽然出身农家，可从来没做过农活，因为爹疼他，从小到大都不让他下田。对大礼来讲，如今所有的农活都得从头学起了，这对已经五十多岁的他来说，那苦楚是难以形容的。开始几天还算有点劲头，可是不久便腰酸腿痛，接着是茶饭无味，睡不着觉。大礼一声不吭，唯有咬紧牙关舍命做，因为这是唯一的出路。到这时，他也才深刻体会到那失去了的是多么珍贵。可是，失去的已经失去了。老话说：已经失去了，不要老是再去怀念它；那捕捉不到的，也不要去苛求它。大礼明白，再苦、再累，也得要如此。或者时间长了，就会习惯吧……他已迫使自己不再有别的念头，死心塌地拼命干，做个迟到的庄稼汉。

毕竟还是让他熬过来了，一年以后，他学会了全部的犁耙播插农活经济，身体也适应了繁重的劳动。他也没有太多的时间去思考那已经逝去的过去，特别是摒弃了所有的不切实际的幻想，开始变得无忧无虑起来。首先是吃得香，而后是睡得甜。他的面色因此渐渐变得红起来，红中透黑，天庭饱满。他过去的那些伙伴都说：“看，大礼又是一副福相了。”大礼听得，真是欲哭无声又笑不起。只是他再也不忧这虑那的，为天灾人祸担惊受怕了。当然，说他没有一点心绪那是假，只不过他思考的不再是工作，而是人生……他唯一改不了的是写日记，日记是他坚持每天必写的，他每天还要看上一个钟头左右的书。有时兴致来了，他还把过去的相册翻出，只不过此时回忆就占据了他的头脑，默默地把往事追味。这时的回味，没有了那种痛苦，还悟得过去竟然那般幼稚、那般可笑、那般轻率，让人觉得脸红。

因为时光的推移，既往的创伤早已愈合。欣赏旧照成了他劳累后的一种精神休憩，他因此反省了过去的四十年，觉得如今才是一个真正生活的人哩，无须说违心话，不再做违心事，堂堂正正做好人，虽然人生倏忽多变，全是不由人，可怎么做人，那是由自己。要是说，过去曾有过叱咤风云的年华，在社会在事业曾有过辉煌建树，那快乐也不是全发自内心，许多还掺有内疚和自责。大礼也不再把今天当作一种失，今天的拥有虽不及昨天的一角，可精神上再不是违心，这怎么不是一件好事？何况人之沉浮荣耻是常事，人生有限不容徘徊往复，一味向前才正经。身处这个变革时期应该是又一次机遇吧。为了自己，当然要贡献牺牲了。大礼已不再以为自己是生活中的弱者，虽遭流箭伤背，现在想来也已一笑而过。大礼的孩子个个都不负父望，大的三个先后走上社会，小的那个也进了大学。自食其力创造作为是不消说了，那还有什么牵肠挂肚的？田园生活自有乐趣，不在其间走，谁解其间味？收工回来，他都先要在红河里打个滚，洗去一天泥垢和疲劳。吃罢晚饭，把凉席扛到酸枣树下，捧一个小烟筒，听涛声，聆鸟语，观晚霞，哼哼两句西部准调，比神仙还快乐几分。寨上人都说，大礼比初来那阵年轻了二十岁。

大礼清楚记得，退出政治舞台那时，曾发自内心地给每个孩子都留下了这样的嘱咐：官场险恶，切莫涉及。安于事业，做出成果。

很快，又两年过去了。大礼已经成了红河畔一个体格魁梧的农民，原本的大腹便便已经消失，两只脚底板尽是厚茧，赤脚行走如飞。从内里到外表，他已经是个货真价实的农伯，跟过去的伙伴完全同化了。他儿时的伙伴们都直呼他的小名，绝少再有人叫他肖峰。总之，在红河村，他成了大礼哥、阿礼、老叔、大伯爷、公爹。他同时变成了红河上的打鱼能手。

这里的人都不称红河为南盘江，顶多是叫红水河。总之，人们不习惯按地图上那种硬性分段去叫。在红河边长大的，谁都会一身水上功夫。而今红河上下三十公里地势水情，肖峰莫不了如指掌。就是到了那洪水暴涨季节，也不管浪有多高，水有多浊，哪怕从上游漂下几具死尸，肖峰都依然一只小船下水，不满载不归，红河上的鱼也特别鲜肥。

一天傍晚，肖峰饭后到滩边散步，望着那湍湍流水，偶然想起一个奇怪的现象：由于经常潜水打鱼，他发现在红河的底层有一股暖乎乎的水流。这股水并不因节气变更及河水流量的变化而有任何变化，水温少说也有四十摄氏度。是否河底的某一处有温泉汇入或涌出？这都有可能，可是如果是温泉参与，为什么这股水在流经了几十里之后温度仍然保持不变？他曾把这件事跟村里一些打鱼老手讲了，但他们半信半疑。因为水温升高这一段，河床复杂，多暗礁，多旋涡，人们都领教过它的厉害，所以无人敢潜水探究。肖峰算是独一无二的了，冬天里他捕到的鱼总比别人多，说穿了靠的就是这股水中暖流。肖峰又是个喜欢探险的，就下决心想弄清这股暖流的来龙去脉。于是，在悄悄做了几番准备之后，他划动一只竹排先逆流而上。他带上几根医用探温计，事先还结了个小铁网保护，拴上长绳，吊上石块，不时投入水中测试水底暖流。取出探温计后记录下温度、位置、时间，再把得来的数据绘出水温流情图。几天之后，竟然收到一些资料：温水从雷公滩下的河床开始出现，止于天生桥下的河床，全长 27 公里多。

在探测过程中，他还多次潜入水中，发现并非有河底温泉，也不是温水自河底的某个地方涌出，而是在这一段距离里，河底的这股水是自然而然地保持温度的！也许此说不妥，因为水不会自己变暖。若非温泉渗入，若非地下火山余热的渗透，那就只能说是——有某种诸如红外线或者微波所致的物理作用，才使得水温升高的。对于这类知识，肖峰当然是门外汉，但他坚信引起河底水温升高的，一定来自河床的地质构造。他想起过去自己曾经使用过的那种微波炉，它是利用磁控管发出微波而使食物生热。当然，这仅是比喻，实际上就要复杂得多了。从雷公滩到天生桥这段距离，地形很复杂，河面迂回曲折，多急流险滩。但河的方向却是西东流向，呈现两个头尾相衔接的倒“S”形，弯弯曲曲，向东流去。

天生桥早在十年前就被列为国家重点水电工程，现在那里修建了一座大型水力发电站。天生桥原本是个风景秀丽、自然形成的石桥：遥遥相望的两座高耸入云的陡峭大山，以红河为界把黔桂两地分隔开来。所谓天生桥，便是这两座大山之巅各生出一块长方形的扁平巨石，顺乎自然地在半空中相互对接。两块巨石的大小、形状、高低都恰巧相同，远远望去，恰似一座空中天桥，因而得“天生桥”美称。河水在天生桥下，拐了一个弯后，突然河面狭窄，便奔腾怒吼，一泻千里。游人小心翼翼来到天生桥上，才发现这石桥并未完全衔接，南北两块大石板的间隔差不多有一米宽呢。从桥上往下望，已够惊心动魄的了，谁还敢跃过去？据说至今，还没有听说有谁敢走过这天生桥的。现在，这座美丽的天生石桥已经不存在了，空留下了一个美名。

肖峰划着竹排来到天生桥下的河面，并没有被工地那番热火朝天的景象所吸引，他满脑子都在想着为什么这股温水到这里会消失呢。

温水消失的河面上空，天生桥下，广西这面的半山腰里有个天然石洞。贵州那面没有，这是两座遥遥相望的大石山唯一不对称的。听老辈说，那是很久很久以前的事了——那时，山脚下还是一块平展展、水草茂盛的河滩，附近的人们常来这里牧牛。有一次，一个牧童看见从洞口里突然伸出颗牛头！这牛头只有一只角，是长在鼻梁上的。它伸出头时，洞中还冲出了一股热气腾腾的水来。这小孩吓得半死，回来后跟大人讲了。但没有人相信孩子的话，以为小孩耽于幻想，喜欢乱说。又有一次，这牧童似乎发现自己所牧的牛多出了一头，就急忙站在牛背上认真点数，果真多了一头。他想不出多出来的这头牛从何而来，到吆牛回村时那头牛又寂然不见。如此多次，亲眼见的人也就不止他一个，人们才渐渐信了，都说是一头神牛。传说最后演变成这个洞直通东海龙王的水晶宫，是海龙王变成犀牛到人间来巡视的。因此，这个洞就得了个“犀牛洞”的美名。还有人说犀牛洞是陆地通向龙宫的入口，谁有缘进得去，谁就会得许多金银财宝呢。无缘而进去的人都有去无回，因为洞里住着一个吃人的夜叉，也是守卫海底宝藏的煞神——这还有谁敢进去？

传说总归传说，可谁也不敢进里面去。世世代代，也没有人从里面发大财出来。只是这个美丽动人的故事，一代传一代，一直流传到今天。红河两岸的人们，都知道这故事。而今天，恐怕除了小孩，再没人会相信这个神话了。肖峰却另有想法，犀牛露出头角时，不是说有热水冲出吗？这跟红河底发现的暖流有没有什么内在联系？为什么暖流到这里刚好就消失了？肖峰抬头仰望半山腰里那个黑乎乎的犀牛洞，默默沉思。

回家后，肖峰还一直想这个问题。于是，他下决心进洞去看。因慑于传说的威力，他打算秘而不宣，偷偷进洞。在做了一番准备后，他来到天生桥，爬上半山腰，中午十一点四十五分，进了犀牛洞。

洞口不算很高，也不宽，乱石成堆，长满狗尾巴草和滑溜溜的青苔。石壁上，尽是陈旧的蜘蛛网，网上粘有昆虫的空壳、翅子。向内的通道，略呈斜面向下，地表稍潮。肖峰举起一支松树劈成的小火把，身后背着背篓，另一只手拿着一根木棍，谨慎地一步一步向内去。洞越来越宽，不久就进了一处较为宽敞的洞厅，顶上有几柱钟乳，地上是一层厚厚的蝙蝠屎。再继续往前，进到了一个比较狭窄的小洞，地面已经不怎么潮湿，但仍然是倾斜向下，像个无底洞。他心里顿生一种莫名的恐惧，强压下恐惧，继续往前走了一个多小时，实在不敢再往前了。他打算回村里找个帮手，两人结伴再来。于是他把准备作为照明用的松明都留在了洞里，便回到村子。

回到村上，他暗访到有一个天不怕、地不怕的小伙子，乳名叫亚顽的愿意去。肖峰再悄悄做好了探险的物质准备，并带了够两人吃十天的食物，趁一个月亮昏暗的夜晚出发了。这次肖峰还带了钢笔和笔记本，还有一个小指南针，是佩在表链上的。

进洞前，肖峰记下进洞的时间、方位。洞口朝北，也就是说他们将从北往南而去。亚顽拿一把亮晃晃的匕首在手，腰里还挂有他作防身自卫的“武器”，两人一前一后进了洞。这个洞真是深得紧，走了一个多钟头，才来到肖峰放松明的地方，两个人都不免心悸。肖峰很注意洞的走向，他不时看指南针，不时记录方位和距离，并估计深度。这洞弯弯曲曲，倾斜向下，似乎又有往回拐的感觉。他用指南针测了方位，果然是正在往回走。洞内虽然时有上下，但以斜形向下为主。走了一个多钟头后，方向又改为往西而去了。此时，地面很干燥，两个人同时感到空气相当燥热。只是松明火把燃得很好，四周静悄悄的连自个儿的心跳都听得到。这时，肖峰发现自己手上戴的日历表不走了，停在了三点零五分刻度上。他摇了摇，表还是不走，忙看阿顽的，奇怪，他的表也停了，指针停在三点零七分上。

“这就不是我们的表有问题了。”肖峰判断说，急忙记下了这个现象，以及发生的方位、距离。

“哥礼，不是表坏，是不是……”亚顽想到了传说中的那个夜叉。但他不敢说出口，只警惕万分地四下张望，握紧匕首，紧张得满头大汗。肖峰没有留意他的神色，他把这视为进洞后的一大收获，心想:“说不定是一种很严重的磁干扰或者磁化现象，空气也这般燥热，不然大罗马表是不会停止走动的！”他估计表停也仅是几分钟前的事情，于是肖峰点燃了计时香。

这一带虽然燥热、干闷，除此之外也无其他不良感觉，说明洞内空气中的含氧量正常。洞总是迂迂回回地向前，一路上也未发现有别的洞口，甚至连一个小洞也不见，也没有发现任何值得留意的地方。洞就是这么弯曲向前而去，更不用说有什么金银财宝了。洞虽然迂回曲折，可他们仍然是朝西而去，并且是越走越平坦了。根据指南针的显示，洞的弯曲是时而向南，时而向北，但仍以向西延伸为主要方向。因见肖峰兴趣极浓，亚顽也只好硬着头皮充好汉，两人又继续走了有七八个钟头，真是又饿又累，实在走不动了，才歇下脚来。不知什么时候，两只表又“嘀嗒嘀嗒”地走了，肖峰计算燃去的香，估计表停走有八个多钟头，两人把表向前拨了八个钟头，现在该是晚上了。

任凭肖峰如何动员，亚顽都死活不愿再往前走了，并闹着要回去。

“哥礼，再走也是一样，这是无底洞！如果有金银珠宝，也是老辈先搬走了，轮不到我们现在才来啦！”

“反正也没有危险，吃的东西又多，再走一段看看吧？”

“你懂前面没有危险？没有根据人家乱说做什么？你不怕夜叉，我怕！前面就是有金山银山，都归你哥礼了，我不稀罕啦！你都有了一帮崽，死也值得，我老顽连丈人的边都还不得沾沾，我要留条命回去讨老婆呢！”

肖峰无奈，只好依他，亚顽听说回去，就也顾不上休息了，非连夜赶回不可。肖峰便用凿子在石壁上刻了“红河村大礼亚顽到此一游。一九八三年四月十九日”两行字，亚顽高兴得合不拢口。两人坐下休息，取出干粮和水来，吃饱喝足，顾不上多休息，就连夜回转了。

肖峰和父亲已经插完了早稻。借着这空闲，肖峰又在两亩多山地种下了中玉米，其中试搞了两分多地的地膜玉米。晚上，他就把两次钻犀牛洞所得的资料取出来，跟红河底那股暖流情况进行分析研究。较令他感兴趣的是手表停了又走，走了又停这件事。当他结合在洞内所走的时间的长短、行走的速度来计算距离，并按照洞内各个走向而绘制成一张犀牛洞概况图时，发觉走向组成的天然石洞，每个“S”弯有十四公里左右。因为在洞内走得很慢，停的时间又多，他计算他们总共在洞里走了六十公里左右。当他把洞的方向开始转向西时的地方画出，把前两个“S”形跟红河河床湿水线流向图相对照，发现竟然是一样的：从雷公滩到天生桥这段长约二十七公里的河面，正好也是两个相连的倒“S”形走向！把水面和洞里的两个“S”一比，恰恰吻合！同样的走向，同样的长度，同样的弯曲！还有，手表停止走动、气候燥热的地方，也就是在这两个倒“S”的范围里，也就是从天生桥到雷公滩的这段水域——不，说穿了，正好是红河出现特殊水温的河段下面！

当然，至此肖峰已经不再认为是一种自然巧合了，应该说是某种具有密切内在联系的地质构造现象。红河底的那股水温，应该是一种特殊地质结构形成的效应，或者说，跟洞内强磁场有直接的关系。手表停走，人感到燥热，水温升高，都好像一种磁控微波干扰现象。

就手头的这些资料也足够肖峰写一篇论文了，但他还想进一步证实，并企图有新的发现，于是在四月底一天的清晨，他带上够十天的吃食、必需的工具，悄悄地独自又进了洞。当来到表针停走的地方时，他认真地观察着石壁，并没有任何异常发现。只是在顶端略靠左方，有个小洞。这是上回进来时没有注意的，肖峰凝思良久，就找来几块石头垫脚，爬了上去。洞口刚好也容得他钻入，像狗一样爬了一段后，就出现了斜坡向下，人也能站起来直立行走了，肖峰的胆子可谓不小，毫无畏惧地举着松明往下走去，脚下坑坑坎坎，无一平坦。个人感觉良好，火把直燃。据此分析，绝不会有危险，他放心了，边走边观察两壁情况，并随时判断走向、距离，不时又在本子上记下来。自从上到这个洞以后，手表便没有了不走的现象，估计方位，大概离开那个“S”形的磁场地段了。肖峰放胆前行，走了大约有四个钟头光景，前面出现了一条淙淙而流的地下河，挡住了去路。肖峰小心地来到河边，警惕地听了一阵，未发现任何异常，这才挽裤脚下水。可是，这河已是洞的尽头，河对岸已经不是路，而是石壁。从指南针的标示上看，这条小河也是由西向东流。河水十分清澈，水也很浅，平均有半尺左右深。只是水温略高，就跟红河里的那股水一样，暖乎乎的，肖峰诧异了。河沙洁白而细小，颗粒均匀，就像北海市白老虎海滩的沙一样。肖峰回到岸上，放下了背上的背篓，才又举着松明轻轻下水。这水静静地流淌，近乎静止。肖峰在河里走了几步，弯下腰去，抓起一把沙来，在掌心观看。沙细且白，颗粒匀称，更无一粒杂色，他不由得称奇了。肖峰一连捧起几把在手心，看罢又扔，扔了又拾新的一把来。蓦地，他在一把细沙中发现有一粒闪泛着金色光芒的黄粒。他小心翼翼地把它拣出来，在火光下端详良久，觉得很像是一粒沙金！他把它放在两颗臼齿之间咬了又咬，未能咬碎。取出看，似乎略扁些了，托在掌心，掂了掂。他压下心头的喜悦，上岸来，从背篓里取出一把小铁锤，把这粒沙金着实地敲打一番，也只能将它敲得略扁，却并不碎。是一粒天然沙金无疑了！如此看来，这条小小的地下河有沙金。肖峰把这粒沙金收藏后，便举着松明，一把一把地捧沙在手，仔细地搜拣起来。不消一个钟头，竟让他又拣出几粒！肖峰喜欢不自尽，决计不再走了，就在河边“安营扎寨”，横下心来淘他几天再说。

他把一应物件都从背篓里取出，放在一旁。腾出一块平整的地面作为休息睡觉用的，吃饱喝足后，把松明支在岸边照亮，脱去衣裤，趴到了水里，仔细地拣寻起沙金来了……就这样，累了，上岸休息，饿了，吃些东西。也不分白天黑夜，节省着些松明火把，转眼就过了三天。总共拣出七百多粒，黄灿灿地闪着金光，攥在手心掂掂，沉沉的有分量！只是肖峰也累得够呛，腰酸背疼，臂肿，特别是光线太暗，两个眼睛都熬红了。也因为在水中连续浸泡，皮肤都变苍白松软。第四天，他便怀揣着沙金回了家。因是个秘密，他谁也不透露。每天晚上，潜心在灯下研究红河水温方面的论文。

一天，刚吃过晚饭，亚颃来找他唠嗑。他给了肖峰一支希尔顿（烟名），笑笑地问道：

“哥礼，几天不见出门，难道你自己又进洞了？”

肖峰平生不会说谎，只得点头应声是，就拿起水烟筒来抽香烟。

“得什么金银财宝了吧？”

“……你猜呢？”肖峰“咕咚咕咚”地抽着烟，用抽烟来掩饰内心的不安。

亚颃没有留意肖峰的神情，哈哈大笑起来，说道：“哥礼，哄我呢！真要有宝贝，也早让老祖宗先捡喽，我们村也不这么穷喽！”

“找到老婆了吗，亚颃？”肖峰喷出一口烟，关心地问他，因为亚颃今年已经三十一了。

亚颃接过肖峰手中的水烟筒，也抽了长长的一口，嘶起嘴来，远远地喷了出去。他不敢回答肖峰的问题，装痴扮傻，把话岔过一边。

“我说哥礼，我敢肯定它是个无底洞！”

“你有什么根据？”肖峰认真地问他。

“你见过有哪个山洞走两天都不到底的？”

“也许，我们再走半天就到底了。”

“怎会！”亚顽说，“往下，往下，回来时爬坡，累得我差点漏屎。说不定，这个洞通到地球的那头喽！”

“你是说，这个洞通到地球的另一面？”

“要不它为什么那么深？你不见我们越走越热？不是说地心是火吗？”

肖峰不喜欢无聊地东拉西扯。亚顽识趣，不一会儿就走了。肖峰颇有兴致地望着他的背影，心想，这家伙的话倒是对，我得一点启迪。如果地球真的从这面有一个洞直通那一面，人要是跌下去，到了那边将会变成什么姿势呢？

肖峰让这个问题吸引住了。他画了几张图，都无法得出结论。这个问题既有趣，又深奥，想必有许多科学道理在其中。晚上收工回来后，他老是想这个问题。后来，连做工也在想，吃饭、睡觉时也都在想。他画了许多图，并提出了一系列假说。

地球是圆的。地心受到的压力最大，物质密度最高，因而地心的吸引最大。

按照牛顿的万有引力定律，由于地心吸力的作用，人无论站在地球表面的哪一点，都将是“头在上，脚在下”的直立姿势和感觉。并且，重心跟地轴是一致的主向。

假设能钻通地球，一个人从北半球直立地跌下去，假设这个人能克服地球内的高温高压，“掉”到了南半球后，他的姿势将会怎么样？是保持在北半球时的“头在上，脚在下”的直立姿势呢，还是颠倒过来，变成“头在下，脚在上”的姿势？他画的第一种图如下：

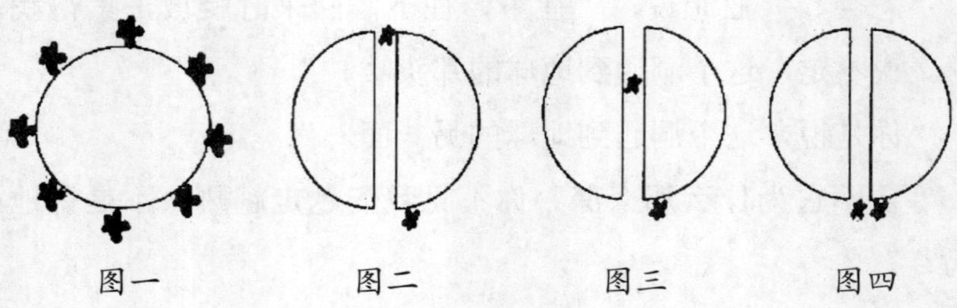

图一　图二　图三　图四

图一是人在地球上的正常姿势，图二是从北半球钻一个经过地心直达南半球的“洞”，图三是一个人从北半球以直立的姿势往南半球“掉”去。他“掉”到南半球后，是不是出现图四的这种姿势？为什么？

肖峰想了好久，都无法找到满意的答案以及合乎逻辑的论据。于是，他写了一封信，给他过去最熟悉的一位大学时代的物理老师，向老师请教这个问题。一个月以后，他收到了回信。这位老师已经是科学家了，他的信非常简短：“假设不成立。因为再发达的科学也不能克服地核的高温高压，所以人类不能钻通地球，因而你的设想不具有科学研究价值。”

肖峰的心凉了。但他并不沮丧，也不灰心。他重新绘了许多假想图，以求找到正确的答案。现在，这个问题的核心是：人穿过地球以后从这面到那面，其感觉以及姿势会怎么样？为什么？他想，这肯定是个复杂的问题，但并不是不能做到，因为，地球既然也是宇宙中的一个物质，它的质量必然是有限的。如今人类对地球的钻探已深达数千米，随着科学的发展，难保将来不会钻得通地球。

肖峰在给自己寻找科学答案中提出了两个假设，即A和B。在A和B两个假设中，A可能得出答案，却远非本世纪所能做到的事情了。B不一定能得出答案，却有望在本世纪内办得到。B假设中涉及偏离地球中心点吸引力的问题，因此不会得出问题的答案。

先说A。

要实现这个假设，至少要具备两个条件：第一，必须有一个方向始终不变的推力，设推力为α，地心吸引力为β。假设α＞β，α必须作用于人的头部顶端，使这个人垂直地往下掉，即把他从北半球经过那个洞往南半球推去。这个人此时所受到的力为α+β。第二，假定这个人能克服地心的高温高压，安全通过洞而到达南半球。

如果具备上述条件了，这个人在抵达南半球后，他的姿势和感觉就跟南半球时的姿势相反。这是因为：

β对于地心以外任何等距点上的质量相同的物体的吸引力相等。或者，换句话说，β永远把地心以外地球上的任何物质都吸引向地球中心点（这也是产生重量的条件）。

距地心越近，受到的β越大，反之则小。

地心点的β最大，但相对于地心两端来说，β为零。

当人往下掉时，身体各部位受到的β是越靠近地心的部位越大。据此规律，他的脚端受β最大，头端受β最小。

由于β的作用，在北半球时的自我感觉是头在上，脚在下，直立地往下跌落。

因为α＞β，这个人在跌落的过程中，在北半球时将因受到

α 的推压而使身体逐渐缩短。缩短的顺序是头端向脚端“缩”进去。这是因为，首先，脚端比头端近地心，脚端受 β 比头端大，因此头端被拉往脚端吸去；其次，α 大于 β，并始终作用于头端，将头端往脚端推压下去。所以，人体变短的过程是头端往脚端缩去。

越接近地心点，人体所受到的 β 越大，因此这个人的体形越接近变圆。

当达到地球核心（中心点）时，相对于南北两端来说，变成圆点的人所受到的 β 为零。

因 α 的作用方向不变，并且 α ＞ β，所以变成圆点的人继续被往南半球推去，当越过地球中心点的以后，因为，第一，先离开地心点边缘的人体圆点的南端所受到的 β 相应比北端弱，而北端因 α 的持续推动，就使圆点的南端部分略微膨出；第二，由于机体细胞（假设不因此变性）的惯性作用，这个人体圆点就逐渐变成长形并开始复原。

因为 α ＞ β，所以人体继续向北推进，但因为越过了地心点后，这个人所受到的力就从原来的 α+β 变成了 α－β。这是因为在越过地心的一刹那间以后，因为 β 的作用，就由在北端时“往下拉”变成了在南端的“往回拉”，把人体吸回地心。只是由于 α ＞ β，所以人才得以继续向南推进。此时，体形已经复原的人由于体位，以及由于 β 的作用，自我感觉就相应变成了“往上升”的直立感觉了。但整个过程仍然是由北往南推进。

此时，α 的作用点已经落在脚端，将人往南端推去。

上升到了南半球的地面时，头部先暴露，最后是脚端。

完成了穿越地球的整个过程，回到了地面上。他的姿势、感觉，跟南半球的完全一样，而跟他自己还在北半球时完全相反。（见图）

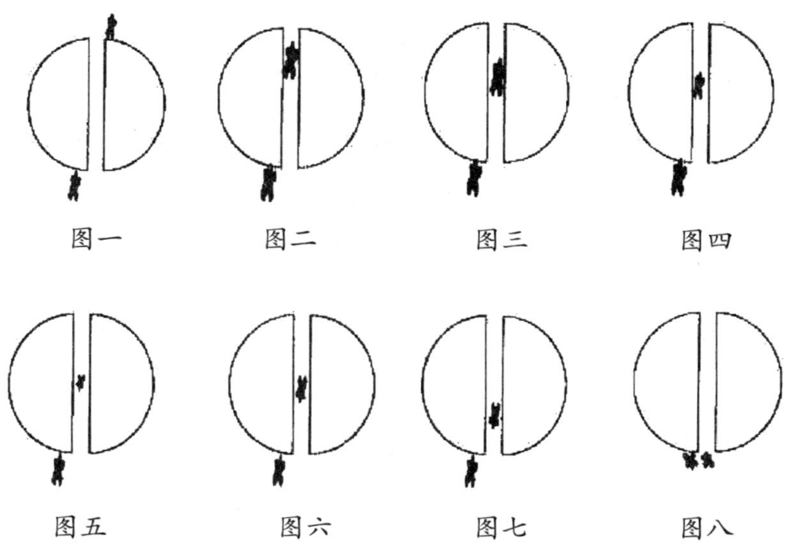

当然，以上只是假设，如果真的这样，这个人在经历了圆点的变化之后，就肯定没命了，因此这个假设并不成立。但这个假设能够比较合理地解答人在穿过地球以后的姿势和感觉的变化过程。

再说B。

假设这个洞不经过地心，而是地球弧面上任意两点间的连线，这倒是完全可以做得到的，因为首先已经不存在高温高压问题，其次是凭现代技术水平，完全可以钻得通。如果这样，这个人从北半球的任意一点掉往南半球的任意一点，最后答案又是怎样呢？实际上，α 并不存在，只有 β。除非事先在这个人身上安装一个推进器，固定地将之从北往南推进，可是，这个推进器安装在什么地方？这个人在经过由北向南推进的过程中，其体位是否呈辐射状的变化，才能完成穿越的整个过程？

肖峰把上述见解整理成一篇探讨性论文，题为《试论穿越地球后人的体位与感觉》，寄给研究所。岂知，半年过去了，如石沉大海。他写了一封信去询问，同时重抄一份寄去，也未见答复。他便写去一封追问信，两个月后，原稿退回，半个字的批语也无。他这才悟及自己人微言轻，不是学者注意的料，何况自己也没有能力从事这方面的实验，只好把论文束之高阁。不久，便忘记了这件事。

二、秘洞淘金

肖峰把在犀牛洞地下河中淘到的沙金取出来，摊开在台上，思忖良久。“拿它我能做什么呢？”他实在想不出，他也不想拿它们去卖。他想到老爹已经八十有三，自己也快六十了，万一到了动弹不得的时候，谁来照料晚年生活？这是一个大问题，他很为将来忧虑。“不管怎样，都得找个伴，共度晚年才是。”肖峰在做了这个选择以后，就跟父亲说了。老父亲一口又一口地抽着烟，喷了一屋的雾。好久，才说道：“你自己认为怎样合适，就怎样做。”

老父亲话不多，却给肖峰鼓舞很大。早在容玲离去后，肖峰也曾有过此念头。只是因为一切都得从头做起，还一时顾不过来。而今已经在新生活的道路上站稳了脚跟，加上容玲没一点回心转意——肖峰深知是自己拖累了容玲，因此对于她的离去半点怨恨也没有——这个事就不宜再拖了。于是，此事成了他心头上的一桩病。

距红河村十五里有一个通往贵州黄草坝市的红河渡口。渡口对面有个小镇叫巴结镇，所以这个渡口被称为巴结渡口。巴结镇是个区级镇，全镇有两千多户居民，属黄草坝市辖镇。在该镇汽车站前面有一家米线摊，摊主是位四十刚出头的寡妇。肖峰早在两年前就和她熟识了，肖峰称她为贵州婆。说是“婆”，或者过了点。但广西人叫惯嘴了，但凡是已婚女子，就不论人家的年岁，只要是贵州籍，统称人家为贵州婆。这贵州婆素有阿庆嫂的品性，也有点“铜壶煮三江”，但很是个实心眼儿，对人颇热情，肯帮助人，说话爱打停顿。肖峰这样的人为什么也能跟她相识呢？是因为往来歇脚、小吃，久而久之就熟悉了。每当肖峰背着土特产品要进黄草坝，过渡后都喜欢上她的小店打坐，等候公共汽车。这女人二十岁上死了丈夫，至今却也不另嫁。身边只得一个叫翠妹的独生女儿，高中毕业后考不上大学，就在她的身边做帮手，芳龄十九。母女俩生活倒也宽绰。

虽是入秋天气，红河边仍然炙热烤人。只是无论白天晚上，秋虫总是凄厉地鸣叫，给人以烦闷、瞌睡的感觉。

肖峰忙罢田里的农活后，趁黄草坝街（方言，集市，此处用作动词，指集市开市）的机会来到了巴结镇，进了贵州婆的米线摊。

“肖老广，来晏喽，车开了唠！”

肖峰把背篓放在脚边，自个儿倒了一碗茶水。望着在灶边忙得一头汗的贵州婆，问道：“生意好唠，老板娘？”

“马马虎虎对付得……肖老广，我刚好想找你帮个忙呢。”说着，她端来一碗米线，放在肖峰面前。热气腾腾的米线上撒满了碎肉、辣子、花生仁、葱丝，香喷扑鼻。

“不客气喽，老板娘，有话尽管说。”

“辣子不够自己加——下街（指集市下一次开市），托你帮弄两千斤干柴。”

“上次涨水那阵，在红河捞的烧光喽？”

“秋雨快到啰，不得有点准备，过完年烧脚毛？”贵州婆大大咧咧，拉过一张凳子，坐到肖峰对面。

肖峰抖了点胡椒粉进碗里，用筷子不住地搅拌，再吹了一阵，就捞着吃了一口。辣椒太辣了，他用筷子把辣椒皮挑出来，放在桌面上拢成了一小堆。

“柴嘛，只要老板娘开金口，五千斤也有。”

“多了没地方堆，怕人偷。你给我找两千斤青冈柴，干的，少不了谢你。”

“下街吧，在对面河，你找车去拉就是。”

“要得！”贵州婆笑笑。在她的一些熟人中，她最信任这位肖老广。这不仅是因为肖峰帮她找过好几回干柴，肖峰进出黄草坝时也曾帮她办过不少杂碎琐事，如捎带买些东西呀什么的，并且肖峰在她米线摊吃米线，熟人归熟人，钱归钱，从来没有白吃过她一碗。因此在她的心目中，肖老广是个说话算数的真男子汉。

“我也想托你帮件事，老板娘。”店里没人时，肖峰对贵州婆说道。

“说吧，什么事？”

“你要是办妥了，两千斤干柴送你，我还另外有谢礼。”肖峰认真地说。

“哟，看样子是个大事喽，我不一定办得呢。”贵州婆看出肖峰真心实意，倒有点拿不定主意起来。相识的几年来，肖峰从没找她帮办过事。

“不，老板娘，凭你的本事，这件事你是完全办得了。”肖峰说，放下筷子，掏出烟来抽。

“好啦，你的事，我尽力而为。”

“烦你给我介绍个对象。”

“嗬，你这话——当真当假？”

“别的玩笑可以开，这种玩笑可开不得啊。老板娘，我是当真。”

贵州婆审视了肖峰一番，认为是确实，想了想，吞吞吐吐说道：“红娘的线可不好牵呢，弄得不好，两头受罪。不过既然是你的事，当然我要帮。肖老广，我可先得了解了解情况。”

“那当然，”肖峰说，“你随便问。”

“你原来的老婆呢？”

“离了。”

“嗯，为什么离？”

“这就不关你的事了，老板娘。”肖峰淡淡地说，“感情不和，这样那样，原因多呢。”

“这倒也是，你今年贵庚？”

“二十二点五公岁。”肖峰破天荒头一次撒了个弥天大谎，绕一个弯，少报了些岁数。这是他老早就有打算了的，过去之所以吃大亏，摔大跟斗，就是因为太过老实的缘故。

“四十五岁……嗯，我看也差不离！”贵州婆望了望他半头的白发，又端详一阵肖峰并不显得老的国字脸，点点头，“肖老广，我说你倒显得过老一点。头发白得太快，脸还老嫩老嫩呢！说吧，你的条件是？”

“当然，老板娘，说句实在话，‘看菜吃饭，量体裁衣’，你就替我物色一个三十左右的，农业户口也可，离过婚与未婚，倒无所谓，只要脾性好，懂体贴，不浪，模样儿也看得过，就行了。”

“这是人之常情——你为什么不在广西找？”

“你也懂得，我们广西人比不得你们贵州人有能耐。”肖峰说，“我想找一个懂做生意的。”

“你这话，说对喽！我们贵州女人就有能耐，可以说哪个女人都会做生意！好吧，肖老广，我先探探风，下街给你回话。”

第二街，肖峰借来马车，帮贵州婆把两千斤上好的青冈柴拉到了她的店门前。贵州婆笑得合不拢嘴，急忙招呼女儿出来搬柴。

翠妹长得十分漂亮。高高的身挑，修长的腿，肤色白皙，体态丰满。两条浓黑美丽的蛾眉衬着一双水灵灵的大眼睛，着实动人。

不一会儿搬罢柴，贵州婆帮着把马拉去歇了。翠妹给肖峰端来一盆洗脸水、一块香皂，水中浸有一条新毛巾。贵州婆回来，端给肖峰一大碗满是碎肉、佐料的米线。肖峰也不客气，大口大口地吃起来。贵州婆把女儿支出去，然后对肖峰说，已经物色到一位了。老公服刑，刚离婚，年二十七，还不曾生育得。她掏出一张照片。肖峰接过，看了一阵。她人长得还漂亮，有着一副典型的贵州女性脸形。

“只是不知道她的品性怎样。”肖峰道，把相片还给了贵州婆。

“呵，为人最温顺了。”贵州婆说，“或者是结婚几年都不怀孕吧？老是受他欺负，怪她。打骂不说啦，他吃喝嫖赌，还参加流氓团伙，拦路抢劫什么都做。所以，你看着要是行，约个时间见面，你们只管互相了解。”

“你把我的话告诉她啦？”

“说了，她说她想懂你为什么离婚。”贵州婆把声音放低，“你看，你们什么时候见见面？”

“下街吧，”肖峰说，“在你这里。”

说罢，肖峰从口袋里取出一百粒沙金，摆到了她的面前。肖峰因为自己手头不宽裕，拿不出多少现钱，况且也不知道这方面的事应该酬谢她多少。留着这沙金也不知何用，干脆就以沙金赠送算了。

贵州婆见是黄金，眼睛睁大了起来，惊喊道：“啊！我的妈，是金子！”

“老板娘，事情要是成了，我再给你这个数的一倍。”肖峰淡淡地说，把桌上的沙金包好，塞在了她的手里。

贵州婆急忙揣进怀里收妥。环顾左右一眼，惊喜地说道：“肖老广，我们一言为定——你的事，包在我身上了！”

翠妹在厨房里摆好了饭菜，进来招呼道：“妈，肖叔，吃饭啦！”

今天是街天，早饭要趁早吃，吃罢饭得要忙上一整天呢。肖峰也不进黄草坝，就在店里帮了她娘俩一天。好不容易，闹闹哄哄的一天过去了，贵州婆攥起一袋钱去了银行。临走，她告诉翠妹弄晚饭菜早些，肖叔要赶回去。

肖峰帮着翠妹把碗筷收拾了。抹桌，扫地之后，翠妹就动手弄饭菜，肖峰洗一大盆碗。

“肖叔，你怎么给我妈那么多金子？”翠妹高挽着袖子，露出一双滚圆的玉臂，接过肖峰递去的一叠碗，轻轻松松地问了一句。

“你看见啦？！”肖峰奇怪地问，望她一眼。

“我妈让我收呢，还说打一对耳环给我。”翠妹天真无邪地笑道，“我问她从哪儿得的，她说是你给的，还说你还有好多好多呢。”

肖峰听了，一时不知怎么答好。翠妹却真情地说：“肖叔叔，你得留意些。我妈贪得很呢，你不该告诉她你还有。”

“其实我也没有多少了——我想我留来也无用场，下次我带来，你拿去打一对耳环吧。”

翠妹望肖峰一眼，露出惊讶的神色，一会儿说道：“我不稀罕，我和我妈不一样。”

“你误会了，我是说心里话。我也没什么要求你帮的，我一个男人，留这点金子也办不了大事。”肖峰知道她误解了，真挚地说道，“我觉得你应该有一对金耳环。我觉得，你们贵州姑娘很讲究衣饰穿戴。贵阳、遵义、安顺我都到过，有哪个贵州姑娘不穿金戴银的？我身边无儿无女，留这点沙金做什么？我绝对没有什么目的，只是留着没有用，就送给你而已。我觉得在今天你的生活里，应该也穿戴更好些才好——当然，你不要就算了，千万不要介意，我绝对没有别的意思。”

“肖叔叔，你误解我的话了。”听了肖峰说的话，翠妹眨巴着大眼睛，“金子这么贵重，我怎么敢乱要你的？”她语音款款地说，“刚才你给我妈那么多，我真还替你感到心疼。”

肖峰泛泛一笑，知道她是一位天真无邪的姑娘。他很喜欢她这副诚实的天性。为了轻松一下情绪，他笑道：“叔叔告诉你吧，翠妹，这些沙金，全是叔叔在无意中得来的。”

“真的？有这事？——我不信！”

“是真的。”

“从哪儿得到的呢？”

“在……我们广西的一个山洞里，洞里有一条河，河里有沙，沙里就有这种沙金。”

“在你们老广那边的山洞？”

“嗯哪，也只我一个，别人还没有发现。”

翠妹不住地眨巴着美丽的大眼睛，沉浸在一阵凝神遐想中。

“也想去捡一点吗？”肖峰跟她开玩笑。

“不。”翠妹摇摇头，收敛了笑容。她认为这不过是个神话，小的时候听得腻了。

“为什么？”肖峰有些奇怪地望她。

“世界上真会有这么便宜的事情——有好多好多的金子在那里，随便让你去捡？这是不可能的事！”她清脆地笑了起来，笑声甜甜的。

“信不信，由你了。”肖峰不笑，掏出烟来抽。

“哪怕是真有其事，我也不去。”她说。

“为什么？”

“不为什么，就是不想去。”

“嘀哈！你们的话我全听见喽！”冷不防贵州婆走了进来，走到肖峰跟前，轻轻问道，“肖老广，你刚才的话当真当假？”

肖峰不作声。他想不到这些话刚好让贵州婆听到，有点不自在。可转念一想，又觉得坦然了，无所谓了，于是对她点头。

“是当真啦？！”

“平白无故，哄小孩家做什么？”肖峰说。

“好！翠妹，乖，跟你肖叔叔走一趟。捡一堆回来，妈打一对金耳环给你！”贵州婆惊喜地按下声音说，“刚才我拿一粒到银行，她们检验过了，真是黄金！”

“我不。”翠妹一脸不高兴，垂下了头。

“嗯？死丫头，为什么？”

“不为什么，就是不想去。”

“任性！”贵州婆换了个声音，满脸的不高兴，“守着这小摊，能富得起？‘马无夜草不肥，人无横财不富’，现成的金子让你捡你不捡！”

“你想捡，你自己去，我不去。”女儿说。

“我要能去，就不求你了。”

“为什么不能去？”翠妹不服气地望着妈妈。

“你不懂‘寡妇门前是非多’，我操劳一辈子，为了哪个？现成的——不捡白不捡！”

肖峰本是无心，如今见她娘俩真斗起来，有些过意不去。想了想，便试探地对翠妹说道：“其实也不很远。如果你高兴，我陪你一趟呗。”

翠妹不顶嘴了，十分不高兴地白了母亲一眼，对肖峰道：“肖叔叔，我是怎么也不大相信的，世界上哪会有这种好事？”

“世界上的好事确实不多见，但不是没有，一半靠运气哩。”肖峰幽默地笑笑。

“都带些什么呢？”翠妹问肖峰。

“你什么也不用带，要带就带眼睛好啦。”

翠妹不理会肖峰的玩笑，认真地说：“黑咕隆咚的，也不带个电筒照路？”

“洞里电筒并不见亮，最好是带松明火把。”肖峰说，“有松明可多带一些，劈细一点。”

拗不过母亲的唆使，女儿只得应允了。并约定明天就动身，肖峰先来这儿接翠妹。

“肖老广！你莫存心哄我！把我翠妹拐去卖，要是她少一根头发丝，老娘我打上你那红河村，烧你老广一窝！”贵州婆认真地警告。

肖峰不屑跟她计较，交代翠妹一些该准备的事，吃罢晚饭就吆着马车回了村。他只跟老父亲说声“明天我进犀牛洞”，就动手准备东西，吃的、燃的，备齐后，装了满满一背篓。

第二天一大早，肖峰就来到巴结渡口，准备过渡，翠妹刚好姗姗下船来，她背上背了一只漂亮的背篓。于是二人沿河边小路，拐弯往犀牛洞走去。两人走了四个多钟头，才来到犀牛洞口。翠妹望着从脚下飘悠悠而过的云朵，望着红河在山脚下奔腾怒吼，不由得啧啧一阵，半步不落地紧跟着肖峰。洞口周围怪石丛生，十分荒凉，吓人。她提心吊胆一阵，轻轻问道：“肖叔，洞很深吗？”

“深呢，往里走怕还有三四十里才到。你怕啦？我说翠妹，现在要改变主意还来得及，你考虑吧。”肖峰见她犹犹豫豫，对她说道。

“我不是这意思，”她轻轻一笑道，“我只是随便问问——我妈说，洞深没有危险，洞浅才可怕呢。有你在，我是不怕。”

“我们警惕些，遇事先不要慌。”肖峰说，点燃两支松明，给了翠妹一支。然后自己在前，翠妹在后，二人进了洞。

进去不到十步，路就开始往下斜。接着，有一股股沉闷的气流，带着燥热从里面向外扑来。这是犀牛洞跟其他溶洞的不同之处，其他洞几乎都有湿气感，犀牛洞却干燥闷热，像火山口一般。

“洞很深，火把必须节省用。你靠近我点，其实路面还是好走的。”肖峰用通常平静的口吻对她说，“听我脚步声，闭着眼睛也可以走呢。”

翠妹笑笑，呸的一口吹熄了手上的松明。

“你怎么熄它啦？”肖峰回头，问她道。

“节约，”翠妹嫣然一笑，“肖叔，你别走得太快。”

肖峰尽量高举着松明，好让她也看见路。两个多钟头后，来到了手表开始停走的地方。肖峰指了指左上方的那个小洞给翠妹看，然后把背篓放下，将松明给了翠妹，自己就先爬了进去。这才回过身来，接住翠妹递上来的背篓，放到远些的地方。再叫翠妹把松明放在了地面上，伸出双手，把翠妹拉上洞来。重新燃上松明子，往里走去。四个多钟头后，来到了那条静静流淌的小河边。翠妹还不觉得什么，肖峰已经喘气了。

“到啦，就是这——先歇一会儿吧！”说着，肖峰就地而坐，连背上的背篓都不及卸下。

翠妹先接过肖峰的背篓，搁在他身旁，自己这才把背篓放下来。光线很暗，四周静得出奇，连水流的声音也没有。翠妹望着脚下的小河一阵，又稍带不安地左顾右盼一会儿，紧张得连大气也不敢出。

肖峰一眼看出她的心理，安慰她道：“你妈说得很是，这么深的洞，除了水，吃的一样都没有，不会有什么猛兽的。”他把自己上回独自在这里留下的松明残渣指给她看，“上回我一个人，在这洞里住几天哩！”

翠妹不好意思地笑了笑，诚实地说道：“尽管这样，总不免也还有点怕的。”

“怕什么呢？”

“我也说不出——这里太静了，我都听得到自己的心跳。怎么这河水流得也不响一点？”

肖峰没有答她的话，掏出一支烟来慢慢地抽。抽罢，他才站起身，把松明递给翠妹，自己挽一挽裤脚就轻轻下了水。翠妹也要跟着下来，肖峰拦住她，要她举着松明在岸上。肖峰走到小河中间，弯下腰去，在河底摸了一阵，抓起一把细沙走回岩边，在火光下搜拣手中的沙石。翠妹提着松明，紧张地为他照亮。四只眼睛都同时搜寻着，可是没有见到沙金。肖峰把沙扔了，重新抓起一把来……就这样，一个钟头很快过去，也不知道总共抓了多少捧了，一粒沙金也没有淘到，肖峰已经腰酸背疼起来。他无奈，就把衣袋里的烟哪、打火机呀都掏出来，放在岸边，就穿着长衣裤趴到了水里，脸几乎贴在水面上。他尽量翻寻最底层的河沙，把手指都抠痛了，才抓得一把上来。滴着水，捧到亮处翻检了一遍，果然在掌心里找到了一粒。

翠妹高兴得跳了起来，接过沙金，放到掌心中。火光下沙金显得光灿灿亮晶晶的，很耀眼。

“可惜太少了，找这么久才得一粒。”她望着衣裳湿漉漉的肖峰，叹息了一阵。

“如果像河沙这么多，就不值钱了。”肖峰说，又从河底捧来一把沙，又找到了一粒。

翠妹兴趣来了，不顾肖峰的劝阻，把松明搁在石头上，高挽起裤脚和衣袖也下了河。奇异的是这河水并不冷，甚至还有暖乎乎的感觉呢。后来，她也淘到了几粒，高兴的劲头简直无法形容。只是松明得经常地添加，拨动，不然火就会熄灭。她耽于幻想地对肖峰笑说："如果能拉得一个电灯来就好了！"

"如果的事情太多了，"肖峰笑说，"只是我也应该带一把小铁铲来，不应该这么手工劳动。"

"你不早说！黄草坝就有小铁铲卖，趁手得很呢！"翠妹道，"你给我妈的那许多沙金，也是这么一粒一粒地拣？"

"不这样又能有什么办法？"

"够辛苦的了！"

就这样，两个人一气淘了有三个多钟头，总共只淘到三十多粒。粒粒都只有碎米般大，黄灿灿的。翠妹是真够受了，她蹲不成蹲，弯腰不成弯腰，直立又不能。三个钟头后，腰酸的她实在支持不了了，肖峰要她上岸，她死活不愿，最后只好两个人都上了岸。休息一阵，吃了东西，精力才算恢复过来。

翠妹取出表来看，已是晚上十点多钟，只因在洞中，明暗不分。肖峰取出烟来抽，他衣裤都湿透了，黏在身上十分难受，坐的地方湿了一摊。翠妹不住地提提袋子里的沙金，充满了幻想。

"肖叔，这些金子都从哪儿流来的呢，怎么颗颗都这么小，为什么不大一点哩？"

肖峰对于她的这些问题无法回答，笑笑道："是呀，不知道它从哪儿流的，可惜太小了点。"

“唉，两个人这么辛苦，才得这么一点！”

“世界上的事就是这样啦，但凡是一样东西多了，就不显得珍贵值钱。”

抽足烟，肖峰又下水了。翠妹也仍同挽裤腿衣袖，半步不离地跟在他的左右。她也学会节约松明了。替肖峰照着亮。这处的沙金真是少得可怜，有时甚至是一连翻了几十捧，都得不到一粒。可苦了翠妹，半躬着身，酸累得她直颤。可她不敢吱声，她不愿让肖峰觉察到自己的累。后来她实在支持不下了，干脆扭身坐到了水里，倒把肖峰吓了一跳！于是，她也是全身上下湿淋淋的。她躺在浅水中，顿感有一股说不出的舒适。

肖峰想说不是，不说也不是，只好笑道：“你呀，累了就上岸歇，怎么也这样？”

翠妹只是默默地笑，水暖乎乎地湿了她的全身，刚才的疲倦已经消失。就这样，两人又淘了几个钟头，真是累得一点也不想动了，肖峰才提议休息。回到放背篓的地方，取出沙金来看，总共也不过五十多粒。虽然这样，也够她欢喜的了。

“你在这里休息吧，尽管放心就是，绝对不会有什么危险。”肖峰抽足了烟说，“等会儿睡觉，莫忘了把湿衣服拧干再睡。”

“你呢，肖叔，你往哪塘（方言，哪里）休息？”

“我过那头，随便躺躺。”肖峰说，就拿了香烟和打火机，点燃一截小松明，慢吞吞地站起来，准备要走。

“唉……我真害怕！”翠妹低声地说。

“你怕什么呢？”

“怎么不怕呢，这么黑咕隆咚！”她说这话时，都快要哭出声来了，只是她极力忍住。

“不怕不怕，你妈不也说过洞深安全吗，我离你并不远，有什么一喊就听到了。”

肖峰说罢，拿着松明，慢慢朝前面走去。翠妹目送着他。不一会儿，他在距翠妹较远的地方停步，翠妹只见一点小小的火光在晃动，根本看不清人。接着，那点火也熄灭了。她顿感一阵紧张。不一会儿，远远地传来他的鼾声，时起时伏，断断续续的，倒也给她壮了些胆。她独自坐着，实在害怕得不得了。点着火又怕暴露目标，熄灭更加害怕，左不是，右也不是。她怕夜叉鬼魅，怕毒蛇猛兽，怕坏人，怕那些莫名其妙的怪物！她原地呆坐了好久。虽然瞌睡得很，但就是不敢合眼。后来她似乎觉得肖峰的鼻鼾音太小声了，四周又黑洞洞的，像有无数的眼睛在盯着她。她实在坐不住了，急忙拎起肖峰的大背篓，背起自己的背篓，提着松明，一手遮住光，轻轻朝肖峰睡的地方走去。

稍近，才见肖峰在地上开手开脚地睡成了个“大”字形。湿了的衣裤已脱下晾在一旁，只穿一条裤衩睡。

“幸好这洞干燥，气温也高，又没有风，不怕着凉的。”翠妹想，就放下背篓，退回来几步。找了块平整的地方，吹熄了松明。立刻，周围一团漆黑。只是因为来到了肖峰旁边，没有了刚才那些怕。她一件件地脱去湿衣裤，拧了又拧，而后摊开在身边晾晒。她很想躺下来睡上一觉的，可是因为怕，加上棱棱角角的地面，她的细皮嫩肉也忍不得疼，只好站立。她强使自己不去想那些可怕的东西，等站得发怵了，便在附近走动走动。可是，终究今天累了一天，再挨不过困倦的袭击，她只好躺在地上，蜷缩一团。可是不久，身上让石头硌得疼痛起来，无奈，找到湿衣裤穿上，才倒头睡去……

肖峰醒来时，见翠妹已经来到身边不远的地方睡，正在酣睡，身上还穿着湿衣裤。他不禁顿生一阵怜悯，想了想，就把自己半干的衣服盖在了她的身上。然后从背篓里翻出些吃的来吃了，喝了几口冷盐水，这才捧起一扎松明，提着一支火把下河。他来到原先那地方，把松明搭在石岸边。如此手工淘金，辛苦劳累姑且不说，主要还是效率不高，对他这样一把年纪的人来说，确实是吃不消了。只是不知道为什么，他感到有一股责任感在驱使自己拼命干。他趴在水中，全神贯注地双手划开上层沙石，尽量捧起河床底层的细沙来，一捧捧地在暗弱的火光下寻金……

不知什么时候，翠妹悄悄来到他的身后。她半挽裤管，露出漂亮的小腿来。

“肖叔真是，起来也不叫一声。”她说着，把两只袖子挽上几挽，露出冰玉般洁白的腕，就要下河。

“别，我看你还是在岸上吧。”肖峰说，拦住了她，因为自己只穿着一条短裤，另一方面也怕她再弄湿衣服，闹出病来就不好了。

“不，我也淘。两个人比一个人快得多。”

就这样，两个人全神贯注地捧沙找金，累了就直直腰，饿了就吃东西。也分不清白天黑夜，唯以肖峰的大罗马手表上的日历为度。一天又很快过去，可淘得的沙金还没有昨天的一半。两人既累又饿，翠妹的衣裤又全湿了。两天来淘到的沙金加在一起，至多只够打一对耳环，翠妹也已经很高兴，肖峰却感到过意不去。

“我们回去吧，翠妹。”上岸时，肖峰对她说。翠妹轻轻摇摇头。肖峰把一块糍粑递给她，她接过，分一半回给肖峰。“翠妹，在家里我还有些，都给你，够打一对耳环了。”

翠妹仍然摇了摇头，坐在那里，一小口一小口地啃着糍粑，“肖叔，你不耐烦了吗？”

“不是，我倒没什么。”肖峰笑了笑，“我只是为你着想。我们进洞都两天了，你妈不知道有多牵念呢！”

“她不想我的，”翠妹笑笑，俏皮地说，“我的两个耳朵都还不发热呢。”

肖峰听她此说，只好无言对她一笑，原本还想说的话，都咽了回去。

“我们明天再淘一天吧，肖叔！”翠妹语声虽轻，却已经含有恳求的成分。

“好吧，最多也只能再淘明天一天了。”肖峰看看表，“夜深了，你也休息吧。”说罢，肖峰提起一支松明，离翠妹远些，找了个地方，熄灭火后，倒头便睡。

翠妹在原来的地方呆坐着，一动也不动。待听到熟悉的鼾声传来，她才把“怕”字儿略微收拢，熄灭了火，把黏在身上的湿衣脱了，拧去水，轻轻铺在石头上，又脱下湿裤，也使劲拧了拧，晾在一旁。虽如此，身上还是黏涩涩的非常难受。她想想，便悄悄摸到河边，周身通洗了一遍。不远处，传来肖峰的阵阵鼾声。翠妹十分感激肖峰，觉得这个人心好，为别人的事也能这样吃苦。洗毕，她又蹑手蹑脚回到原来的地方，轻轻地躺在地上的湿衣裤上。但她仍然睡不着，因为害怕黑暗，害怕这样的地方，何况还有一个男的在附近呢。翠妹耽于幻想，她幻想自己淘到了许多许多的沙金，打得一对金耳环，又打一条金项链，再打一个金戒指！

水分的蒸发带走了热气，她感到身子有一丝凉意。可衣服还晾着，没有干呢。她只好起身蹭着，双臂交叉，抱合在胸前，蜷成一团。后来，手脚麻木了，她又站起来。偶然中手碰到一只背篓，背篓边上搁有件干衣服。她摸了摸，才想起是肖叔的，是他怕自己凉着，不知什么时候拿来盖在自己身上的，如今已经干透。肖叔躺在石头上，着凉了可不好。上了年纪的人着了凉不容易好哩！想到这里，她有点不安起来，就穿上湿衣裤，点燃一支松明，朝肖峰睡的地方走去。走近，才看清肖峰竟赤身仰睡在那里。她不由得一阵脸烫耳热，一口气吹熄了火，扭身跑回来。她兀自站在背篓边，双手捧着发烫的脸，羞答答的，眼前还在晃动着刚才所见的一幕。

不知什么时候，她才迷迷糊糊地躺下，睡熟了。当醒来时，身上又盖有肖峰的那件干上衣，她的面孔霎时烫起来，自个儿凝神细想了一会儿。不远的地方，有一点微弱的亮光，光亮处，有个黑影在水中晃动——不消说，又是肖叔在淘沙金了。翠妹伫立一阵，怔怔地只顾盯住一亮一暗的火光和肖峰的身影，思绪纷飞，少女的羞涩使得她还不敢立刻走近他，她也不敢回想昨晚所见的一幕。可是，肖峰那为了别人的事而吃苦耐劳、不顾艰辛的行为已经深深地感动着她。他的这一切，都是为了别人啊！她站了好一阵，摸摸已经干了的衣服，心头升起一丝敬意。

蓦地，她看见肖峰上岸时，扑倒在地上，好一阵没有爬起来。她“呀”了一声，不顾一切地朝肖峰奔去。原来肖峰不小心滑了一跤，把一边膝盖磕破了，出了血，可两个人一样止血的东西都没有。肖峰慢慢坐起身，埋下头，用嘴不住地吸吮伤处流出的血。翠妹怔怔地在一旁站着，不知怎么做了。一会儿，肖峰抬起头，要她去取来一支烟，因为烟丝可以止血。她很快地把肖峰的外衣拿来。还拿来一包烟以及一个打火机，肖峰先点燃一支烟抽起来，而后把烟灰和着烟丝撒抹在了伤口上，很快止了血。翠妹将自己的手帕拿来替他包扎伤口，然后帮他披上了干衣服。

肖峰把干衣服放在岸上，又下了河。翠妹也尽量捧着河底的沙上来，放在肖峰掌中。肖峰到亮处翻看，淘到一粒，不由得高兴地说道："翠妹，你的手气真好。刚下河，就得了一粒——啊，是两粒呢！"

"哄我！"翠妹靠近来看，果然是两粒金光灿灿的沙金。她的兴头来了，也有了些经验，干得更欢。不一会儿，她自己也淘到了几粒。肖峰也是，几乎捧捧都不落空。两个人就这样，一气便干了几个钟头。当上岸休息吃东西时，翠妹的衣服裤子又全湿了，头发也湿了大半。她湿漉漉地站着，当着肖峰的面，用双手不住地把湿发绞了又绞，绞干了水就随便抖散开来，歪着头随便抛甩一阵，才让它自然地披垂在肩上。

休息了一会儿，两个人便又下河。因这一带沙金多而易淘，他俩把疲乏都忘记了，就这样，很快又过了一天，直到累乏得支持不住了才上岸来，回到放背篓的地方。肖峰实在看不过眼翠妹穿着湿衣裤（地上还滴了一地湿水），便熄了火，用不容违抗的口吻命令她穿上自己那件干衣服。翠妹顺从地把自己的湿衣脱下来，拧去水，放在一旁，穿上肖峰的衣服。然后把长裤也脱了，拧干水，复又穿上。肖峰这才把松明点上。翠妹穿上男人的外衣，显得松松垮垮，两个人不禁捧腹大笑起来。

伤口已不再流血，肖峰把翠妹的手帕解下来，在小河里搓洗一阵，拧干，送还她。

翠妹把两天来所淘到的沙金取出来，放在了手帕上。她认真地数了一遍，有五百四十多粒呢！肖峰把吃的东西拿出来，摆在地上。翠妹像小孩子一般，半跪半坐在自个儿的小腿肚上，看着一小堆黄灿灿的沙金又陷进了遐想中。而后，她让肖峰估计看看有多重。

“肖叔，你估看，有多重？”

肖峰认真掂了一阵，道：“差不多二两呢！”

“是吗？”翠妹接过，自己也掂了掂。

“你需要的，都可以做了。”肖峰替她高兴。

她摊开手帕，把沙金弄平，而后用手指在中间一划，将沙金分成两半。

“我拿一半就够了，”她说，“一半是你的。”

肖峰笑了笑，把沙金拢作一堆，用手帕把沙金包妥后，郑重地给了她。她想说什么，肖峰摆摆手，不让她说，道：“不要说了，不然我会生气的。请拿一支烟给我。”

翠妹从衣袋里取出一包烟，提出一支来，帮肖峰插到了嘴上。而后她拿起打火机，“咔嚓”一声，替他点燃了烟。肖峰深深地吸了一口，吞进去，然后张口一喷，那烟竟成了一个摇摇晃晃向上飘逸的圆圈。他喷一口，又成一个，一连喷几口，就成几个，逗得翠妹咯咯笑个不停，并挥手去追那烟，玩了一会儿才坐下来。肖峰的胸腹长满了黑毛，还有腿和上臂、肘部，也都是密密匝匝的浓毛。他上臂的三角肌肉高高地隆突成一大团肉坨，显示出了他体格的健壮、殷实。这也是三年辛劳的结晶呢，他为此觉得自豪。因为从内里到外表，他已经不是过去的他，而是个战胜自我的人了。

翠妹半跪半坐在他的对面，头都不敢抬。她不住地摆弄糍粑、炸油团、熟鸡蛋，还有腌酸豆角。一支松明火，待熄不熄的。翠妹信手加进了两根松明，把火拨旺。

肖峰一个劲抽烟，以驱除疲劳、困倦和心事，久久不说一句话。光老是一闪一闪的，照着两个人的脸，身影在地上不住晃动。翠妹见肖峰只管抽烟，不由得又笑了。

“抽这么多烟。”她望肖峰一眼。肖峰似没听到她的话，双目炯炯有神的，不知在想些什么。翠妹坐了一阵，悄然起身，往光线照不到的地方走去，在那里脱下了肖峰的衣服，穿上了自己的湿衣，回到肖峰身边，帮肖峰披上了衣服。肖峰这才回过神来，对她歉意地一笑。

“来，吃东西吧，我看你早就饿了。”肖峰道。

翠妹默默一笑，剥了只鸡蛋，递给肖峰。肖峰并不客气，接过就吃。两个人吃饱喝足，肖峰又抽了一支烟。翠妹坐在对面，微闭双目，似在沉思，似很困倦。火光映在她的脸上，白里透红，略促些地呼吸着。肖峰猜想她一定很累了，取过表看一眼，已是深夜一点钟。

“夜深了，你在这里，我过那边。”肖峰说，站了起来。

翠妹一把拖住他的臂，不许他走。“我怕！”她轻声说，噘起了小嘴巴。

肖峰只得复又坐下。“好吧，再陪你一会儿。”他说，“两晚都过来了，还怕什么呢？”

“不懂为什么，今晚我特别地怕。”她低声地说，挪过身来和他并肩而坐。

“你也许是想得太多了。”肖峰笑笑，望她一眼，正遇她直勾勾的目光。肖峰不由得心头一阵跳，但把它按住了。“让我做她的爹都还嫌老呢！”肖峰自嘲地想，不让自己想入非非，“看来她是太怕的缘故，我再陪她一会儿吧……”

一会儿，松明快燃尽了，火焰将熄不熄的。肖峰从背篓里摸出几根松明，要往火焰里添加。翠妹把松明接过去，但她并没有把它加进那火中，任那火自然地渐弯变小，最后跳动两下，熄了。黑暗中，两人默默而坐，谁也不吭声。少顷，肖峰只感到翠妹站了起来，随着一阵响动，猜到她把湿衣裤都脱了，丢到了脚下。而后，她靠近肖峰而坐，轻轻地将头靠在了肖峰的肩上。一缕头发痒痒地刺着他，他闻到了女性特有的体香。肖峰先是一愣，随即明白了是怎么一回事。他再也无法控制自己，一把就将她拉进了自己的怀里。

“翠妹，你想过吗？我——”

翠妹捂住他的嘴，不许他说。于是，肖峰心中的防线便彻底垮了。

等奔跳的心稍许安宁些之后，肖峰摸出一把松明，亮亮地燃了起来。翠妹急忙双手遮挡住眼睛，却又从指缝中偷偷看，低声道：“嗯——不要亮嘛……”

“我喜欢……”

三、地下隧道

在山区，最能体现秋色的并不是落叶，而是风。当风带着闷热扑面而来时，不久就会有雨淅沥而下。“一场秋雨一场寒，十场秋雨要穿棉”，看到了秋雨，离冬天就不远了。

两人在深洞里并不觉怎的，到了洞口外，那风可就大得够呛。翠妹拉紧肖峰的胳膊，不敢放松，更不敢往山脚下的红河望去。肖峰拉着她到一块避风的岩石下，望望天，说道：“这雨，看来晚上才能下得。你自己从沿河这条小路回去，三个多钟头就到渡口了。”

“你呢？”

“我从山腰这条路回家。翠妹，今天起分手后我们就要各奔前程了。我希望你永远把这件事从记忆中抹掉，不然它会妨碍你的生活。”

翠妹并不答话，含情脉脉地望着肖峰，并亲昵地替肖峰整整领子，抹抹扣子，扯扯袖子。那个动作，莫不带有无限的温馨和情谊。肖峰知道她的痴情未消，不由得摇摇头。当然，如果自己再年轻三十岁的话，那就是另外一回事了。想到这里，肖峰双手扶住她的肩，严肃地说：“无论如何，都不要跟人说起这三天的事情，永远忘掉它。”

“怎么能够呢？”她望着他，轻声说。

“不，得要这样，不然会影响你的将来！”

“我把自己都给了你了，倒来说这个话！”她垂下头，有依依不舍之态。

肖峰扶正她的脸，说：“你看我，两鬓花白，满脸皱纹，胡子拉碴，年老气衰，泥巴都埋到半腰了。可你呢，年轻漂亮，正当韶华，往后的日子长呢！我再有几年就得老死埋掉，难道你年纪轻轻就想当寡妇？你就随便找一个嫁，也比我强多呢！好翠妹，昨晚已经很对不起你了，你就从现在起，把我们两个之间的丑事忘记，永远不许再说，永远！”说罢，他把她往前轻轻地推，把她撵走。

翠妹踉踉跄跄地沿下山去的小路跑了。肖峰极力望着她的背影，默默地为她祝福。

两个月后，隆冬来了。田里地里的活儿已经做完，只是跟大伙儿一样，今冬肖峰也不想搞冬种了。村里对这方面似乎也不再怎么强调，只要各家各户完成征购任务，交得上统筹数。

托贵州婆的事也没有成功。肖峰不愿再往贵州婆的店走动，因为他怕碰上翠妹。他也不上黄草坝街了，个中的原委他心中清楚。直到不久前，听说翠妹远嫁安顺市了，肖峰打听得实在，才总算了结了一桩心事。渐渐地，他才又往黄草坝走动，却再不进贵州婆的米线摊了，因为他怕睹物思人。

入冬以后，乡里要兴修一座小型电站，抽农民上工地。虽然没有抽到肖峰，可留下来的劳动力还得义务修复村里的水利。这样又花去将近一个月的时间，才总算熬到了冬闲。

肖峰把那篇关于钻通地球后人体姿势的论文，默默地看了一遍。他长叹一声，放过一边去，提笔写了一篇关于在犀牛洞地下河发现沙金的调查报告，并由此试探着推断整个红河流域地层可能有金矿，建议由国家组织勘探。而后，又试着写了篇题为《红河流域金三角地层金沙初探》的论文，把两篇文章同时寄给地质部。他还把一粒沙金也放进信封内，以资佐证。岂料，一连三个月，寄去的文章又如石沉大海。他便写了一封信去询问，也没有回音。至此，他才想到这些事都不是应该由自己这样的人来做的，恐怕自己是不知天高地厚，自作多情了。于是，他死心塌地，专心务农，不再往旁的胡思乱想。很快，一个冬天就这么过去。

肖峰是个闲不惯的人。春插结束后的一天，他在小学里看到一张《少年报》，上面刊登有儿童天文望远镜出售的消息以及组织观测哈雷彗星回归的简讯，就不由得心动了起来。他想，这倒是一项业余科学研究，自己为什么不去试一试呢？说干就干，他借着进黄草坝赶街的机会，买来不少光学仪器零件，自己动手，土洋结合，做成了一架天文望远镜。这座望远镜的放大系数倒不小，月球上的环形山都能看得很清楚。但肖峰并不满足于只观测月球上的山，他幻想自己能发现几颗新星、飞碟，甚或寻找到宇宙中某种尚不为人所发现的新物质，从中引导出一个科学理论来。于是，他又与有关厂家、商店联系，邮购了不少天文望远镜的零配件，重新组装了一架放大倍数更高的天文望远镜，并将之命名为“红河”天文望远镜。他同时邮购来许多星象图谱和天文学方面的书，进行学习与研究。一天劳作下来，大部分时间都花在这上面了。有时遇到好天气，星辰闪烁，他可以一连几小时不间断地观察，甚或看上一个通宵。他把自己观测到的绘制成许多图，再把这些图跟天文台绘制的星系图进行对照，他把自己重新按星的亮度、位置而编排的星系图都冠以新颖的名称，什么“红河星系”“犀牛星系”“黄金星系”“天桥星系”……由于这样，他找到了太阳系的水星、金星、火星、木星、土星、天王星和海王星，只有冥王星，怎样计算它的轨道和方位，都找不到。

肖峰已经被神秘的天象吸引住了。每天劳作之余，他都泡在“天象”里，星系几乎占据了他的脑际。在他的眼中，往常的繁星满空已经不再杂乱无章，而是一幅美丽、完整的天体图。他看到了赭红色的火星表面，看到了土星的美丽光环。他的精力，大都消耗在了永无休止的天象观测上面。他的望远镜不时要更新，图纸要更新，书籍要买……这些都要钱！带回来的钱早已用光，只好把猪、鸡、蛋等拿去卖掉，以便换回仪器零件。功夫不负有心人，终于让他找到了冥王星！

肖峰并不满足于眼前的所得。因为这些都是跟在别人的屁股后面转，他必须有自己的新发现。太阳系是否还有行星？他知道科学家也正在研究，都在寻找，计算。自己各方面都不如人家，能否在这竞争中获胜？他不敢说。但他并不因为自己的仪器不如人就自卑，要知道许多天文方面的发现，都不是出自精密的科学仪器里呢。肖峰根据太阳系有八大行星，以及哈雷彗星定期回归现象，认为太阳系还有更多的行星。只是，太阳的吸引力真的有这么强吗？为什么哈雷彗星有如此长的周期和轨迹了，也还摆脱不了太阳的束缚？难道单只依靠太阳的吸引力，太阳就能左右这许多的天体在自己的周围运行？有没有别的多维的原因？比方说除了引力以外，还存在别的什么力使得行星老是围绕恒星做轨道运转？行星为什么要围绕太阳作周期运转，并有各自固定的轨迹？难道仅仅是因为太阳对它们具有吸引力，而所有的行星都处在被动的地位？要说是因为太阳运行的话，此种吸引情况就应该是：跟太阳越近，吸引力越强；距太阳越远，吸引力越弱。如果这样的话，距太阳近的行星为什么不被太阳吞进去？距太阳远而质量又大得多的行星，为什么不能脱离太阳的吸引而逃奔自由？或者说围绕太阳做圆周（或椭圆）运动的各大行星都产生一个离心力，这个离心力跟太阳的吸引力等大，所以行星是既跑不掉也落不到太阳上面来。真是这样吗？引力是什么东西，是像中微子、光子一样的微粒，还是别的什么形态？有形还是无形？引力能否阻隔？

肖峰的脑海里，产生了许多问号。随着观测的进一步深入，产生的问题更多。他设想在宇宙中可能还存在某种神秘的“力”，譬如说，相应的排斥力。在他的想象中，这种排斥力任何天体物质都应该固有，不同质量的天体有不同的排斥力。排斥力的强弱跟天体质量成反比。跟两物质的距离成正比，也即是说，两个质量很大的天体排斥力很弱，两个相互间距离很大的天体，排斥力很强。正是这个排斥力，跟吸引力一道共同维系着天体之间的运行关系（这个力不等同于离心力。有圆周运动才有离心力，不做圆周运动则无离心力），或做匀速运动，就如恒星在飞奔，太阳系在飞奔，银河系在飞奔，整个宇宙都在有规律地运动一样。

肖峰根据自己所绘制的星系图提出了许多假设。他根据行星运行规律，认为只有在通常情形下吸引力才相等于排斥力。此种排斥力，说过了不是离心力；根本不同于同极磁相互排斥的排斥力；有作用力便有反作用力，无作用力便无反作用力；排斥力不是反作用力。排斥力跟吸力一样，永恒地存在于一切天体的运动之中，存在于至少两个有相互运动关系的天体之间。斥力在任何情况下都存在于单个物质内部，却又并非在任何情况下都能显示出来。正因为后一个特性，才使人类迄今为止都还不愿意承认斥力的存在及它的巨大作用。斥力又很微弱地出现在强大的吸引力、离心力、反作用力、排斥力、同极磁的排斥力之间。天体中，斥力与吸引力同在，但并不是任何情况下都与引力等大。人造卫星所以经常坠毁或外逸，是因为：第一，它原先有一个大于地球吸引力的推动力；第二，它内部的动力源的作用；第三，围绕地球做圆周运动所产生的离心力的作用；第四，正是以上三种力之和大于和破坏了吸力与斥力的平衡，才使人造卫星不能成为地球的“永恒”卫星。假若克服了这点，使作用于人造卫星的地球吸引力跟相对于两者之间的斥力均衡的时候，人造卫星便可以成为地球永恒的卫星了。那时时都能坠入大气层或地表的陨石，也相似于这个原理。因为天体爆炸时所产生的推力，打破了吸力与斥力的平衡，产生不规则（非圆或椭圆）运动，遇上地球的吸引力，这两种力的和大于斥力，才致使流星往地球上“掉”。斥力并非时时都显现出来，它是相对于吸引力的作用而产生。吸引力强，斥力就弱；反之，则强。

根据以上原理，肖峰认为太阳曾经有过第十颗、第十一颗……行星，但因为排斥力的作用，已经使它们脱离了太阳的吸引力而奔向自由了。据此还可以推测，若干年以后，太阳将还会陆续失掉它现在所拥有的行星，这是一定的。要不是向别的星系“逃逸”，它也会被吸进太阳中去。就是人类居住的地球，也总有一天要跟太阳“脱离关系”！

肖峰回头来检验自己的理论。行星（还有恒星，以及一切）位置的角度，有力地说明了斥力的存在。他认为，偌大的宇宙，所有的天体、物质，大都在做有规则的运动。只不过是，它们运行的轨迹无限大，以至于以人类的能力还根本测不到它们运行的“范围”。因此，宇宙间充满斥力。斥力也像能量一样，可以蕴藏，可以释放，自有其特定规律。在宇宙中，斥力的存在是绝对的，而斥力的释放是靠近单个物质的吸力中心，斥力就相对减弱乃至为零。也可以说，距吸力中心越远，斥力就越大。吸力与斥力成反比关系。但在某方面来说，有多大吸力，就有多大斥力，这是指没有第三种力参与的情况下。此时，吸力与斥力成正比例关系，这是造成物质永恒运动的条件。只有当第三种力加了进来，打破了吸力和斥力的均衡，才产生吸力与斥力的反比关系。斥力是独立的，排斥的。任何一种力都不与斥力同在。因此，以地球为例，才有“万物落地”现象。斥力是宇宙性的，有斥力，才有天体运行。斥力的作用大至一个行星，一个星系，总星系，乃至宇宙。但在地球引力的中心点，斥力等于零。

肖峰把自己的这个理论，命名为相对斥力定律。归纳起来，相对斥力定律就是：天体物质间，存在着相对应于吸引力的排斥力。两种力的相互作用，造成了物质的永恒运动。斥力在宇宙间的存在是绝对的，也相对于吸力而存在，跟天体的质量成反比，跟天体间的距离成正比。一般情况下，吸力与斥力成反比关系，与其他力的和成反比关系。但在没有第三种力干扰的情况下，斥力与吸力成正比关系。斥力隐藏于任何天体物质中，但它释放于总体物质相互作用之间。在个体物质中，斥力为零。

如果说，行星都有其规则的运行轨道，是因为有一个吸引力作用的话，相应而生的排斥力就能使这个运行轨道相对保持不变。整个星系的运动不只是因为引力的作用，还应归结于斥力的作用，才使宇宙物质做永恒的运动。斥力区别离心力的道理很简单：离心力只产生于做圆周或椭圆轨迹运动的相关物质之间，而斥力无所不在。只要有运动，就有斥力。

肖峰兴致勃勃地致力于天体运行研究和对斥力的研究，几乎达到了如痴如醉的地步。他想，也许在本世纪，自己的这个学说将不会被人们所接受，甚或还有被视为异端邪说的可能。只是如此种种，不管怎么样都好，至少没人管得了他“瞎想”吧？

后来，当他在一个书店里偶然看到了并买下了那本康德的《宇宙发展史概论》时，不禁大吃一惊，想不到自己的发现竟然跟两个半世纪前康德的发现是如此吻合！肖峰先是感到一阵沮丧，甚至憎恨起康德来。因为人们只会说他是拾取康德的牙慧，甚至是抄袭、剽窃！谁会说是肖峰也有点天才，所发现的跟康德一样？后来，肖峰把康德的学说做了一番研究后，才找到自己跟康德对斥力性质的理解有着许多不同的地方。首先，康德对斥力的解释是含混不清的，论据也不充分。其次，康德的斥力论也陷入庸俗论，根本没有提到斥力的伟大作用、斥力作用方式、斥力的性能。而且康德对斥力的看法是片面的，他没有挣脱牛顿万有引力的枷锁而使斥力独立出来。肖峰心安理得，因为康德也在拼命找太阳系的其他行星，根本没有认识到其他行星在斥力的作用下，已经脱离了太阳的吸引力飞向茫茫宇宙了！也许，许多亿年以前，太阳系可能有十颗以上行星，甚至二十颗，谁又知道呢？

肖峰用了近十个晚上的时间，写出了一篇论文，叫《相对斥力定律》，又经过三易其稿，洋洋三万言，署上名字，投寄给了科学院。之后，他为自己拟订了准备观测哈雷彗星的周密计划。当然不是在红河边了，他打算到四川去，在那里做系统的观测。可是，必须有一笔钱。去哪儿弄这笔钱呢？肖峰又想到犀牛洞。

“对，干脆再进一次！”在悄悄做了一番准备后，五月二十七日这天清晨，他独自进了犀牛洞。

岂料，他这回进洞所得到的竟跟他原本的意愿相反。来到那条涓涓细流的小河边后，淘了几个钟头，一粒沙金的影子也不见。他换了几个地方，也是一无所得。肖峰沮丧了，他本是已经十分没有信心了的，但不依靠淘金，又能从哪里得钱？只得重新振作精神，边摸边走，又来到了跟翠妹曾到的地方。他记得这一带沙金稍多，于是燃大松明，脱光衣裤，下到了河里……

辛苦的两天两夜过去了，也不过才淘到几十粒，并且都是极细极细的。肖峰不大有心思再淘下去。河水流得很慢，说明河床地势非常平坦。他也回忆起了曾经和翠妹在这里的三天三夜，当时燃松明的残烛还在，旧时的痕迹犹存。肖峰回到“老地方”，怔怔地坐着，睹物思人，闭目回味着那个销魂的时刻。他不由得深深地思念起翠妹，也并不为自己曾经的所为感到任何内疚。他想，内疚什么呢？生活中自己失去的实在太多，要说该内疚的，倒应当是那些造成他不幸的人先感到内疚不安才是。可如今那些人竟心安理得，堂而皇之地自诩正统，公理又何在呢？只是这些都是过去的事了，不值一提了。翠妹是个纯情的姑娘，谁得到她，都将会在生活中得到幸福。肖峰闭上眼睛，恍惚地回想着那一幕，在那旧地方，似乎翠妹还软绵绵地躺在那里。肖峰跪了下去，趴下身，空吻着，并不住地低唤着翠妹！过了好一会儿，饥饿感袭来，他从背篓里取出几只熟蛋，剥去壳就吃了起来。吃好后，他跳进河里，腾翻了好一阵。

沙金是有些，但非常不容易淘，加上手淘也腻了，他决定收拾回家。虽然疲倦，他也不想休息，于是背起背篓，提着松明，慢慢走回来。当又来到手表开始停走的地方时，肖峰站住了，亮着火把，在周围照看一番。可是，在手表停与走的交界处，凭他怎样仔细搜索，也未发现一丝奇异之处。不消说得，一定是地磁的作用了，因为连表带上的小指南针也已经失灵——磁针一动不动地指定南极。因为背篓里的东西还多，肖峰也不打算敲取什么岩样了。他一面观察一面慢慢向前，走了几步，当经过一个拐角时，他发现右边距地面有半人高左右的地方似乎有个洞口，但洞口却让石块阻塞住了。稍不留意，根本看不出是洞，因此过去几次往来经过，才都没有发现。他举着火把观看良久，洞口的石块不是自然填充的，而是有着明显的人工塞砌的痕迹——大石块之间的不平处，有数个小石块垫着。

“谁有闲心，跑这么远来塞这个洞做什么？”肖峰起初这样想，而后很快推翻了自己的这个判断。“决不会这样简单，必定有什么奥秘在里面才这样，我何不……”想到此，他兴趣盎然起来，放下背上的背篓，把松明搁在了一块石头上，拿出铁镐，动手就撬那洞口的石块。很快，外面的石块撬出来了，可洞里仍然塞满了石块，只不过是较为小了些，虽然是一块叠着一块，可也好撬多了。毫无疑义，这一切都是人工所为。肖峰掏了好久，掏出了一个洞，可以容他侧身进去。可是，前面仍然塞满了石块，都是人工塞起来的，整整齐齐。肖峰看此情况，猜想不是现代人所为，于是决心干到底，非要弄个水落石出不可。洞还略为宽敞，只是石头很多。他先把石头卸下，然后回头堆在洞口外。累了，就原地休息；饿了，就吃东西。就这样，一直掏了有六七个钟头，才掏宽这个洞，可也累得实在不想动一动了。他点燃打火机，已经是五月三十日下午三时。这也使肖峰进一步证实了红河水底那股温泉，一定和洞中“S”形弯曲的磁场有关。因为现在所栖身的这个洞，跟“S”形不在一个方位，也就是说离开了“S”的范围，手表便又正常走动了。他决心睡一觉，于是他点燃一炷香，把它牢牢地插进岩石缝里。再取出一根丝线，一端缚上石头，另一端绑在燃着的香的底端，让石头悬吊在半空。这样，当香燃尽，烧断丝线，石头落地，发出响声，就会把他惊醒。

肖峰共睡了燃四根香的时间，才爬起身，吃些东西，而后背上背篓，燃着松明，往洞里走去。走不到十步，洞变得宽敞起来，只是已经再无路可去。这洞是天然形成，空荡荡的什么也没有发现。他感到非常沮丧，而后细细一想，自言自语地说：“是啊，如果不是有点见不得人的东西在里面，谁费这么大的功夫来塞这些石头做什么？”想到这里，肖峰又来了精神，提着松明，仔细地在洞里搜寻起来。他在石壁上认真地检查，不时还用铁镐在石壁上敲打。终于，让他发现有一处石壁似是人工填塞的，只是弥合得非常严密。他取出一把小钢凿，沿着细缝的边凿打一个小洞，“叮叮当当”一阵，凿出了一个口子，可容镐尖进去。他就撬啊撬的，那石块果然松动了，似乎向壁里移去。肖峰想了想，就用镐柄击那石块，果然石块向里挪去。于是他用力猛击，不一会儿石块“轰”的一声，掉进里面，露出一个黑洞口。听那石块落地的声音，他知道里面的洞不深。撬了一块，撬第二第三块就容易了。很快，他弄出个能容得自己钻过去的洞来。他紧张地稍候片刻，见没有什么动静，想来不至于有什么危险，就加亮了火把伸过去一阵，耐心地等候一会儿，依然平安无事。他这才探头进去一望，愣住了——在光的照亮下，洞的下面是一条宽敞、平整的隧道！

肖峰先用绳子把背篓吊下去。估计洞口离地面只有三尺左右，就提着松明跳了下去。站稳脚，举火把四下一照，竟然是一条人工开凿的平整、宽敞的地下隧道！

隧道里，空气干燥，根本没有一点潮湿味或霉臭味，松明也燃得很好，肖峰没有任何不舒服的感觉。脚下，是开凿出来的平整的石头地面，非常光洁。两面是石壁，除了被自己敲出的这个洞外，壁面就全是平整无缝的石壁，还雕有复杂的图案。顶上，是拱形的洞顶。肖峰一手拿火，一手拿镐，向前走了十几步，又回头走了二三十步，发现隧道笔直地向两头伸展而去。他用指南针测了测方位，测得出这条隧道偏南北走向。肖峰沉思一阵，突然想到了著名的美洲地下隧道。美洲地下隧道是迄今为止所发现的古文明的最大奇迹之一，也是一个浩瀚深邃的古代奥秘。如今的这条，应该也是一条古代遗留下来的隧道了（近代人或现代人开它做什么呢？并且也没有听说过有关隧道的事情）。如果这样的话，这应当是一项伟大的发现！肖峰身上的血液都快要沸腾起来了。他想，莫非古隧道是世界性的？全球性的？只是眼下的这条隧道，通向何处？肖峰过去也曾看过某些关于隧道的资料，传说中都认为古隧道里隐匿着无数的金银财宝。他望着脚下的隧道，心想，莫非早已失落的古代印加文明，真的也出现在这里，亚洲，不，中国，不，在红河边，在这里？！古隧道的发现意味着什么，肖峰是非常清楚的。他差不多为自己的发现而疯癫起来，趴到地上，狂吻着，闭紧双目，度过了激情狂澜的时刻。好久，好久，才冷静下来，起身重新燃上了松明。而后拿出日记本和笔，记下了这个伟大的发现。他又仔细查点了食物和松明，估计还够在洞内四天之用（包括返程）。肖峰心中踏实多了，他打算花两天时间，好好观察这条古隧道的情况。因为不管怎么说，它肯定就是我国古代遗留下来的文明遗产了。

肖峰打算先向北走五个钟头，回来后再向南走五个钟头，一边走一边寻找金银财宝藏匿之所。当然，也不需带全部重物了，带足往返 10 个钟头的吃喝和松明即可。于是他把这些东西留在背篓里，其余的取出放地上。看看表，就提着铁镐、火把，雄赳赳向前走去。松明燃得很好，肖峰毫无顾虑地放心前行。令他感到奇异的是，每隔二十步就有一座尖顶拱门，全是大石块凿就。隧道两壁光洁，几乎看不出人工修凿的痕迹。隧道高三米多，横截面呈梯形，笔直坦荡地向前伸展。在石壁的间隔或空缺，都用一种像水泥一样坚硬的物质填充加固。肖峰曾试着用铁镐在上面敲击，都发出悦耳的响声，硬度很高。在这些上面都刻有奇形怪状的图案，找不到一星点文字或类似文字的痕迹。图案很复杂，看久了，还令人眼花缭乱。肖峰无法将这些图案临摹下来。总之，一切都不可思议，一切都令人不解。五个钟头的路，一点拐弯都没有，尽是笔直地向前延伸。前面的路，依然无止境地延伸着。肖峰走了很久停下脚步，长长嘘了一口气。五个钟头的路起码有二十五公里，什么也没有发现。所有的尖顶拱形门都是一样的，就像用模子做出来一般，唯有图案不尽相同而已。

肖峰感到纳闷的是，找不到一丁点文字依据（哪怕象形文字也好）。这地方是不是早在文字发现之前就有了呢？他想，这是古隧道无疑了。没有发现机械开凿的痕迹，更非人工斧劈能做得的。古人是用什么方法开辟出这伟大的工程呢？虽然没有找到财富，这却抵得上不止一座金库的财富啊！

肖峰费了五个钟头回到原来的地方，已经是筋疲力尽。他就地一躺，倒头便睡，并且一觉就是十个钟头。醒来后，点燃松明看表，已经是五月三十一日下午四点多钟。他吃饱喝足，带上必需的东西便继续上路（向南）。向南也是直路，一点弯曲都没有，两壁，尖顶拱门、图案，都与昨天所见没什么两样。走了将近三小时后，脚下出现一块白石头做成的标记，两个雕刻的箭头分别指向左右两方。他举松明一照，原来这里是个十字路口，即左右都各有一个通道，都是宽敞的石头台阶向下而去。肖峰停步，沉思半晌，前方是没有尽头的隧道了，左右这两个入口呢，通到哪里？末了，他先走下左边的石阶。数了数，共有十一级，到了下面，竟是一条隧道，并且跟上面的隧道没有什么两样。方位是向东伸延而去。他没有壮胆向前，走有十来分钟，都是一样的宽、高，一样的尖顶拱门，非常复杂的图案，等等。肖峰转回来，上台阶，回到上面那条原来的隧道，顾不及歇脚就下了右手边的石阶。也是十一级，也是一模一样的隧道。他硬着头皮向前走了五六十步，所见无异。心想，看来古隧道纵横交错，延绵无止是肯定的了。他凑近石壁上的几幅雕刻，一点也看不懂是什么意思，但也照葫芦画瓢，把一些略微简单的图案描在了日记本子，并一气描了十多幅，描毕，他想在石壁的夹缝处凿下些“水泥”样品，可是一镐下去，迸出一缕火花和青烟，极硬，根本敲它不动。肖峰只好打消了取样的念头。他用脚步量了地面的宽度，似有一丈一尺一寸，估计高度为九尺九寸左右。他又用铁镐尖在这里敲敲，那里击击，想找出藏匿金银珠宝的秘密入口，可是什么也没有发现。肖峰翻开笔记本，仔细回忆进犀牛洞以后所经过的路径，估计这条隧道至少比红河河床要低两千六百米。也就是说，隧道比海平面还要低好几百米。据此设想，它是不是跟北美的古隧道相通？它是不是可以说成，沟通地球弧面任意两点的洞？只是这么一来，又得扯到原先的老话题上了。

六月一日中午，肖峰才回到了地面。他站立在曾经跟翠妹告别的石块下边，望着翠妹跑去的小路出了一会儿神。然后回头张望犀牛洞，不禁浮想联翩。神秘的犀牛洞啊，你蕴藏多少奥秘，也存留了我人生途中一点秘密！想不到在我人生旅途中，和你结下了不解之缘……也许，今后不再有机会回到你这儿来了。可我，已经永远忘不了你，神奇的古洞！

老父亲并没有问他这几天去了哪儿里。只是告诉他，他不在的时候，曾经有七个人三次上门来找过。头次两个，后来三个，然后又两个。

“什么人？”肖峰问。

“他们没有说，”老父亲说，“有点贼兮兮。”

肖峰也不再问了。心想，不犯法，不做亏心事，不吃皇粮，不拿俸禄，怕什么半夜鬼敲门？遂不把此事放在心上，他白天在田间，晚上观天象，并抽空余时间整理了一篇《中华古隧道目睹记》，详细地记载了亲眼看见隧道的经过，洋洋万言，还附录了古怪的图案。但他有意将古隧道的入口略去不写，他在离开那洞时，已经把洞口原样封好，不露痕迹。对多余没有放回的石块，他也搬到一些坑中扔了。他也不知道自己此举出自何种原因，只是出于偶然的动机而这么做的，因为这是国家级的机密，是绝不能让他人随便出入的。肖峰把信寄给了科学院，心想，那关于地球的、天体的乃至黄金方面的论文，之所以如泥牛入海，恐怕因为它们都是自己一管之见，未经科学实验所验证，加上自己人微言轻，自然是不会受到青睐了。如今这中华古隧道货真价实，只是没有把它拍照寄去而已。这件可能震撼世界之大事，多少也应该引起关注了吧？自己并非想从这上面谋任何利益，只不过是把实况如实向国家报告，于是他耐心等待。为更好地观测哈雷彗星的第三十次回归，肖峰知道自己得做许多物质方面的准备——当然，主要是经费。田里的事，让老父亲躬身经营了，他自己养了几头猪，几十只鸡。因为今年开春以来他花在田间的精力极少，首先是缺水少肥，加上田间料理不周，他的作物长得青黄不接的，歉收是肯定了。但他已经不把心思放在这上头，为了不缺吃的，他把淘到的沙金都拿到黄草坝卖给了银行，得了三千五百多块钱。他留下两千块准备做路费，以便到四川去观测哈雷彗星，把一千五百块交给了老父亲。而后，一天到晚不是摆弄他的天文望远镜，就是摆弄他那些奇奇怪怪的星系图。田地里的活儿，全扔给年已八十三岁高龄的老父亲。村里的人都看不惯他的作为，开始时一些儿时伴友还劝过他，他不听；后来一些父老也说过他，再后来村干部也找过他谈话，都不能说服他。于是大家都觉得他变了，变得不可捉摸。渐渐地，对他的非议多了起来，人们都疏远他。人们同情老父亲，背地里骂肖峰。肖峰明知，但仍然我行我素，不理会外界的流言蜚语。唯有老父亲，默默地操劳着，从不说他半句。幸喜老人身体康健，田里的事还算做得过来。

一天中午，村里的支书陪了三个人来找肖峰。支书也是肖峰童年时的伙伴，但不知为什么，两人竟形同陌路。这三个人肖峰并不认识，但他也接待了。当官的习惯未去掉。

“请坐。”肖峰给他们四个倒了茶，就掏出烟来抽。他脸上一点表情也没有。

“你就是肖峰？”一个长着白净大脸、英俊的男子问。他摊开了笔录纸，拧开了笔帽。

“我就是肖峰，你们有什么事？”肖峰见他们对自己不尊重，虽然不计较，心里却已经不太高兴。

“我们是‘处遗办’的。来向你调查一些问题，希望你能老实回答。”一个操着不怎么标准的北京话的人，态度有些傲慢地说。

“是审讯吗？”肖峰盯他一眼，问道。

“你是什么意思？”操普通话的人看定肖峰。

大白脸向那人摆一摆头，对肖峰道：“不是审讯，是来调查问题。”

“什么问题？”

“你所知道的。”操普通话的人说。

“要是我不知道，也不愿回答呢？”

“我们想你不会这样的，因为你曾经是个共产党员，当过正厅级干部。”大白脸说。

“还做过省委委员呢！”操普通话的说。

“对不起，我现在什么都不是了，我只是个自食其力的农民，小人物，我惹不起事。我想你们还是另请高明吧，我连自己的事都忘记了，怎么去记得别人的事情？”

“嗯，这么说，你是不想配合我们啦？”大白脸望着肖峰，脸上现出不高兴。

“我不是不想配合，我是对既往的事全都忘记了，请原谅。”

“这样做，对你不利的！”操普通话的道。

肖峰忍了忍，用力吸了一口烟，他用烟来压住心头的愤慨，脸色有些变了。别的他犹可忍，他最忍不下的是盛气凌人，仗势欺人。但他还是克制住了自己，双方没有闹起来。但调查的事情已经不欢而散。

三个人走后，支书埋怨肖峰性急，不该用这样的态度去对待上级派来的人。肖峰取出烟来，给了支书一支，自己也抽一支。肖峰的情绪已经冷静下来，他叹一口气，对支书说道：“照理说，上头派来了解情况的，我应当热情接待。可是你也在场的，他们一无介绍信，我懂他们是什么人？二来嘛，你看那个讲普通话的人的态度，换一个人，早就跟他吵起来了，还算我忍得住！”

过后不久，家里又来两个，也是为“处遗”问题而来。肖峰不想再生事，同时也怕自己记得不确实，冤枉别人，干脆就来了个一问三不知，样样都摇头。

这两件事情很快在村里传开。一些人认为他变了，变得十分古怪，难以捉摸。又见他整天整夜都只顾摆弄他的什么天文仪、天象图，田地都不顾了；时而失踪数天，不知上哪儿去；时而蓬头垢面地回来，鬼不鬼、人不人的，便都认为他疯了，没有人再敢跟他接触。一些人远远见他就立刻避开了，似避瘟疫一般。亚顽还把跟肖峰下犀牛洞的事情添油加醋地公开出来，把他说成一心梦想找到金银财宝的疯子，并有声有色地讲到刻字留念的趣事。于是，村里的人都认定他是疯了，得了精神病。

不久，乡里来了一个五个人的小组，是来了解肖峰的问题的，并带来许多对肖峰不利的证据。第一，写给地质部的信中，夹进一粒碎铜片，欺骗组织，把铜说成黄金；第二，人体姿势与感觉问题，是一种精神妄想症，超出了正常人的思维范畴；第三，斥力问题，是抄袭康德之作，沽名钓誉；第四，中华古隧道之说，乃幻觉，误以为犀牛洞是隧道。

调查组找到了证人亚顽，并跟亚顽进了一次犀牛洞，跟肖峰的文章有天壤之别。然后分别召开村里各种会议，广泛调查了解肖峰近期的反常表现，得出了许多第一手材料。这些材料，足以证实肖峰患的是精神病。

肖峰被工作组传去进行谈话，一个钟头后回来后，他把全部情况都跟老父亲说了。老父亲只是默默地抽着烟，半天也不吭一声。

“爹，调查组认定我疯了，要送医院留医。”

“就是吧，躲过这场灾难，风头太大了。”

“我也这么想，只是我放心不下你。爹，我很对不起你！”

“不要说这个，注意你自己就是了。”

肖峰垂泪了。他不知道为什么厄运总跟自己过不去，都到这种地步了也不肯放过。入夜，待老父亲睡觉后，他一个人来到酸枣树下。月光朦胧，天气燥热，却没有一丝风。红河水在山脚下奔腾怒吼，尽管百转千回，征途崎岖，最后也能流归大海。可自己呢，到头会有怎样的归途？肖峰默默地想着。

忽然，一声炸雷，接着倾盆大雨自天而降。肖峰已经不觉察，雨水、泪水，流淌了一脸。他情不自禁地飞跑到红河边，借着闪电的光，追逐着浪花，冷不防被一块石头绊住脚，猛地一摔，昏迷了过去。

当人们在河滩上发现他时，已经是第二天清晨。医师诊断他患的是虚幻型精神分裂症。一九八五年六月十二日，他被送到了栖凤岭精神病医院。

四、因祸得福

因为肖峰的病情较轻，行为对周围也并不造成危害，仅是间歇性虚幻型精神病，所以在病院里他有较多的自由。对他的治疗，也以暗示疗法为主，药物治疗为辅。跟肖峰同一个病室的，是一位忧郁型精神病患者。两个人的年纪也差不多，只是这老头可以连续睡上三天三夜不吃也不喝。肖峰是个经过大风浪的人，他唯一不放心的是老父亲。所以初进院那阵，时常长吁短叹。

主治医师来查房时，问到他的病况，对他的对答如流深感不解。也许肖峰是他接触到的众多精神病人中的特殊者，根本没有半点虚幻型病症及相应体征。于是医师做了许多试探性交谈，真真假假，假假真真，都无不证明他面前的病人的神志是正常的。他惊讶了。

“你是怎么进院的呢？”主治医师不解地问。

肖峰想一阵，没有答。

“你为什么不申辩自己无病呢？”医师又问。

又是一阵沉默。

“说吧，我并不把你当作一个病号，你不是病号。就算是朋友，或者同志之间的谈话。”

几年了，肖峰第一次听有人称自己为同志，不由得激动起来。但他把激动按下，长叹一声，轻轻道：“医生，在你的病院里，不也有很多人时时声明自己没有病吗，你为什么不放他们出去？”

“他们是真正的病号。”

“我在一些医生眼里，也是真正的病号。”

“你就打算在这里住了？我是说，你就承认自己有病，住下来了？”

“……是的。”肖峰面色平淡，认真回答。

“我看你不像个农民。”医师说。

肖峰向他伸出长满茧子的手。

“对，你手上的茧子是新的。”他说，“农民手上是一层厚厚的茧子。”肖峰嘘了一声，没有回答他。第一次谈话就此结束。按照院里的制度，为了安全起见，精神病人身上凡是被视为危险品的东西是要集中保管的，肖峰连香烟也被没收了。他跟医师讨一支烟，这医师倒也好，把自己的整包烟都给了他，还给他一盒火柴。

“你还有什么要求吗？”不知是出于什么原因，这位主治医师现出同情的样子，“只要我能够帮的。”

“可以的话，借给我一支笔，墨水，还有方格稿纸。”

“生活方面的呢？”他关切地问。

“谢谢！一个人的要求不能过高，能够这样就已经非常感谢你了。”

下午，一位姓王的男护士进来，给肖峰送来了笔墨、纸。可是，一连四天肖峰连半个字都没有写。还写什么呢，老父亲大字不识一个，自己更不能因为这样再去惊扰心灵已遭受创伤的孩子们。他成天坐在床上，做深沉的反思。

“我并没有什么值得遗憾的，”他在回忆自己四十年历程之后，这么说，“要说有，那就是十分对不起翠妹。这是平生莫大遗憾！至于荣辱，全都属于过去，人生浮沉，世事难料，又怎能由个人去想望呢？”

进精神病院后，就不再忧虑会再次被暗箭中伤，铁锚埋伏了。只是高墙深院，把他和红尘是非隔绝开来。在慈善的监护下，生活倒是安逸无事，身体也无多大疼痒。肖峰只是不愿如此静待老死，于是他给自己拟订了人生计划：配合医师勤治疗，睡足八个钟头觉，晨跑晚步午休息，八小时内全写书。他用只有自己才看得懂的“狂草”，挥毫一笔到底，泼墨在纸上，张贴于床头。他的字当然没有人认得，医师护士都笑说是“疯人天书”。

肖峰决心写一部天文地理方面的专著，融地球、天体行星、隧道、黄金于一书，而后通过对斥力的引申，去论证宇宙的奥秘：任何造物都是暂时的，唯有宇宙永恒。岂料，他刚写了前面两章，就被王护士没收了。不待肖峰开口，他即警告说：“从今以后，不许你写这些天体、地球、斥力、隧道、黄金等东西！否则一经发现，即予没收。”

肖峰惊愕不已，“学术的东西，为什么不能写？”

“你对现实不满，利用小说表达反动思想！”

肖峰听了，真是哭笑不得。多少年已经过去了，王护士竟然还要这么说，但他年幼无知，肖峰不屑与他争辩，只是他不服气，提笔又写，白天写，晚上也写。不料，真让王护士又统统缴了去，当众焚烧，连笔墨也收去了，肖峰望着此种欺负到头顶的事，却无能为力，不由得老泪纵横，唯有默默地仰望天窗。

当主治医师又来查房时，肖峰问他，为什么不许写，主治医师只是平静地说："你是病人，需要休息。"

"我不是病人，"肖峰说，"你自己也说过的！"

"你不是病人，你是疯人。"王护士在一旁说。

"请你再说一遍，谁、是、疯、人？"

"你！！"王护士斩钉截铁地说。

肖峰把牙齿咬得咯咯响，脸色都变成了铁青色。但他还是克制住，没有上去揍他。

王护士害怕了，匆匆走了。肖峰望着他的背影，突然狂笑起来，开始撕咬自己的衣服，扯自己的头发，拼命地摇撼窗框的铁条，把床上的东西都摔到了地上。于是，他被架到了隔离房。到了那里，他就不停地高唱着歌，谁也不知道是什么歌。

停歇下来，他即昏迷般睡过去，不知多久才醒来。想动一下，但虚弱使他连翻身的力气都没有。一缕阳光，透过薄薄的纱窗照射进房间里，落在他的身上。他微弱地睁开眼睛，望着天花板、墙壁、床栏杆。他回忆了好久，总回忆不起自己是怎么到这里来的，怎么躺在这床上的。他动了动手，还有知觉，只是连手指皮肤都显得这般苍白。唯有窗外，那密密匝匝的凤凰树正值花红叶绿时，枝头上，有几只黄雀在吱吱叫，一会儿离去，一会儿又飞来。

又过了好久，他只觉得一阵迷糊，似醒非醒，似睡非睡。而后才又清醒过来，也觉得眼前亮了，他睁开眼睛，窗外仍然是那缕阳光，也仍然是——可能——那几只熟悉的黄雀儿。“再见了，小黄雀，飞向自由的天地吧。”肖峰在心中不住地取笑自己，“雀儿啊，像我人生一场，还不如你呢！”

半个月后，肖峰终于能下床走路。他显得比治疗前苍老了十岁，头发几乎全白了，真真正正成了老头子。幸好精神病院里没有供病人用的镜子，不然的话，肖峰该有多伤心。

肖峰慢慢来到黄雀儿常栖息的凤凰树下，望着空枝沉思，也为雀儿悼唁。“唉，让老的来悼唁小的！”肖峰叹息，弯腰拾起一根雀儿抖落的羽毛，黄茸茸的非常可爱。

肖峰决心宽恕世间一切，包括那位王护士，以及用暗箭从身后射伤自己的人们。“他们不过是为了使自己生存得更好。愿上天怜悯他们吧！”他摇头苦笑。

主治医师慢慢走来，站立在他的身后。肖峰回首，见是他，什么也不说，只是看着那根羽毛出神。

“你自己感觉怎样，老肖？”他问。

“很好。”肖峰冷冷地答，默默地跟他擦肩而过。往日的吃亏，使他对任何人都不轻信了。

“需要我帮什么吗？”他在后面问一句。

肖峰略顿了顿，什么也没答，又缓缓地向前迈步。后面传来主治医师的声音：“今晚，我把笔和纸给你送去。”

肖峰仰望着湛蓝湛蓝的天空，没有回答。对可恶的过于憎恶，使他对别人投过来的好感也茫然起来。一整天，他都自在有限的场地上漫步，不觉饿，也不吭一声。进院以来，别的病人都常有亲属或同事来探望，唯独肖峰无人问津。他也不在乎这个了，感情已经麻木。

晚上，当他回到自己的病室时，床头果然有一支笔和一本稿纸。肖峰并没有去动它们，而是踱步到护士值班室的窗口外，对护士说自己想洗澡，换衣、理发、刮脸。值班护士不敢决定，挂电话请示主治医师。主治医师说："答应他，按他的要求办。"

"明天，"护士对他说，"明天帮你做。"

于是，肖峰终于过上了正常生活。他找到一处浅水，照看自己的脸，虽然看不甚清楚，他也猜得到是变苍老多了。他并不因此沮丧，自我解嘲地笑说："既然死不了，就要活着。既然活着，就要想方设法活下去。既然要活下去，就要争取活得像样些！"

他在树下看蚂蚁打架，边看边想："只要我保持正常的精神状态，他们就决不会长久地让我白吃白住。因此，一切都得为了出去以后的生活做准备！"肖峰重新给自己制订了作息计划：坚持锻炼身体，参加体力活动。从此以后，他都定时早起活动，不能到室外就在室内打太极拳，做俯卧撑、广播体操，定量饮食。每天尽量给自己找事做，去帮重症病人换洗衣裤、倒便盆，帮清洁工人拖地板，打扫卫生。

这样过了一段时间后，也许是因为他"精诚所至"的缘故，他被允许在庭院间自己漫步和交谈了。可他没有再找人交谈。他很喜欢这里的树，它们枝叶婆娑，似一把托伞。它们开得姹紫嫣红，红中带金黄，像一簇火焰。肖峰喜欢靠在树下长久地听蝉鸣。透过枝叶望天空。他喜欢天空中自由飞翔的鸟儿。

这天，他正在一株树下出神，走过来一个中年模样的人。肖峰似乎还记得，这人重病时，自己曾经帮他换洗过屎尿裤。这个人看样子还有点来头呢，因为来探望他的人不少，人们都尊称他“刘科长”。

“老肖，听说你到过天上？”他走近肖峰问。

肖峰猜不透他现在是不是犯病，没有计较话中的含意。肖峰也不答，只是对他友好地一笑。他见肖峰不理睬，就伸手拍了拍肖峰的肩膀，不阴不阳地说道：“老肖，怎么不说话？是医师不让说，还是你不想和我这个凡人说？”

肖峰没有搭理他，似没有听到一般。他见状，就大大咧咧地扯住肖峰，两人来到一张休息椅上坐下。

“老肖，告诉我，美隧道和中华隧道哪条要好一些？”他边问边取出烟来抽。肖峰不计较他的屡屡讥讽，只是有些眼馋他的烟，但他没有问他要烟。心想，如果老是不应他，看来他是要缠住不放呢！于是肖峰现出半痴半呆的样子，闷闷地说道：“这位老刘哥，你是爬墙头进来的，还是坐嘟嘟进的？”

“坐嘟嘟！当然是坐嘟嘟！”刘科长开怀大笑，他觉得这老头很有趣。“老肖，你呢，是坐嘟嘟进来，还是——”他做了一个鸟儿振动翅膀的姿势，“这么进来的？”

“我是这么进来的。”肖峰比画了一个狗爬势。

刘科长开怀大笑，而后现出神秘的样子，拍着肖峰的肩膀说：“他们说你进过天堂，是由斥力推上去的。能告诉我你是怎样上去的吗？”

“这个不难。”肖峰说，前后看了一眼。

“对，这里不保险，‘便衣’太多。”他一把将肖峰扯起来，

“喏，我们到那边去。”他把肖峰带到一处院角。

“刘科长，这儿也不安全，隔墙里有耳朵呢！”肖峰左右一顾，低声说，就把他带到了公厕旁边。这里蝇蛆四溢，臭气熏得两个都急忙用手捂住鼻子。不一会儿，每人头顶便有好几十只苍蝇。

“这里安全，快说吧！”刘科长已经耐不住，他一直想呕吐，并不时用手去赶头上的苍蝇。

“有两种办法能上天，”肖峰对他附耳说，“用哪一样都可以，由你自己挑。”

“第一种……”

“第一种叫‘机会’，可惜你已经失掉了。‘机不可失，时不我待’，你没有得到这个机会咧！”

“你哄我！为什么？”刘科长不相信。

“我要哄你，你就是狗！”肖峰说，“这个机会是读大学，去留学，学满归来做大官。做大官，好气派，过上神仙日子多痛快！——你说，这不等于上天堂啦？可惜哥老刘你错过了这样的机会。所以到今天你也才捞了个小科长做，都还称不得芝麻官呢！”

“哎呀，我和你相见恨晚！”刘科长把大腿一拍，懊丧地说，“我要早认识你老兄，告诉我这么个诀窍，我那第二种呢？”

“其实第二种已经不算机会，只能叫顺乎自然。除了少数人，多数都能升天堂。”

“讲！”他打了自己一个嘴巴，拍碎了一只蝇。

“你读过《圣经》吗？”肖峰问，“外国的。”

“没。我不喜欢读外国小说，它们名字太长。”

“那上面说，人死进天堂。但有个前提，生前只做好事的人不准进。必须做些坏事，后来忏悔了，才能进了。”

“如此说，得做点坏事？”刘科长神秘地一笑，“咱也刚好对上号。”他拢肖峰，低声问，“跟女人睡觉是好事是坏事？”

“和别人的老婆睡觉是……”肖峰做了个莫名其妙的手势，“有时是好事，有时是坏事。”

“老哥，你看我能进天堂吗？”

“你当然啦，谁敢让你下地狱呢？”肖峰说罢，捂住鼻子走了。

肖峰能预测谁可上天堂或下地狱的消息不胫而走，但凡能活动的病友都知道了。一天，肖峰在凤凰树下看蚂蚁打架，一群病人把肖峰围了个水泄不通，纷纷让他替自己卜卜凶吉。肖峰正哭笑不得，王护士过来了。病人最怕他，所以都散了。王护士拉住肖峰，厉声道："肖老癫，你到哪里哪里乱！我问你，你什么时候升天？”

“快了。”肖峰答，望他。

“你是腾云驾雾呢，还是坐直升机？”

“是躺在‘四合板’里去的。”肖峰说。

王护士自讨了个没趣，并不服输，“肖老癫，你的‘斥力’呢？你尽是胡说八道，什么斥力！你看见过斥力吗？”

“看见过。”肖峰冷冷地答他，在心中不住地考虑，是忍让还是回击，并权衡利弊。

“看见过？你告诉老子，斥力像啥样！”

“哪天你要摸人家的奶子，挨了一巴掌。那巴掌就是斥力——厕所边，花旁。忘啦？”

“好你个老疯子！你等着！”王护士恼羞成怒，挽着袖子要上来。

“你个狗杂种，小杂种！”肖峰回敬，“你来！”

王护士看他虽然年纪大，但人高马大，不敢贸然过来，便破口大骂：“你反动！你坏蛋！你根本没有病！你是装疯的。”

“小狗日的！你既然懂我不是真病你为什么不来当医生？真没出息，啐！”肖峰说罢，掉头就走。王护士当场气了个半死。

当天，肖峰被送到隔离室。不管他怎样说，怎样骂都没有用，足足喂了一个晚上的蚊虫。

第二天，他又受到了强制性治疗。待到肖峰能够从病床上爬得起来时，时间已经又过去了两个月。隆冬已严严地笼罩住栖凤岭，刺骨的寒气透进没有纱窗的病室。肖峰瘦骨嶙峋，行路怕风。跟刚进来时比，简直判若两人。他深知自己是吃了嘴巴的亏了。凡事都这样，小不忍则乱大谋。除了有一个健壮的体魄，也还得修心养性，以忍为高呢！肖峰深刻地反省。“祸从口出”，古言自有其至深道理，只不过后人常常忽略了个“忍为上”，才在生活中吃尽辛酸苦头！肖峰自从悟到这句金玉良言的真谛后，真个就缄口不言起来。每天的白昼他照样在凤凰树下踱步，却目光呆滞，面色无欲，从黄雀的遭遇，想到自己今后的归宿，晚上，他缩在被里，闭目静思。没有料到的是自从他能够下床以后，便饮食不减，体格恢复也快。他自己知道这是“日不费神，夜无操心”的缘故。当然过了严冬，早春的天色又使栖凤岭披上万紫千红。当栖凤岭下的河水又慢慢开始流淌时，肖峰的身体已经恢复了。他的头发却全白了，一半灰来一半白。

肖峰又心安理得地满足于当下的生活。他也清醒地觉悟到自己只要循规蹈矩，见到王护士三鞠躬，太阳的光线就也会平分一些给他的。他仍坚持跟清洁工一道打扫卫生，换洗重症者的屎尿裤，倒便盆痰盂。“精诚所至，金石为开”，疯人院的图书室破例向他开放。这样凤凰树下少见他的足迹了，他更多的是钻进了故纸堆中。有一次，他看了一本叫作《夏倍上校》的小说，才知道此事寻常有，便也对自己的际遇心安理得起来。

时近年关，病情稍微好些的人，都陆续有家人前来领回去，准备过年了。剩下来的，多是孤独无亲朋的人。过年的气氛一天浓似一天，甚至不时还传来零星的爆竹声。

二月一日下午，肖峰正在一株凤凰树下看蚂蚁打架。看得正入神入痴时，王护士过来揪住他一只耳朵，把他扯起来。

“肖峰，你女儿看你来了。嘻！想不到，你还生了个靓得很的女儿！”

肖峰双手护住耳根，给王护士鞠了三个躬，跟了他去。“莫非是肖珏来看我？……不会，谁也不会写信去告诉她呀……”到了会访室，推门一看，竟是翠妹！

“你……你怎么……来……来的？”肖峰吓了一跳，认定是翠妹来索“旧债”，他的脸霎时变黄起来。翠妹见到肖峰，先是怔了一阵，而后不管旁边有人没人，一头扎进了肖峰怀里。之后，她抽泣起来，这使肖峰大惑不解，一时又揣不透她的用意，不敢碰她。过好一会儿，翠妹才止住了哭，垂着泪，将肖峰上上下下打量一番，禁不住又轻轻哭了。肖峰终于看出她没有恶意，拉她在长凳子上坐，回身倒了一杯水，端到她面前。

“他们说了，我不信。”她忍住泪，边望肖峰边说，“后来打听确实，我就来了。”她替肖峰整理零乱的衣扣、领子，“我和他崩了，手续都办了，今后和你死活在一起。你没有病，我是来接你回去的！”

肖峰惊愕得半天合不拢口，想了老半天，才长叹一声，万分惆怅地说：“我怕我辜负了你的深情厚谊。再说，我……可能已回不去了。”

“不要信他们的鬼话！我们回去，要疯也两个人疯作一堆。我嫁给你，我服侍你一辈子。这些，我都想过了，想好了。”

“为什么呢？”肖峰呆呆地望着她。她虽然衣着朴素无华，却掩饰不住那青春女性的美。

“现在不是说这个的时候，先回家吧。和你一样，我也不是坏人，也没做过亏心事。我没有家了，和他离了，我妈也不认我了——有什么？天不管，地不收，我们自己过我们的。我是专门来接你回家的，你爹的身体很好，从今以后我们三个就是一家了。走，回家。车票我已经买得，明早七点半的车。”

“……住院费都还没有交，怎……”

“我都办妥了，交清了。”她破涕为笑，“我把打得的金项链和金手镯卖了，赔清了你的住院费和伙食费，还剩余好些呢！”

1986 年 2 月 3 日，肖峰在翠妹的陪同下，回到了红河村。老夫少妻，形异神谐。

这对年龄极端不般配的夫妇，在人们的白眼中过上了小日子。肖峰也没有料到，自己离开村子不到一年，人们就已经对他投以冷漠的目光。早年的伙伴也好像避瘟疫一样，躲得远远的。他实在想不通为什么，难道跟他讲上两句，就马上会成为和他一样的人？

“翠妹，你看这样的日子，过得下去吗？”肖峰长叹一声。他既感激翠妹，又怕连累她。心里非常矛盾，非常痛苦。

翠妹却不这么想。她没有想得那么多那么远，也不把人情世故想得过于冷漠炎凉。她只是想着自己的“生活观”，并为创建这样的小生活而努力。

“靠自己的两只手，我们又不求人吃讨人穿，最多装个哑巴做个耳聋眼瞎呗！我就不信，连过自己的生活都不让！”

1986 年春节对肖峰来说，是他终生难忘的日子。这一天，他跟年龄比自己足足小四十岁的翠妹成了亲，他俩不请吃，也不举行婚礼，也没有到乡里去登记。他俩依照农村的习俗，结成了事实婚姻。而唯一能证明他俩婚姻的合法性的，是两个人都各有一份离婚证书。农村的年过得非常隆重，鞭炮从农历腊月二十五就开始断断续续地响了。从家庭联产承包责任制落实后，农民有了较多的自主权，生活的确渐有改观。不少家庭已经脱贫，还有几家正向小康生活迈步。这一年，许多孩童甚至青年都穿起了过年的新衣，老人们也抛弃了既往的节制，又开始给晚辈压岁钱。红河村把压岁钱称为封包，用红纸包上些钱，分给孩子，图个利市。村里的青年，还有众多的孩童，听说县城春节有舞狮、耍龙，都成群结队往县城去。

翠妹包了粽子，蒸了年糕，炸了麻雀蛋，炒了米花，灌了腊肠，熏了腊肉。肖峰贴对联，写福字，布置家里，夫妇二人忙得不亦乐乎。老父亲却只是提着烟筒，不停地抽烟。翠妹精心弄了十二道菜，煮了一大锅米饭。肖峰两天前从河里打到两条大鲤鱼，还捞了好几斤大河虾。这些菜，其实都是年三十晚留下来的，这也是红河村一带的习俗，叫“年年有余”……

翠妹外面罩了一件翡翠绿的长袖毛线衣，下身是一条黑色的呢长裤，头上翻卷着扎了一根粗大的辫子，前额一缕乌黑弯曲的刘海儿，衬着她丰腴的体态。她佩了一对金耳环，还戴了只金戒指。只是，玉腕上已经没有了那对黄澄澄的金手镯，白皙的颈项上也不见了那条金灿灿的金项链。她的脚上，是一双黑色的中跟皮鞋。肖峰不由得轻轻一叹。这一叹，含有不知多少感情！

翠妹见丈夫怔怔地盯着自己，忙笑笑解释道：“这些金，是我们的劳动收获。因此，当然就归了我。”

五、蛇口逃生

红河村是 1985 年才签订的土地承包合同，三十年不变。按照“增不补，减不抽”的规定，肖峰和翠妹户口不在村里，所以没有承包到土地。只有老父亲一人，承包到了两分七厘水田，三分半旱田，两亩七分山地。

红河村是个贫困村，周围半是石山半泥山。虽有条红河，但河低地高，水灌不到田里，因此多为旱地和望天田。多少年多少辈，世世代代靠种田过日子，怎么也富不起来。家庭联产承包责任制虽然实行起来了，但因为田地少，土地贫瘠，加上时常缺水，所以群众种粮的积极性都不高。如今，春节已过，许多人都仍无抢季节的紧迫感，还忙于走亲访友，请客喝酒，心思还没有用到春耕生产上面。幸好红河村有个得天独厚的条件：靠近贵州黄草坝市，一条黔桂公路打村前经过。交通非常便利。从这里到黄草坝市，汽车用不了一个钟头，人走也无须大半天，胶轮马车五个钟头就可跑一趟往返。因此，红河村一百一十三户人家，有二十五户靠跑运输过日子，心思根本就更想不到田地上面来。

大年初二，人们还沉浸在节日的欢乐中。吃晚饭时，老父亲对肖峰说道：“我们家，祖辈耕田，以农为业。我想，今年立春在前，春节在后，节气比往年还早。不管别家种不种，初三我们就该下田了。”

夫妻二人点点头。翠妹是铁了心要建家立业的，兴头比肖峰还足。

“种得好，两造可收稻谷七百四十斤，一千六百斤苞谷。”老父亲计算说，“除了缴公购，也够我们三个吃一年，养两三头猪的。”

“要富就难了。”翠妹说。

“唉！”老父亲叹一声，“世世代代，有哪家靠种田致富呢？”他闷闷地抽一阵烟，“阿礼，你明天进县城买化肥和薄膜，翠妹在家浸种。我去疏通水利，先把水引进秧田再说。”

入夜，夫妻二人在床上嘀咕。肖峰告诉翠妹：“爹当了一辈子农民，深懂田地就是命根。他胆小怕事，不求穷，不求富，只求不穿开裆裤。这当然不是办法，可他的话很对，我们先把早稻弄好了再说吧。”

“我不懂什么薄膜育秧。”翠妹小声说。

“这你不必担心，我和爹懂——你懂浸种吗？”

“怎么不懂？”她说，“只是我想……”

“说嘛！”

“我想，你们村但凡盖上瓦房的，都是跑生意的人家，”她试探地说，“我们家，田这么小点，地又这么瘦，单靠种田不是办法，我倒有个主意，不知道该不该讲。”

“说吧，”肖峰语气深长地说，“爹年纪已经很大了，我们再不忍心还让他辛苦。不管怎么说，都一定找个致富的门路……”

“我们俩想到一块儿了，”翠妹高兴地说，尽量把声音压得很低，“我想，到活路不太忙的时候，我们是不是进一回犀牛洞？”

“嗬！”肖峰眼睛一亮。他托起妻子的金耳环仔细地看了一阵，又提起她的手，认真地盯着金戒指。

“金镯子和金项链已经解去换你了，”她开了个小玩笑，“我也想过好几次，阿礼，它是不是会成为致富的一条路子呢？”

肖峰静静地想了一会儿，没有立刻答她。她便又轻声道：“刚才，是我想的第一个路子。如果不好，第二个路子就是，把这些金首饰卖了，先买两匹马、一驾胶轮车，我们也跑生意！”

“不，”肖峰握住妻子的手，不住地抚摸着，“还不到卖首饰的地步，俗话说，留得青山在，不怕没柴烧。往后的日子还长呢，总是天无绝人之路呢！我同意你的第一方案，我们进犀牛洞。只不过……”

翠妹注意地看着丈夫，似有点猜不透他的心。肖峰想了好一阵，才扳过妻子的肩，附在她耳根，轻声道：“我们改手淘为工具淘，肯定有效多了。只是此事一定要严加保密，现在治安不大好，让坏人知道了就惹麻烦啦！”

“爹呢，是不是说给爹知道？”

“爹也经受了一辈子苦，我真不想让他再为我们担惊受怕了。”肖峰说，“先按爹的计划，三月上旬完成春插。”

“平常，你们都种什么品种多？”翠妹问。

“爹和我都相信科学，几年来我们都用杂优。为了抢季节育壮秧，我们还靠薄膜育秧。”肖峰说，“玉米也靠膜和定向栽培。这些都是农科院正在进行的稳产试验项目，我得了些资料，也试着搞了，果然比通常产量要高。”

“农业我还是个外行，我跟你学，你要教我。”

肖峰听她此说，不禁笑了，张了张口想说什么，却又不说，把话咽了回去。他是想对她说：对我们来说，务农并非长久之计。除非是天塌下来，否则迟早都要改行另谋他业的。可现在还不到说这个话的时候，所以他才没有说出口，翠妹没有留意到丈夫的神色，她此时正在思考着一件难以启齿的事。想有好一阵，她提着丈夫的大手，一只手不住地梳弄丈夫胸膛上的茸毛。

“阿礼，”她直称丈夫的小名，“有件事，想了好久，不懂该不该说。”

“我们两人之间还有什么不该说的吗？”肖峰笑了笑，望着妻子。

翠妹经不起丈夫的直视。她用手遮住丈夫的目光。“和你在一块儿，我心甘情愿。我懂得，按规定，我是不能生了。所以，我……”她凝望丈夫，“在到医院去接你之前，我就已经……放了环——你不怪我吧？”

肖峰一把搂过妻子，半晌说不出话。好久了，才颤抖地说道：“怪我，都是我，夺去了你做妈妈的权利！”

“不，其实我也不愿，我怕生得很。”

肖峰非常明白妻子的意思。他无限感激她，因为她不仅爱他，并且在他患难的时刻里坚定地和他站在一起，把他从几乎绝望的边缘拉了回来，与他同舟共济，分担他生活中的苦痛和忧虑，给了他无穷的鼓励和力量。肖峰紧紧地搂着妻子，滴下了两行泪。他再说不出话来，唯有不住地亲吻妻子的秀发。他不想让妻子发现自己流泪，偷偷抹了。其实翠妹已经察觉，她也忍不住抽泣起来。

“我……跟那人离了以后，我妈逼我！我不愿。她就打，打……她不认我了。在这个世界上，我已经没亲人。哥礼，你就是我唯一的亲人！只要我能够和你在一起，死活在一起，就是当牛做马，我心也甜，哥礼，我没有什么要求，爹老了，我们不要让他再做活儿了。我们把家事、活路全担当起来。只要你爱我，永远永远不嫌弃我，就是伴你到海角天涯，我也愿！”

第二天早上，肖峰家的大门口不知道是什么人给贴了一副对联，字体写得歪歪斜斜的：“老马吃嫩草——老的划得着；屙尿打湿鞋——少的划不来”。

横额是：“老少昏”。

肖峰见了，口唇哆嗦良久。而后他动手撕那对联，岂料糊得很紧，根本不能用手撕得下的，非得用刀刮不可。肖峰静静地想了一会儿，知道惹不起——别人在暗处，自己在明处。往后的日子里，这些暗箭将是防不胜防的。他细细地回忆一番，觉得自己并没有什么地方得罪过村邻，更想不起有谁对自己这么深的恨。他叹一声，知道强龙不斗地头蛇。今儿自己是个落难之人，就只能凡事忍让，把所有的屈辱往肚里吞，千万别想在人前逞强逞能，默默地走自己的路。也许这样，才能讨来些平安？肖峰回到屋里，翻得一张红纸，裁剪完，先把糨糊抹在那对联上，而后把红纸贴在上面。这才挥毫在上面写了“愿跟邻里结盟好；乐为乡亲谋利益”。横额是

“与人为善”四个字。

翠妹出来，望着对联沉思良久，就把头依在了丈夫的肩坎上，默默流下两行泪。肖峰正诧异，翠妹长叹一声，先说了：“你不要说，我都知道了。只是我很想不通为什么老实人总是受欺负？”

肖峰替妻子揩泪。“不说这些了。去吧，浸谷种要紧。”

“如果时时都这样，我们的生活怎么过？”

“我想，让时间做结论吧。我们真心真意和大家相好，总有一天人家会谅解的。”

翠妹顿一顿，又说：“你一个人进城，我实在是放心不下。”

“都这么做了，我想不会有事。再说也总不能到哪里都时时两个一起呀，我们都各自留心吧！”

惊蛰才过去几天，肖峰一家就做完了春播活儿。忙里偷闲，他用木板刨制了两只淘沙金用的木淘箕，又从黄草坝市买来两把非常趁手的小铁铲。他也趁晚饭后百步走的时光，进山里砍来不少松明树枝。翠妹也赶做了够两个人几天的吃食。一切准备妥当后，吃晚饭时肖峰告诉爹一声，趁天黑，夫妻二人就悄悄上路了。

肖峰路熟，凭借着朦胧的月光，天亮前二人就摸到了犀牛洞口，望着黑黑的洞，他们还不敢亮火把，以免让人发现。肖峰拉住妻子的手，风趣地说：“我们的友谊，应当叫‘犀牛洞友谊’。”

“唉！”翠妹轻叹一声，“一切都是老天爷安排呢，谁也抗拒不了呢！”

他们慢慢地，一步一步向里面摸索着走去。直到拐一个弯，肖峰才点燃一支小松明，他望着似熟悉似陌生的古洞，在心头默默地说道：“一切都出乎意料。原本以为不再有机会进这儿来了，可是，生活所迫，没想到今天又能来！其实呢，倒是应该在意料之中才是。”

三个半钟头后，他俩来到通往古隧道洞口的旁边。肖峰停下脚步，举着松明照看一番，问翠妹看见什么没有。翠妹留心看了一阵，摇摇头，肖峰这才指着上次自己出来后，用原来的石块塞堵得严严实实的洞口给妻子看，并把古隧道的秘密告诉了她，翠妹似是惊叹，似是怀疑。她仔细地看了那洞口的石块后，才说道：“你不说，还真看不出来呢！”

“记住它，千万不要忘了。”肖峰叮咛妻子。

当来到那条滑滑的小河边，已是又累又乏。然而，夫妻两人都露出难以掩饰的兴奋。翠妹跑到小河边，用那暖乎乎的水抹了一把脸。

“还是在老地方歇脚吧。”肖峰放下背篓，想到上次自己单独一个人在这里时思念翠妹的情景，依然记忆犹新，想不到，今天竟实现了曾经所向往的，人生真是难以预料啊！

翠妹含羞地走过来，也望了那地方一眼，轻轻推丈夫一下，笑道：“不是它，说不定没有我们的今天呢！”

夫妻俩互相取笑一番，肖峰把燃着的松明子搁在老地方。翠妹拿出一张薄膜铺在石板地上，再放上一张毛毯。

“比上回洋多喽。”肖峰笑笑，坐了上去。翠妹拿出些吃的摆在地上，整理完毕，也扭身坐在丈夫身边。她敲了只熟鸡蛋，递给丈夫，也敲了一只慢慢地吃着。

“好像是昨天的事一样，时间过得真快。”肖峰两口就把鸡蛋吃进了肚里。

翠妹又剥了一只给他，笑道：“这回才是名正言顺的夫妻俩呢！”

肖峰说：“结了婚的女人，比做姑娘时就不同了，什么话都说得出。”

翠妹咯咯地笑起来，用肩膀轻轻推了丈夫一下。而后拿起一个淘箕看，疑惑地说：“用这东西淘？沙金不会跟沙石一样冲走吗？”

“放心，沙金的比重比沙石大得多，沙石被流水冲走了，沙金沉箕底，一捡就行。”

夫妻二人吃饱喝足后，肖峰把衣裤脱了，只穿一条小裤衩，拿着木箕下了河，翠妹也脱了衣裤，只穿着内裤，束只乳罩，跟随丈夫身边。两人来到沙金比较多的地方，肖峰就从河底里铲了几铲细沙到木箕里，做示范淘给妻子看。翠妹提火把，目不转睛地望着丈夫的每一个动作。肖峰轻轻地摇荡着木箕，让细沙往箕底沉，一面借着水的冲力，一面用手把上层的粗沙石往河里拨去，不消一会儿，沙石都淘净了，在木箕底下，果然有两粒沙金，另外还有几点细如芝麻的薄薄的细金片。翠妹高兴了，把松明搁在岸边，也往箕里铲上几铲沙让丈夫再淘，果然，淘尽泥沙后，箕底里又有几粒大小不一的沙金！翠妹再铲上几铲进木箕，自己动手淘了一遍，淘净泥沙石时，箕底真的也有几粒！如果动作协调，淘完一箕实际用不到两三分钟，于是夫妻俩每人一只木箕、一把小铁铲就都各自淘起来。时间一晃，几个钟头很快过去。看看手表，已是晚上九点多钟，也真积得了些许金子。两人又累又饿，这才上岸，回到老地方。翠妹取出毛巾来，帮丈夫抹干了身上的水，随后自己也抹了，才把吃的取出来，她还给丈夫倒了一小杯酒。吃罢，还没睡意，肖峰想再去淘一会儿，翠妹不让。肖峰也不勉强，取出一支烟来抽，休息了一会儿，对妻子说："老话说，磨刀不误砍柴工，我们休息早些，养足精神，明天好大干他一天。"

翠妹笑笑，什么也不说。她拿出丈夫的一条干净内裤，让他把湿的换下来。自己也拿出一条，把湿的换了，晾在旁。是夜，夫妻两人早早休息，因过于疲劳，都睡得很沉。

石岩洞往往都有冬暖夏凉的特点，眼下即使隆冬时节已过，可山区的早春天气依然十分寒冷。虽然如此，这条地下河水温倒略微偏高，跟红河底那暖流水温一样。肖峰也测准了这条地下河的流向是由西往东，跟红河水流方向一致。只是好像它不属于"S"的范围。但是，地层结构非常复杂，个中的缘由就不是他所能解开的了。肖峰也感到，在水中淘金时，因为大半个身子都浸在了暖水中，因此，不觉得冷。可上岸来空气冷飕飕的，尤其躺下睡觉时更明显。肖峰在后半夜就起身，他没有惊动妻子。他想到而今的辛劳，就是为了明天家庭生活的宽绰、欢愉；想到妻子年轻貌美，想到亲手重建家庭的甜蜜，他精神倍增，再苦也甘甜。翠妹还在酣梦之中，他帮妻子拉好毛毯，便轻轻下到河里，燃起松明淘起来。

"我就不信，凭双手，凭毅力，凭热情，换不来一个全新的人生！"

不知淘了多久，淘得一小点闪闪发光的沙金，他望着劳动收成，心情异常激动。又想起了当年，不禁长叹一声，自言自语道："想过去挥金如土，竟未知珍惜。到如今，一分一厘，全靠汗水换来，要使一个人悟到生活的真谛，果然必须付出代价……"

翠妹笑盈盈地来到丈夫身边，给丈夫捎来五六个熟鸡蛋，一壶冷开水，还有一块香喷扑鼻的糯米糍粑。她只穿着一条花色的小裤，裸露着一身丰腴、洁白的肌肤。肖峰捻大松明，上岸来，蹲在旁边吃东西。翠妹站在水中，轻轻地淘了起来。肖峰津津有味地啃咬着甜腻腻的糯米粑，而后是一口鸡蛋一口水地掺和吃。边吃，边望着妻子。翠妹坐在水中，轻轻哼着小曲儿，轻轻地淘，那两条雪一般白的大腿露出水面来，肖峰目不转睛地盯着，一会儿，他吃罢东西，就轻轻走进水中，来到妻子身后，把木箕拿开，双手把妻子从水中托起。上岸来，朝“老地方”走去……

他们淘了三天后，渐渐地就淘不到了。有时是一连淘了几十次都淘不到一粒。翠妹开始泄气了，肖峰百般安慰她。后来，他们拿着铁铲、木箕，举着松明往上游而去，在靠近洞口的地方淘了一阵。这地方的河沙细白，不杂有其他颜色的沙。沙层浅，泥也少。水流较急，几乎没有什么浪花。像这样的地方，是不会有沙金的。两人淘了一会儿，果然一无所获。翠妹流出了泪，肖峰尽量安慰妻子。两人又往回走，来到放背篓的地方，把东西收了，背起背篓，两人顺河而下。一直走了十来里远，才总算找到一处泥沙沉积较厚，有弯弓，而水流不甚急的地方，在岸边“安营扎寨”起来。翠妹急得默默无言地安好地铺，二人坐下休息一阵。翠妹把头靠在丈夫的肩上，不说话。肖峰知道妻子累了，扶住她的臂让她在自己怀中睡。两人静静地坐了一会儿，翠妹竟睡熟过去了。肖峰把她托起，平放在了毛毯上，帮她脱去湿了的衣物，再盖上毯子，自己拿着木箕、松明下水……

这样，又淘了两天。二人体力都消耗了不少，所淘得沙金总起来也不过是二三两。可夫妻俩已高兴得很，翠妹说：“就算每克五十块钱，也有个几千块呢。”

“也许我们还没找到沙金多的地方。再淘一天，实在不行，另选地方。”

肖峰不忍妻子太过劳累，总是找各种借口把她支使上岸。后来，他用两只箕轮流着淘，淘好后递给妻子，由她在岸上捡金粒。不料，此时翠妹的月例来了，开始时她还想瞒住丈夫，可是有一次经血太多，沿着腿脚往下流，流进水中，把清澈的河水都染红了。肖峰发现，大吃一惊，不由得埋怨自己大意，于是再不许妻子下水。翠妹原本没想到在洞中这么久，所以没带卫生纸来。肖峰急忙把自己一条干的内裤给她换上，让她把脏裤脱下来洗。

又过了两天，也才淘到一两左右。休息时肖峰检查了一遍背篓内的存物，对妻子说：“松明和吃的都没了。我想让你自个儿留在这里，我回家去拿东西，马上转来。”

翠妹把头靠在了丈夫的肩上，不吱声。她一是担心路远，丈夫独自行走，怎样也放心不下。二是让自己一个人留在这黑咕隆咚的洞里，说什么也是害怕的。只是肖峰反复考虑，觉得还是让妻子留下来为好，再说自己速去速回，两天即可回来。翠妹想了好久，觉得也只有这个办法了，便应允了下来。

“我已经找好一个地方，是个洞中洞，既隐蔽又安全。这两天你就学蚂蚁蹲着，不要下水了，我去一天回一天。”

肖峰提着松明，背起背篓，把妻子领到他找到的那个洞中洞。这洞距地面有差不多一人高，是个蛤蟆洞，口小里大。肖峰先爬上去，接过翠妹递上来的背篓后，伸出双手把她扯了上来。他清理了一阵地面，就把薄膜、毯子垫铺在地上。然后指着洞口的一堆石头说："我快则一天慢则两天就回到，这堆石头可以做武器用。"

"能做什么武器呢？"翠妹苦笑，望了一眼。

"你居高临下，用力往下砸呀。"肖峰说，"还有这把铁镐，够你用了。当然，这么说不过是一种准备，其实是什么也不会发生的。"

"我想，也不会有什么的。你快去快回，一路小心。记得帮我带条小裤来，还有那种纸，在枕头边，不要忘了。"

"翠，睡觉时耳朵灵些，平时不要太慌，有些响动，往往都是耳朵在跟主人开玩笑呢！"肖峰故意做出轻松愉快的样子来。吻别了妻子，他便上路了。

鸡叫二遍时，肖峰摸回到了家，当他把淘得的沙金全都取出来给父亲后，老人才知道他们去淘金，可是，老人听到儿媳妇单独留在深洞里时，第一次对儿子发了火。父子二人急忙动手舂糯米，蒸糯米饭，炒芝麻，碾芝麻，做糍粑，煮鸡蛋，炸腊肉，劈松明……待做完这些，已是第二天中午。肖峰包了妻子的几条内裤，在枕下找到一包卫生棉，都装了满满一背篓。望着明朗朗的窗外，肖峰实在坐卧不安。看来等不得天黑了，下午趁人们都出工时，肖峰背上背篓溜出了村。为了避开人们的眼睛，他先沿往巴结渡口的小路走去。即使被人看见，人家也误以为他是去巴结或黄草坝的。而后，进了山，有一丛矮林，他便闪身进林里，折回头，然后下了沟，就沿着河滩往天生桥走去。天将黑时，进了犀牛洞。好不容易回到了翠妹隐蔽的蛤蟆洞，顾不上喘气，举着松明就轻声喊妻子的名字。

没有听到妻子应，他有些慌，又怕妻子正在睡觉。当他爬到蛤蟆洞，举松明往里照，见洞里空无一人时，才真慌了。他放下背篓，伸手到毯子里摸，冷冰冰的。洞口边的石块不少，小铁镐也还在，就是不见人。

“怪啦，她能去哪里？”

背篓里，留下的食物似乎少一点。“她是不是自己去淘金了？”肖峰提起小铁镐，提着松明下了洞，顺流而下。可是，黑洞洞的，一点亮光也没有。他来到淘金的地方看，两个木箕、两把铁铲不见了。“她可能到下游去淘了。”想到这里，他的心情才稍许安静些。于是他顺流而下，不顾一切，一脚高一脚低往前奔。许久，才见远远的地方似有点亮光。踉踉跄跄地，好不容易跑近，果然是翠妹！他喊一声，扑上前，紧紧搂住妻子，也不知是哭是笑，流了一脸的泪。翠妹只穿一条小裤，也是既惊又喜。

“都怪我，都怪我！我不料你回得这么快，我想多淘得一点是一点！”

肖峰把妻子抱上岸，翠妹挣扎下地，指着脚下的小堆沙说：“我原本是摸黑淘的，也不懂淘得淘不得。后来老是觉得你正在找我，怕你找不到，也才刚点火呢，不想你真来了！”

肖峰捻大松明亮度，二人俯近去看，天啊！在少许沙石之间，竟撒着不计其数的点点沙金！火光下，闪闪发光。看样子怕有好几百粒呢，粒粒都有半粒米大。肖峰惊喜非常，一把搂过妻子就不住地吻。良久，才松了手，两人捡拾着沙金，摞在一起，在手心掂了掂，估计有三两左右呢。

“东西先放在这儿，先去吃东西，爹杀了一只鸡给你呢。”

回到蛤蟆洞，翠妹穿上衣裤，肖峰也脱下湿的衣裤，搁在洞口晾起来。他打开一只薄瓦罐，取出一只炖鸡给妻子，翠妹掰下一半给了丈夫，肖峰接过，只是轻轻碰了一下就放进罐里去。翠妹却津津有味地吃起来。

因积累了些经验，加上找到地方，所以收效甚大。一个星期后，淘到了不少，沉甸甸地装了一小袋。翠妹掂来掂去，说有一斤二三两呢。肖峰接过，也掂了掂，笑说："怕不止呢，少说也有一斤半！"

因松明也快用完了，吃的也快吃完了，进洞已有半个月左右，两个人都筋疲力尽，于是便决意回转家去。收拾妥后，翠妹心细，担忧带许多金子上路，恐有不测。肖峰亦有同感，于是他撕了自己的一件背心，把沙金分为六小包包好，这才找路回程。几小时后，估计快到洞口了，肖峰便找了个稳妥的地方，将其中的五小包分三个地方收藏，并留下记号，以便以后来取。两人只随身带一小包，二两多重，往前走了一里左右，隐隐约约地看到了照射进洞里的弱光，只要向前拐一个小弯，便是洞口了。在接近洞口拐弯处时，凭既往的经验是先得停下来，让眼睛有个适应后才能出去。特别是翠妹，已经在黑洞里半个多月，眼睛受不了突亮。肖峰从透过眼皮的红光，知道此时是中午太阳光正猛的时候。外面，还不时传来"轰隆，轰隆"的爆破声，正是中午收工放石炮的时候。此刻出去也不妥，想了想，就拉着妻子往回走，打算天黑才出洞。不料，他"轰"的一声脑炸，头上挨了一击！他"啊"的大叫一声，接着又挨了一下，便昏了过去，软簌簌地倒在地上。翠妹也觉察到了不妙，可是她睁不开眼睛，眼前什么也看不见。同时也有人把她连臂抱住了，挣扎不得。张嘴想喊，也即让人用布把嘴巴塞住，再喊不出声音。她拼命抗挣，用脚踢，用头撞，都无济于事，被人连拽带提地往洞内架去。她只猜到歹徒有三人……

过了好久，翠妹才恢复过来。周围静悄悄的，一点动静也没有，歹徒早走了。她慢慢从地上坐起，自我感觉了一阵，知道并没有受伤。她伸手四处摸寻，想找衣裤，却没有找到。她又气又恨，流着泪，悲惨地抽泣着。许久，她想起自己的丈夫，便站起来，扶着洞壁，凭着感觉往洞口方向摸去。当来到洞口的拐角处，依稀看见折射进来的一点亮光，但视物不清，她记得事情就发生在这里，忙焦急地小声唤着丈夫的名字："大礼！大礼！"不见答应，她忙蹲下，在地上乱摸乱找，终于在一堆碎石上摸到了，她扑上去，肖峰一动不动地躺着。她伸手去摸丈夫的胸口，还暖乎着，再摸摸鼻孔，还在呼吸！她即托起丈夫的头，把他搁到自己的大腿上，不住地哭，不住地喊着哥礼，一会儿，肖峰才醒了过来。

过了好久，肖峰才记起是出了事。他只觉脑子钻心地疼，身子一点力气也没有。肖峰身上也是一丝不挂——全让歹人剥去了。不消说，背篓、那小包沙金，所有的一切，全让歹人抢去了！腕上的大罗马手表也给解去了。肖峰忍痛坐起，他头顶上起了个鸡蛋般大的血肿，稍碰碰就疼得眼冒金星。翠妹把头扎进了丈夫怀中，嘤嘤地哭起来。

"别哭了，能不死，就算我们命大……"肖峰极力安慰妻子，却又说不出再多的话来。

翠妹哽咽着，忍住悲痛，肖峰替她揩泪，两人互相挽着，找到一块平坦的地方坐下。这里距洞口很近，从昏暗的天色中判断，已是晚上的光景。对肖峰来说，肉体的剧痛仅是其次，最令他不能容忍的是翠妹的遭遇。

“坏人共有几个？”

“好像是……三个。”翠妹忍泪回忆道。

“看清楚脸了吗？”

她摇了摇头，想一阵，抽泣地说：“汗腻腻的，一股酸臭……”

“他妈的，到底是什么人呢？”肖峰暴躁地说。

“哥礼，我看他们准是专候我们呢。不然，为什么这么……把什么都抢了？”

“奇怪，是哪个知道我们进洞呢？”肖峰想得头疼了，也想不出一个可疑的人。

“我们怎么办哪！怎么回得了家？”妻子又哭了起来。

“不哭，等天都黑了，我们再回去。”

“就这么走？！半路上要碰见坏人怎么办？”

“我想不会了，坏蛋早跑远了。”

“哥礼，我一点都不想动。”

“宝贝，好在路不远，我很快回来！”他摸摸自己的头，疼得要命。但头脑清醒得很，估计没有伤到脑子，就放心了许多。他把妻子扶到一个隐蔽的地方，叮咛一番后，摸索着进洞了。他凭着感觉，果然找到了收藏好的五小包沙金。他心中很惦念妻子，便又马不停蹄地摸索赶回来。当回到妻子身边，只见她正蜷缩在那里沉睡。天也未全黑尽，肖峰不愿惊动妻子，捧着沙金，守在她身边。

等到天黑尽，从洞里往天空望去，只见繁星满天。月牙儿也昏昏暗暗，只能勉强看见脚下的路，远些就看不清了。

“幸好老天爷开了一点恩！”肖峰心想，便唤醒妻子，两人出到洞口来。因还有点亮光，翠妹怎么也迈不开腿。她正当妙龄，怎能赤裸着身子走路呢？羞愤交集，蹲在地上，抽泣起来。凭丈夫怎么劝慰她都不听，只是哭。肖峰着急好一阵后，跑出去。少顷，扛回几张野芭蕉叶来，他用手撕去硬柄，将芭蕉叶束在了翠妹的腰间，遮挡住她的下体，并围了个里三层外三层的，是一层撕裂了也仍然遮得住不露丑。翠妹这才停止了哭，肖峰还用一张盖了她的胸部。剩下的一张也围在了自己的下身。这样，夫妇俩才手牵手地找路下山。半途，肖峰扯了几根藤，把几包沙金扎在了自己的小腹前面。并折下两根树枝，给妻子一根，躲离小路，拣阴暗浓密的地方走，借着月光，慢慢摸回村来。

天将要朦胧变亮时，回到了村子。村头传来几声狗吠，当他们摸回了自己家门时，一切又都归于寂静。到处是黑黝黝的，像有无数的阴影。肖峰不敢叩门，他踩着妻子的肩，从墙头翻了进去。下得楼来，悄没声息地打开大门。翠妹像鬼一般灵巧，一闪身就进了自己的房间。

岂料，到房间里一看，五包沙金只剩得两包，有三包不知道落在什么地方了！翠妹心疼得哭了起来。肖峰一时不知道该安慰她些什么，听着妻子揪心地低哭，他也汩汩地涌出了泪。半晌，咬咬牙根，痛苦地喊道："苍天啊，苍天！我肖峰一辈子并不曾做过什么违背天理良心的事，你为什么要对我这样惩罚？！"

他们不敢放声地哭，怕老父亲听到。许久，夫妻两个才好不容易静得下来。这时翠妹也才发现，腕上的女表不见了，手上的金戒指不见了，耳垂上的耳环也不见了。不消说，全让歹徒解了去了。翠妹又伤心地哭了一阵。挨抢一包，丢落三包，捎带戒指、耳环，损失了一斤多黄金呢！翠妹泪水涔涔，怎么也止不住。

肖峰穿上衣裤，到厨房去。只见锅里还有一锅热水，就给妻子提来了一桶，翠妹洗了。而后肖峰自己到厨房去冲了两桶。

“天一亮，我就报案。”在房间里，肖峰说。

“不报算了，哥礼，传出去多丢脸！”翠妹听说要去报案，就又要哭。

肖峰替她抹干净泪水，说：“不能让坏人白捡便宜，不然他们会得寸进尺！”

“多羞啊！”

他安慰妻子：“这件事涉及隐私，公安会帮我们保密的。”

翠妹无言了。趁天还没全亮，肖峰就敲开了乡派出所的门，叙说了事情的经过。所长听是宗恶性大案，即拨通了县局的电话。留下肖峰，招待了他一餐饭。刚吃罢饭，县局就来了一辆北京212吉普和两辆三轮摩托车，八九个侦查员。法医验证了肖峰头上的伤，拍了照，笔录了他的陈述。然后带上肖峰，驱车往天生桥，进了犀牛洞，做了详细的现场勘查。找到了肖峰被击昏的现场，在附近拾到了击打肖峰头部的凶器——一根碗口粗的木棍。接着，找到了翠妹受袭的现场，在石板地找到了毛发，以及认为可疑的其他物证。记录了肖峰口述的被劫物品：两只背篓，两把小铁铲，一块大罗马日历表，一块瑞士女表，一对金耳环，一只金戒指，一小包沙金，衣服，裤子，小瓦罐，吃剩的东西，松明，烟，打火机……

“你们离家进洞，总共多久了？”

“半个月。”

“有人看见或者知道你们进洞淘金吗？”

“照理说是不应该有的，”肖峰说，“因为我们事先也考虑到了这些，所以行动都是悄悄的。”肖峰边回忆边说，“只是上个星期时，我回过一次家拿吃的。因放心不下爱人一个人在洞里，就等不得天黑，中午就动身——只是也没有人看见哪！”

“在这之前，你和谁进过这个洞吗？你怎么知道洞里有沙金？”

肖峰沉默一阵，想了想，就犹豫一阵，才道：“有个怀疑，不懂该不该说，说了又怕不是，冤枉好人就不好了。”

“请相信我们会调查清楚的。”

“有一个人，本村的，小名亚顽。在这件事很久以前，我和他进过一回。”

“这个人平时表现怎样？”

“跟他接触不多，看来是个老实人。”

“劳动表现呢？”

“是有些懒，做工像老麻蛇挨太阳晒一样，不死不活的。”

“我们想去见见你的爱人。”两位女干警说。

肖峰一惊，破天荒第一次说假话：“啊，真是对不起……我爱人她因为害怕，今早就回娘家了。她……是贵州人，我没到过她家，不知道她是哪个村呢！”

警察也不勉强，就驱车回去了，肖峰半途下车，拐小路回了村，他在尽力把这个事隐瞒着，连老父亲也不让知道。

十天以后，亚顽被捕了。从他家里，搜出了一对金耳环，一只金戒指。又过了两天，跟红河寨打对面的寨子，这边的警察也去捕了两个人。从他们家里，搜出了两只背篓，小瓦罐，一块大罗马日历表，一块瑞士女表，一把小铁镐，两把小铁铲，还有一小包沙金。过了四天，肖峰家来了几个便衣警察，他们把搜出来的物件拿来给肖峰。翠妹辨出，果然都是她和肖峰被劫的物件。那小包沙金跟肖峰现有的两小包沙金一样，包沙金的背心碎片是同出一件背心的。背心已经过化验，证实是肖峰的。警察也没有多大的为难，结案后就把被劫之物如数还给肖峰。

过后不久，肖峰薅完第一道秧，又追了一次肥。他便利用一天时间沿路回去寻找失落的那三包沙金，但没有找到。肖峰怕夜长梦多，就跟翠妹商量，打算把沙金全都卖给银行。翠妹不同意卖给银行，她说："银行才四十一块钱一克，还扣水分呢。卖给私人，都得八十块钱一克！"

"卖给国家吧，国家需要黄金。再说，私人也不能买卖黄金。"

"你才不懂呢，私人不买卖黄金？"翠妹说，"你怕，我不怕。不偷不抢，劳动得来，谁也管不得。"肖峰太爱妻子了，他不忍违她的愿。翠妹也体谅丈夫的心。她把那两包沙金取出，跟公安送回来的这包和在一起，沉甸甸有一小堆，估计有六七两呢。肖峰也把让老父亲收的那些取出，有二三两。翠妹又从自己的箱里，抖出一些来。肖峰不解，奇怪地望她。翠妹淡淡一笑，说："和你头一回进洞得的呀！我拿了十粒打了这对耳环，刚好每只两克。拿三十粒打了这枚戒指，小一点，两克半。用十五克打了一条项链，用一百克打了一对手镯——那拿去赎你的，是以前你给的——刚好剩半多点，称了，有一百二十七克，我知道它应该是你的。所以，虽然跟他结了婚，我也一直不拿出来。"

肖峰望妻子有好一阵，轻声打趣道："难怪呀，根基不牢，所以合不久。"

翠妹并不笑，认真地说："你懂什么，这是天意，因为先与你合了。”

肖峰用手划脸羞她。

翠妹毫不害羞，嫣然一笑，道：“羞我？”肖峰继续打趣妻子。

“天晓得！随你怎么说。”她轻轻一笑，并不生气，“你是过来人，老练得很哪。是不是，你自己心中有数。”她用手指把沙金拨弄了一会儿，说，“你估看，有多少。”

“一斤吧。”肖峰看了一阵，说道。

“怕不止呢，”她说，用指头在沙金中间划了一划，把沙金分成差不多相同的两份，“这样吧，一半你拿到银行，卖给国家。这一半，你就不要管我。”

“这样恐怕不妥，翠妹。”

“哥礼，你都六十二岁了，还想‘面朝黄土背朝天’多久？你不想过一个安逸的晚年？卖了它，多积累点。以后我们就不在这里了，搬进黄草坝市去。”

肖峰知道妻子轻易不乱说话，但她一开口，都是心里话。他沉默一阵，无言地捧起妻子的脸，轻轻地在她的额上吻了一口。

第二天，翠妹带着一半的沙金进黄草坝，肖峰也带另一半进县城。他把沙金拿到银行，没有谁问他沙金的来历。里面的人接过沙金，当着他的面用电子秤称了。告诉他，总共是337.391克，并给了他一张收据。然后把沙金拿到里面的检验室去，进行含量分析测定。不久出来告诉他：“是天然沙金，含金量78.83%，折合265.965克。国家标定价格是每克纯金47元，共计人民币12500.35元。”

银行表扬了他热爱国家、支援国家的行动，把钱给了他。肖峰拿 12000 元到储蓄所去，开翠妹的户头，存了一年的定期。在等候公共汽车时，他看到了亚顽被判处死刑，另二人被判死缓的布告。肖峰什么也没有说，怀中紧捧着给老父亲买的两斤上好烟丝和一瓶老年人常用的滋补饮料，一顶老人帽、两双老人布鞋和一件毛领棉衣，他还给翠妹买了一套款式新颖的衣服，以及梳妆用品——都装在一只大塑料袋里。脚边，是五十斤尿素。

当他兴冲冲回到家时，翠妹已先他一步进家。她也给老父亲买了鞋袜衣服、烟丝，给肖峰买了电动剃须刀、抗皱膏、青春滋补酒，然后把一张存款单给了肖峰。是用肖峰的户头，定期一年，款额是 28000 元。

这几天，人们都快把犀牛洞踏平了，都说里面有黄金。村里也有人想来约肖峰合伙淘金，甚至让他多分些利。肖峰拒绝了，老父亲也说道："世界上真有这种便宜事，金子也不这么贵啦！就是有，我们得这点也够了。让人家也淘一点吧。什么事都这样，不要做得太过，不能只顾自己富，不顾乡亲穿破裤。"

肖峰对于父亲的话是言听计从的。老人曲折一生，没有跟独生子享过一天福，每每还让老父亲为自己操心。每当想到这些，肖峰就想流泪。

"哥礼，好好想，到底跌在哪里。找得回来，也是一两万，找不回——就算了。"

"我明早一早就去。"肖峰说。

"我也去！"翠妹说。

"你不要去了。"肖峰不同意妻子去。

"不，我和你去。"翠妹执意不肯，非要跟丈夫去不可，她不放心让丈夫单独去。

“我看可以，多一个帮手也好。”老父亲说。

第二天清早，夫妇俩捎上吃的，扛上扁担柴刀就出发了。他们装作上山砍柴的样子，先来到犀牛洞口，果然不时有人出出进进，踏出了一条光滑的路来。翠妹憎恶洞里那曾经恐怖的一幕，她把它视为罪恶的地方，催促丈夫快些离开这里。凭着记忆，肖峰领着妻子，慢慢循着那天晚上的归程细细找寻。因为是半夜行走，又躲躲闪闪的，真不大好找得到。何况还有许多段路程是攀岩扶树乱冲乱闯呢，虽然留下些草倒枝折的痕迹，但也难找见。两个人四只眼睛死死盯着地面，也都不见。很快，一天就要过去，天霎时黑下来，可两个人还找不到半程路。

山区的早春，晨晚都有浓密的大雾，尤其在山顶上，气温还十分低，张口哈气，便和冬天一样有一团白气呵出。翠妹胆怯，紧紧拽住丈夫的衣角，还不时回头东张西望，老是怀疑有歹人在后面跟着。由于心慌，她不时滑倒，还带得肖峰也跟着跌，肖峰只好让她在前头走，她又怕前面的草里躲着人。当走到一丛草旁边，翠妹老是觉得那草丛后藏有人。她拾起一块小石子扔出去，竟“扑”地蹿出一只大灰兔，跳往山上去了。翠妹没有看清，吓了一大跳，脚下一滑，“啊”的一声，跌进了旁边的一个洞里，肖峰要拉已经来不及，急忙趴在洞口，狠命地朝洞里喊：“翠妹！翠妹！”不见翠妹应，他慌了，提着电筒向里乱照。而后，只听得洞里传来翠妹的喊声：“哥礼，我在这里！”

“啊，我的天，你伤着没有？”

“没有，你下来呀！”

“你躲开点，靠边点，我来了！”说罢，不管三七二十一，他一纵身便往下跳。

岂知这洞不是垂直洞，而是斜坡洞。所以肖峰刚一跳下，便来了个“牛滚坡”式，往下翻滑而去。滚了几滚，直到屁股撞在了一块石头上才停得下来。翠妹横卧在旁边，拦住了丈夫，不使他的头撞在石上。他一骨碌爬起来，摸到妻子，幸好两人都不曾受伤，只是擦破了点皮。

肖峰提电筒，不亮了，烧胆了。两人只好在洞里揉摩一阵腰骨四肢，才互相牵拉着慢慢爬出洞口。外面，天已黑尽。风呼呼地刮，把树哇、草哇都刮得山响，周围就有动静也听不出呢，到处都显得极不安宁，充满了恐怖。肖峰摸到了柴刀、扁担，抬头思忖一会儿。现下实在是寸步难行，有电筒也走不了，何况黑灯瞎火，并且连天星也隐了，根本辨不清南北西东。

“唉，回洞去吧，熬过今晚再说。”肖峰说。

翠妹紧紧挟住丈夫的手，跟着丈夫，又滑下了洞底。四周跟犀牛洞一样黑，幸而两人都经受过考验，不大怎么恐慌。肖峰拧下电筒的玻璃罩，露出电珠，用皮带尾将电珠来回击打。一会儿，电珠亮了，他把洞底四下照了一阵，选定了洞中一块独立的巨石。这巨石有一人多高，顶面是干的，正好可以躺两个人。肖峰长叹一声，幽默地说：“幸好老天爷开眼，给我们两个预备下一张石床。”

他搬了些石块到上面去堆放，爬了上去，回身把妻子也拽上来。他把一些石块堆放在枕边，扁担、柴刀也放在顺手的地方。

“人都差点不够睡，还堆石头占地方。”翠妹对丈夫说。

肖峰对妻子笑笑，说：“石头永远是我们的武器，在犀牛洞是这样，在这里也是这样。想我们的猿祖刚开始学步时，石头是立过汗马功劳的。为了生存，而今我们也效仿先人了。”

翠妹咯咯地笑起来，“都什么时候了，还有心思说开心话！”

“好翠妹！哥礼要连这点幽默都没得的话，就有十个肖峰也早愁死了！”他叹息一番，又说，“谁要真正了解到我心中的苦楚，谁就会叹咏世间存在多么的不公！”

肖峰还用石块砌了一排“挡土干墙”，挡住了妻子身体的那一面，以防她睡觉时翻身掉下去。翠妹搂住丈夫的脖颈，把头依偎在了丈夫的胸腋之间，撒娇地说：“和你在一起，天塌下来我也不怕了。”

肖峰又叹息一阵，“翠妹，我的妻！可惜哥礼不是你心目中那个能顶天立地的英雄汉，他只是生活中的弱者！”

“哥礼，这段时间你常常叹息。”她说，“不必嘛！生活的道路宽得很，何必苦恋那一条，让我们两个携起手来，去开拓我们自己的一条生活的道路。”

“谢谢！”肖峰吻着妻子，“有你的这句话，我还忧什么呢？我们正在努力这样做——只是我并不是想不开才常常叹息。古人把叹息称为太息，太息能使人的情志活动保持平和状态，它是人的精神方面的自我调节反应。有了它，才能使我们人体保持正常的机能活动。不信吗？你不妨回忆一下，当一阵痛哭之后，你有没有某种舒服的感觉？”

肖峰轻轻地问妻子，可是，翠妹已经听不到了，她双臂挽住丈夫的脖颈，睡熟了过去。肖峰强制着不使自己入睡，他要警卫娇妻，还有自己的安全……

第二天一早，夫妻俩起身。正往洞口爬去时，翠妹眼尖，看见洞口盘堆着一条很大的蟒蛇！她急忙推着丈夫往回爬，立即上了那块大石头，紧张得脸都变成青灰色了。肖峰压下心头的恐惧，轻轻安慰妻子道："别慌，不怕得！蛇是最敏觉的动物，它早发现我们呢。只是它现在还饱得很，不然昨晚我们早就丧身蛇腹，现在恐怕都成了它的一堆屎了！"

"我们怎么办？"翠妹的身子还在打战，眼睛一刻也不离那洞口。

肖峰手持扁担柴刀，四下张望一阵，发现后面有个小洞，隐隐约约地透进些光来。他指给妻子看，翠妹二话不说，拽了丈夫就往那洞爬去。洞口虽然狭窄，却能把头伸出去。

"头过得，身体就也过得。"肖峰高兴地说。

不一会儿，两人终于爬出洞了。

"总算死里逃生！"翠妹长长地舒了口气。肖峰滚来两块大石头，把洞口堵住。翠妹不解，问他做什么。肖峰说："我们昨晚借宿蟒蛇洞。为了不使我们背后受敌，只好把它的后门堵上了。"

"真危险！"翠妹咋舌，"好像做梦一样。"

"我们是'蛇口余生'！"

"哥礼，'大难不死，必有后福'啊！"

"说不上福不福了，愿后半世能过得安宁，就是粗茶淡饭也香甜。"

翠妹向前跑了几步，蹲在地上，头也不回地招呼丈夫："快来呀！快来！"

肖峰走近，她笑盈盈地拔起一棵小草，递给丈夫："看，是什么？”

肖峰接过，看一阵，又拿到鼻尖下闻。

“认不得，无臭无味，是什么草药？”

“乌头！”

“乌头？什么乌头，这么高兴？”

“一种草药，用途大着呢。黄草坝街就时常有人卖，比这个还小的根，都五角钱一颗哩！”

周围草地上，尽是这种草药。肖峰半信半疑，望了好一阵，说：“这么多，不会是人种的吧？”

“平白无故，谁来这里种？野生的！”翠妹说，动手就拔了一把。肖峰也跟着拔起来。这些草乌都个儿大，甚至有像大脚趾般大的。翠妹笑得合不拢嘴，对丈夫道：“黄金找不到，乌金也将就。”

“怕卖不出哩，别高兴太早。”

不到一个早上，两个人就拔得了好几十斤。翠妹是一棵不遗地细心拔呢，直待大大小小都拔光了，她才拢作两堆捆好，乐滋滋地挑了起来。她对能找回几包沙金的信心不足，加上这回的际遇，更无心再找下去了。肖峰耐心地说服了她，继续往回找。可一直到傍晚归家，果然还是没有找到。

“准是让别人捡去了。”翠妹说。

肖峰非常沮丧，“天意，我看是天意了。不懂肖家前世里做了什么缺德事，今天拿我来责罚。”

找不回沙金，两人的心都沉甸甸的，晚饭也吃不香。老父亲却并不很难过，他一辈子就是青菜稀饭过来的，不把钱看得很重。

“谁捡得，够他屙痢了。”翠妹说，“我们又不是走的小路，坎坎坑坑，不应该有人见呢。”

“很难说了，世界上的事就是这样——你苦思冥想的，可能到死都不得，而有些你想也想不到的，就自己来了。”

“我这么大，只有丢失东西，幸运从来不肯恩赐我。”她恨恨地说。

“难怪，我们才得做一对呢！”肖峰解嘲地笑了笑，“和你一样，我也只有损失，从来不曾白得过一分一厘。翠妹，我们回头再找一回吧，两三万，就种一辈子田也不得这么多。”

“哥礼，虽然可惜，可我是一点信心也没有了的。说到沙金，我就心烦！”她说，“不消说了，那不该我们得的，再找也不会见。”

“你总爱说让人泄气的话。”肖峰无可奈何地笑笑，“不懂为什么，现在我也开始有一点相信命运了。”

六、夫唱妇随

吃罢晚饭，翠妹就忙着整理那堆草乌。老父亲提着个水烟筒出去了。肖峰拿着脸巾香皂，到红河边去洗了个痛快凉。而后才慢悠悠地回村，耸立在那株大酸枣树下。夕阳西下，晚霞染红了大半个天空。

“时间过得真快，转瞬便七年了。”他喃喃地说，抬眼凝望远方。往事未能全忘，但大都已经淡泊，对官场的事他已经没有了留恋，对那不公允的认定已不甚耿耿于怀，“人生里，不合理的事多呢！何况人咬人的事……‘人咬人，没药医’。我一个人，势单力薄，如何去为自己申辩呢？忍让乃做人的美德。谁叫自己过去办事太认真，得罪人……而今好了，远离是非场所，眼不见耳不闻，心中自然清净，但愿晚年也能保持这样，步人生一场，也不枉度。”

正当嗟叹，妻子来喊。回到家，老父亲递一封信过来。肖峰一看，吃了一惊，信是从美国寄来的！

“信，村主任说是昨天送来的。他们奇怪，就拆开来看啦。可没有人看得懂。”老父亲说，又抽起了水烟筒。

信是用英文写的，原来是大儿子肖琳的来信。信中诉说对亲人的思念，对故乡的怀念，并告诉父亲，自己在五年前出国留美深造，已获博士学位并留任哥伦比亚大学生物系，现在从事一项尖端生物工程研究。同年在美国结婚，妻子邝琳，美籍华人，也在哥伦比亚大学从事生物学工作研究（助研）。现有一儿一女两个孩子，健康活泼。儿子同情父亲的不幸，跟邝琳一家商量后，请父亲及爷爷来美国度晚年。如果父亲高兴，还可以在邝琳爸爸的一个公司里任职。现乃征求二老意见。如愿意，即可通过官方正式请移民局代办一应签证云云。

看罢大儿子的信，肖峰既悲又喜。悲，是想到因为自己的事使得原来那个美好幸福的家庭解体，妻离子散，天各一方，想再复还已经不可能。喜，是大儿子尚不负父望，勤勉有加，今能在复杂的人生中闯出一条金光大道来，在纷繁复杂的社会里争到一席之地，再不为穿衣吃饭发愁！只是，对于孩子提出的问题，他不知道该怎样来考虑。这是一件大事啊，去与留，必须择一。

“谁写来，讲什么？”老父亲见独生子看信后神色不对，问道。

“是……美国的一个科学家，讲天文地球方面的事。”

肖峰搪塞着，平生第二次说了谎。

“你就不要再摆弄那些破烂了，”老父亲抽了一阵烟，慢慢说道，“没有用场的，少做一点。”

“爹，你放心，‘玩物丧志’，我是会吸取教训的。”肖峰说，遂把肖琳的信收了。

睡觉的时候，翠妹对肖峰说：“你们这边草药多，今后我们把加工中草药当作第二副业来做，也是一笔收入。”

“我相信，因为实践证明你的意见向来正确，只是，”肖峰说，“不要把全部希望寄托在一件事情上面，应该多渠道。这样，失败了也还有路走。”

“当然，这仅是其中一项——不是吗？”

“还有，注意休息也非常重要。我们宁可省点吃穿，也不要不顾命地去做。”

“不然，到头来得不偿失。”翠妹笑笑道。

“是的，是的……”肖峰应着，半睁半闭着眼睛，已经睡意蒙眬了。

“黄草坝街，我带你去卖一回草药。”

“好……”

翠妹这才发现丈夫已经是半在说话半入梦，她才熄了电灯。

黄草坝街那天，两人早早就来到了巴结渡口，过渡后，肖峰望望贵州婆的米线店，又望望妻子，欲言又止。翠妹猜透丈夫心思，把小嘴一噘。肖峰不便违她的意，只好不作声。公共汽车来到，两人背着背篓，拼命挤了上去。

黄草坝市是贵州省黔西南的第一重镇，也是州府驻地。这里山清水秀，街道整齐美丽，商业繁华。交通非常便利，往东一天可抵广西的百色，往南一天可跑三省四县，往西一天可到云南昆明，往北一天可达省会贵阳。平时，市区人口不足十万，可一到街天，人口便激增到二十万。市内所有大街小巷，全是黑压压的人，熙熙攘攘，一个钟头都走不了一里路。

夫妻二人的背篓里装着翠妹加工好的二十来斤草乌，几斤金银花，两大捆木通，几大扎土黄连，十斤制黄精。出了车站，二人手牵手，钻进人群中，挤到专门摆售农副土特产品的沙井街，找到一个角落就摆起地摊来。翠妹先在地上铺了张薄膜，再把最大的乌头挑选出三四十粒，摊开摆在上面，把几扎土黄连也取出摆了。而后她嘱咐丈夫看好东西，自己一扭身就进了滚滚人流之中。不一会儿，她拎来两张矮竹凳，给丈夫一张，各坐各的。她让丈夫略靠边些，自己先出面。她悄悄对丈夫道："大的卖一块钱一颗，小一点的七角。"

"这么贵——讲价呢？"

"头一个图利市，价钱再低也得卖——你先看我的。"

夫妻两个正说话，就有几个愣头鬼围了过来。他们半是看乌头，半是图瞅翠妹。

"嗐！好大颗的乌头！"一个青年蹲到翠妹的对面，提着乌头喊起来。

"唔！真大！"另一个也挤过来，眼睛向着乌头，眼珠却瞟另外的地方。

翠妹明知其意，但佯装不知。只是把双腿拢了拢，也望着他们带着一脸的笑气。

"别人谁也有，都没她的大！"

几个愣头鬼你推我、我挤你好一阵，因看见肖峰在一旁，虽是一头皓发，却人高马大，胳膊粗如小腿，一身浓毛，遂不敢滋事，望一阵，恋恋不舍地走了。

翠妹叮咛丈夫："不管顾客说什么，都不得顶嘴。做生意贵在和气。'是非只因常开口，烦恼皆因强出头'出外不比得在自己家，凡事忍着些，方能保平安。”

肖峰见她像嘱咐不懂事的小孩一般，不由得轻轻笑了，应声：“知道！”

“喂，乌头怎么卖——这般大个？！”一个中年人蹲下来，信手挑了几颗，问道。

不待肖峰答话，翠妹已经口齿伶俐地笑应道：“买哪颗，讲哪颗价。”

“这颗多少？”他挑了一颗最大的。

“一块五。”

“贵啰，相应（方言，指便宜）点得不？”

“请给个价。”翠妹和颜悦色地望着他。

“一块。”

“一块二，相应卖喽。你看，个头这么大！”

“是大，就贵了点。这样吧，一块钱一颗，我买十颗。”他望望翠妹，又望望肖峰。

“好吧，图个利市，相应卖喽。”翠妹笑说。

那人挑了十颗大的，给了翠妹十元钱走了。翠妹把钱给丈夫收了，说：“哥礼，第二人以后就稳价啦，少一角也不卖。”

到中午，夫妻二人共卖出去三百来颗，收入两百五十多块钱。那几扎土黄连也出手了，得了二十块钱。肖峰兴趣很高，就得了个开门红。他既觉得好笑，也连连叹息。想不到自己从天上跌落到地上，变成了街头摆地摊挣饭吃的小贩！虽然想不通，却确实如此。命运真会捉弄人啊！明天又怎样呢？看来只有天知道。既然这样，又何苦去忧虑那明天，重要的，是把握好今天的生活……幸而这里不必忧虑熟人看见。肖峰取出烟，细细地吸着，想命运，叹无端。

翠妹吩咐丈夫留心在意，自己又挤进了人流中。半个钟头后，她给丈夫捧来一碗热气腾腾的米线，一包糯米饭，一根香喷喷的炖猪蹄，还有一瓶香槟。

肖峰就地吃起来。才半天，他已经成了一个熟练的生意人。做买卖，一半靠货真价实，一半靠懂得招揽。

“乌头嘿！好大颗的乌头嘿！治跌打风湿、强壮学功夫的乌头嘿！”

但凡有人经过，肖峰都要这么一阵喊。当然，他的喊也有效果，只不过有翠妹在旁边坐着，其效果更佳。他这才悟到了些许道理，为什么服务行业里多年轻女士了。

到下午三点钟，又卖出三百多颗，收入两百多块。这时，翠妹下令收摊。肖峰正在兴头上，再卖下去还有赚头，因此他舍不得走。翠妹老谙世故地说：“晚了就挤不上车，带这么多钱，路上不保险呢。”

肖峰这才恋恋不舍地收了摊，背上背篓，随妻子离开了墙角。翠妹先把两张小竹凳去还了，给了人家五毛钱。而后带着丈夫到盘江路尾中草药收购店，连同那些黄精、金银花、木通、乌头，都分别过秤定级，卖了共得两百四十七元。今天，总共收入七百五十多块钱，并且是无本生意。翠妹用肖峰的户头存了五百元的活期在银行里，余下的买了些油盐酱醋，便都带回家。

在往公共汽车站的路上，有个人在东风商店门边摆摊卖乌龟，其中有只乌龟差不多有只小脸盆大。肖峰停下步，问了价。卖主说五块钱一斤，肖峰提那龟掂了掂，有十五斤左右。他跟卖主讲价，最后说成四块五角一斤。拿秤一称，竟十八斤重。肖峰有些舍不得买，可巧这时那龟突然伸出头来东张西望，傻乎乎地望着肖峰。卖主说，如果有心想买，就七十块钱也卖了。肖峰便给他七十块钱，把大乌龟买了下来。

“嗐，这般大个龟，真没见过。哥礼，要吃你自己劏（方言，宰杀），我怕劏它呢！”翠妹望着丑陋难看的大龟，不住咋舌摇头，连碰都怕得很。

肖峰叹一声，边和妻子走边说：“我哪是想吃龟肉，我想到我从没做过一件亏心事，可是命运偏这么残酷地摧残我，我想好人是不应该受这种折磨的……我虽仍然信仰唯物主义，相信科学，可又有谁肯想念我同情我肯帮我说句公道话？生活逼迫我不得不改变初衷，我要为无罪的我赎罪。为求得某种心灵的安慰吧。所以，我把这龟买下来，准备拿它到红河去，放生！此举可能跟我的信仰格格不入，却也只能这么做了。翠，你理解我的意思吗？”

“别说了……”翠妹忍住泪，默默地从丈夫手中接过那龟。

傍晚，夫妻俩回到了家。翠妹端来一只大木盆，灌进半盆清水，把大龟放了进去。肖峰扛起锄头出门，过不一会儿挖来半竹筒的蚯蚓，把蚯蚓噼里啪啦地倒进水中喂那龟。吃饭时，翠妹丢了一团饭给它，那龟也吃了。吃罢，它自己爬出木盆来，在厨房里东张西望一阵，就慢吞吞地爬到水缸角下，把头缩进硬壳里，休息了。一家人见了都笑起来。

由于精心护理，肥水足，肖峰的早稻长势喜人。秧苗大早就转了青，葱绿葱绿的。地里的玉米也长得很好，两场春雨，虽然不足一百毫米的水，但因为料理得当，都早破膜而出，绿油油的。村里还专门组织去参观他家的旱稻和玉米呢！

利用农忙过后的闲暇，翠妹带着丈夫上山找草药。终因还不到季节，所得的不多。翠妹很耐心地教丈夫辨识，什么威灵仙、了刁竹、金不换、砂仁、藤槟榔、茶辣、五倍子，每味药的性能、成熟季节、生长特性，等等。他们找了几天，附近的山沟都走遍了，所得不多。

“靠采药致富难了，看来还得淘金。”肖峰对妻子说道。

“我不去犀牛洞！”翠妹心有余悸，又娇滴滴地对丈夫说，“我也不许你去。”

“我不去犀牛洞。我也不相信只有犀牛洞才有，我相信红河金三角的判断。”肖峰沉思地说，“我先到附近的河沟去翻翻。”

“我和你去。”翠妹说。

“不，暂时先由我去，看情况再说。”

“你一个人，我不放心。”妻子担心地说。

“你不懂，我一个男人随便走，倒不容易出事呢。你和爹在家，尽量少外出，不远走。”

“你去多久？”

“附近有几多远呢，转转就回来了，注意也喂一喂那龟。”

第二天中午，肖峰背着一只背篓，里面放了有点吃的，还有一只新做的淘金木箕，一把小铁铲，一把利斧，就进了沟。他沿从泥山脚下流出的一条小河沟逆水而上，往深山里去。走了十来里路，在一处水流不急，也不很深，泥沙沉积较厚的河湾处停下，把东西放妥，脱去衣裤鞋袜，动手就搬石块。水还很凉，甚或有点刺骨。他很快清出有半分左右宽的水域，再用铲把上层的浮泥铲掉，留下沙夹泥的沉积层。然后，取出木箕，放进几铲沙泥，在水流处轻轻淘起来。数分钟后，淘尽泥沙，箕底有几粒糠片般既薄又细的沙金，还不到一粒芝麻大，阳光照射下，却也闪放金光。肖峰惊叹参半，惊的是证实了自己原先金三角的理论是对的，叹的是金粒实在小得可怜！小到无法用手指把它捡起。他只得削细了一根小树枝，轻轻把它们挑出来。

“不知道多少粒才凑够一克呢？”他轻轻摇头，信心不足，“或者，这仅是第一箕，说不定往后有大些的？”

肖峰尽可能往深层挖取泥沙上来淘，第二箕多得了几粒。第三、第四箕一无所获，第五箕又得一点……有时也偶得几粒较粗的，但都没有犀牛洞淘得的大，更没有那么多。有时连续淘了不知多少箕，也一粒都得不到。就这样，他也坚持淘到看不清沙金了，才上岸来。取出烟抽一会儿，消去些疲劳，把所得的沙金都合在一起，还不到一克。他苦笑两声，收拾东西，背起背篓找路回家。

翠妹立在村口，早就望眼欲穿。她今天进黄草坝市卖草药，得了百来块钱。回到家，肖峰把所淘得的沙金倒出来，翠妹看那像泥巴一样碎小的沙金，不禁叹一口气。老父亲却捧着那点点金子，小声说道：“真不料，穷山沟也会有黄金！”

“我原先也推导出红河金三角的理论，不想让人家把沙金换成了碎铜片，害得我又蒙受一次不白之冤。可见人生在世，为生存而竞争多激烈，多不择手段！要不是翠妹，我的骨头也埋在栖凤岭了。”肖峰回忆曾经的遭遇，感叹不止。

“伤天害理，诬陷良人，早晚会有报应的！”翠妹气愤地说。

第二天天未亮，肖峰带上妻子为自己预备下的糯米饭、熟鸡蛋、咸酸菜，带上工具又出发了。他避开一切人，尽往深沟里钻。他吸取了昨天的教训，找到一个小三角洲地带，在河道拐弯处，又是搬移石块，铲去浮泥，深挖河底的泥沙来淘。头几箕什么也未得到，再淘几箕，果然淘到了些许。虽不比犀牛洞里淘到的大粒，却也比昨天的略粗些，并且每次都多几粒。他精神来了，也积累了点经验，尽量往最底层挖泥沙。这样，最多时一次可得到十几粒，少时也有两三粒。有一次，竟还淘得了一粒有玉米粒般大少的沙金，估计有三克哩！这天，他几乎没怎么休息，整整淘了一天。直待夜幕降临，辨不清沙金时，才进林里休息，吸烟，吃东西，松腰骨。待天黑尽，才找路回家。这天，总共淘得有十克左右，算是较大收获了。吃罢夜饭，他到村卫生室里捡了一只青霉素小瓶子，洗干净带了回来。再用老竹皮削了几支薄片。翠妹不知道他有何用，问他，他说："金粒又细又薄，须得用竹片挑出来，放到水里，才沉到瓶底——这两天因为太细捡不了的，怕也有好几克呢。"

"这回我和你去，好吗？"翠妹求告般地说。

"好——吧。"肖峰答应了，做了一番充分准备，趁天未亮时夫妻俩出了门，来到肖峰昨天淘的地方。

借着月色，二人清理出一段有三分左右面积的水域，铲去上层浮泥。做完这些，天还未亮。肖峰想了一会儿，就砍了许多杂树，集中到一处，准备搭棚子。天一放亮，便开始淘起来。中途小歇吃两餐外，根本顾不得休息。从大早一直淘到夜幕拉开，总共有三十克左右。喜得二人合不拢嘴。其中，有三粒竟大如玉米粒呢！两人动手搭了一个牢固的大木棚，隐蔽在杂林深处。木棚很高，还设了一道门扇。"床"是用粗如手腕的大藤吊搭在半空中，有一人多高。直待天完全黑了下来，二人才转回家，把淘到的沙金交由老父亲收藏。也不休息，准备了足够两人吃用一个星期的米菜油盐，又悄悄出发了。

这一带，周围是崇山峻岭，林木遮天，两山之间只有一弯小河，没有一块田地。可谓人迹罕至的地方了。为了安全起见，肖峰把利斧和弯刀都时时随身佩着。翠妹扯来许多的狗屎藤、蛇倒退草，把木棚拢了又拢，防止毒蛇靠近。再找来许多刺蒺藜、麻风草，将木棚围得严严实实的，使人或野兽见了，都得望而却步。白天里，夫妻二人顶着日头淘。淘的时候，还不时淘到河蟹、水蜈蚣、吸盘鱼、河螺。为了节省时间，他俩每天都是煮一次分两餐吃，菜也是锅里总有熟的。晚上时，夫妻二人高躺在“空中吊床”里，观夜景，谈天论地，实在是无忧无虑。他们把木棚前几米远近的地方铲刮干净，燃上一堆火。野兽看见火，远远就躲了，因此非常安全。

第三天中午时，太阳原本好好的，突然一块乌云飘来，顷刻天暗了，接着就是一场瓢泼大雨。雷声夹着闪电，电雨夹着呼呼的山风，狠狠地把整个大地来摇撼。“轰隆隆！轰隆隆！”天空像裂开一般。

夫妻二人龟缩在木棚里，淋成了落汤鸡。棚里棚外尽是水，所有的东西全泡了汤。暴雨一过，山洪暴发，小河灌满了水。幸好他们的棚子地势高，大水只来到棚前两米外，而后就渐渐地退去。半个钟头后，太阳又露了脸，艳阳当空，风和日照，山梁中升起一道彩虹。

肖峰和翠妹把湿了的衣物都拧干水，拿出去晒。今天是没法淘了。因为待河水消退后，已经到了傍晚。翠妹只穿一条小裤，几乎光着膀子搬了许多柴到石头上去晒。这一天的晚饭最难煮了，柴只是冒烟，根本燃不起来。

就这样，两人风雨无阻地连着淘，不消几天，肖峰的面色就变得膛红，并且红里带黑，显得既粗糙又老相。翠妹呢，正当妙龄，粉嫩的脸蛋经过风吹雨打日头晒，真个白里透红，更显得漂亮。而最令肖峰佩服的是妻子虽然是个娇滴滴的女子，可撬石头、铲泥沙比男的还带劲。

大雨过后的那天晚上，夫妻俩高高躺在吊床上，放下蚊帐来，卿卿我我地说了一通宵话。林子里除了虫鸣，夜鸟啼，再无别的动静。

“翠，我们的生活跟野人有多少差别呢？”

“有哇，至少野人没有蚊帐。”她戏谑地笑。

肖峰惆怅地说：“天不收，地不管。为了谋生，疲于奔命。昨天刚钻岩洞，今天又进老林。风吹雨打，辛勤操劳，但不知道到了那明天，明天，生活的洪流又把我们漂流到何方？”

“我很少去想明天的事。”翠妹说，“谁知道自己的明天是个什么样子？圣人也罢，凡人也罢，谁都不能预测自己的明天。所以，我宁做个现在主义者，今天主义者。我只是想：怎样过好今天，哥礼，想明天做什么呢？”

肖峰叹一声，细想妻子的话，“翠，想不到你也会说出这些话。哲理深呢！”

翠妹轻轻一笑。她是个聪明女子，很理解丈夫的心情，同情丈夫的遭遇，只是她有些不赞同丈夫的长吁短叹，那是悲观的情调，会使人提不起精神。

“不要时时提过去的事了，想那么多做什么？反正也不是无路可走。人家荣耀是人家的事。靠我们自己，吃起来心安理得些。”

“翠，只是非常委屈你了。来世我变牛变马，也难报答你！”肖峰握住妻子的手，再说不下去，落下两行泪来。

翠妹轻轻替丈夫揩泪，将头靠在了丈夫毛茸茸的胸上，不住地揉摸着那毛。

天还未亮，翠妹早早就下去了。她头也不梳，让头发自然地披垂在肩上。身上只穿一层薄如蝉翼的衬衫，病恹恹地半跪在火堆旁，吹那头。柴堆上，架着一只烧水的锅。肖峰已经醒来，但他并没有即刻下地，而是卧在吊床里，用观赏的目光审视妻子的每一个动作。一会儿，火燃了。火光亮亮地映照在她的脸上，腮似桃云，面若梨花，楚楚动人。

妻子的话富于哲理，肖峰细细品味着。“是的，”他想，“她比我想得远，想得客观。也许这就是她——为什么嫁了一个老头，也还这么乐观处世的缘故吧！如果我不能彻底抛弃对既往的挂念，不抛弃对明天的忧虑，我就会辜负我的今天，我就会辜负她寄予我的深情厚谊！”

肖峰下床来，发誓一般说道：“从现在起，我就要，美美地安排我们的每一个今天！”

一个星期总算平安而过。淘得的沙金总共四两左右。带来的食物吃完了。非回去不可。但翠妹舍不得离开，肖峰当然不会让妻子单独留在这里的。于是到了夜晚，夫妻二人才收拾东西，存收在林里，而后回了家。肖峰把金子交给父亲，取了米菜油盐，趁天不亮又马不停蹄地转回了山沟里。

就这样，他们来来去去，辗转山间一个多月，把一条三里多长的河沟掀了个坑坑洼洼。肖峰变得既黑又瘦，像个鬼一样，但身子骨倒是比以前结实硬朗得多。翠妹的肌肤是怎么晒也仍是白白净净的，唯有面孔，红得像熟透的苹果。经过锻炼的身段更美了，窄窄的衣裤罩在身上，曲线是这般的窈窕动人。在一个月高夜静、繁星满空的晚上，夫妻才双双凯旋。

入夜，洗换完毕，翠妹把全部的沙金合拢在一起，高高的一堆，估计有差不多两斤。翠妹把它推平成一个正方形，而后用指头将之一分为二，淡淡地对丈夫道："照老规矩，一半你拿去，卖给国家吧。这一半，还是我拿去卖。"

从某方面来讲，妻子是对的。因此，肖峰不便多说。只是不卖给国家，在他心中总有一种说不出口的内疚。诚然，卖给国家，是少得一些价钱，尤其是对没有工资，靠自己挣钱吃饭的人来说，少这么多意味着什么是不言而喻的。肖峰长叹一声，把两堆沙金合作一堆，包了，全塞给了妻子。

翠妹睁大两眼，很不理解地望着丈夫。她沉吟片刻，轻轻打开来，凝望着汗水和泪水凝结成的黄金，落下两颗泪珠……她小心翼翼地把它又重新包好，都塞在了丈夫手中，不顾老父亲在场，偎在肖峰的肩坎抽泣起来。她边哭边说："你还是都拿去吧，把它卖给银行。我理解你，祖国养育之恩是怎么也不能忘的，要没有国家，也就不会有我翠妹的今天！这个大道理我还是懂的。哥礼，明天我和你进县城。我们把它卖给银行吧。这样，我们的心才好受。少得些钱又有什么，只要你我恩爱，同心同德，往后的日子会一天一天好起来的！"

肖峰再说不出话来，含着泪，把待要说的话都咽进了肚里。

第二天，夫妻俩带着沙金到了县城，拿到银行去，总共合纯金一千零七十六点四三克，每克四十七元，共值五万零五百九十二元二角一分。肖峰在翠妹的户头存了五万元，定期一年。

哥礼两公婆在河沟淘金发大财的消息，像春风一样吹遍了红河村。于是，登门拜访的、取经的、问路的、探虚实的，还有恭贺的、借钱的，一时间肖峰的家门庭若市起来。不久，这消息又像长了翅膀似的，很快在全乡、全县传扬开了。于是乎全县境内，掀起了一股淘金热浪。所有的大河小沟，尽是淘金人流。据说，最高潮时每天达到两三万人。不分男女老少，大家都拿起木箕铁铲，涌进了河沟。一时间所有河沟的水，都给搞得浑浊起来。河床上，东一凹，西一洼的，简直闹翻了天。开始是农民、乡镇居民，后来连机关的也找各种借口回家，投入淘金的浪潮。田地顾不上料理了，机关的工作也受到了干扰。过后不久，听说县里下了红头文件，严禁私人淘金，违者没收所得，还要缴罚款。县矿产局也分出一个黄金管理局来，四时聘有治安队员在各条河沟、犀牛洞口巡逻，见一个拉一个。加上五黄六月，雨季来临，县里把困难户、因灾缺粮户的生活也妥善安排了，这股汹涌澎湃的淘金热才骤然降下来。过后不久，省里的地质队也进了山，旮旮旯旯都走过，说是县境贫金，根本不存在“金三角”地带。人们得到的，也就这么些啦，再不会有了。可是，后来又传说某乡发现泥金，遍山遍野的泥巴里都是黄金，就连农民家里的泥墙、火灶、厕所墙，统统都是黄金！又说某乡的石山上的石头，也全都含有黄金！每吨石头含量五克！如今，地质队已经在该乡开钻，没日没夜的钻机轰响，已钻了五口深井，岩样都拿到省城化验，现等待结果呢！县境存在深层金三角。

这些消息，像山风一样刮过来，又刮过去。紧一阵，松一阵。总之，众说纷纭，莫衷一是。每有一种新说，不出三天，全县都能了然。只是这些都与肖峰的家人无关，他们按照自己的生活节律生活着。

七、立体养殖

炎炎盛夏，正值农事大忙时节。肖峰家的田地不多，加上三个人齐心协力，很快就完成了全部活儿。村里人对老父亲是十分敬重的，因为老人纯朴、厚道、慈祥，并且勤奋一生。如今年已八十五岁，仍然身体硕朗，坚持田间劳作。肖峰呢，各人贬褒不一，议论甚多。只是因他也行事为人检点，肯帮助人，不少人都扭转了既往的偏见，渐渐跟他好起来。至于翠妹，原本是个纯真烂漫的贵州姑娘，已经给人非常好的印象。而今见她勤俭持家，尊老爱幼，作风纯正，还有谁会对她有成见呢？

肖峰经过几年风雨磨炼，又得体力劳动的锻炼，加上精神负担卸下了，没了往常的苦思冥想，欢乐的时日多于忧郁，六十二岁的人看上去也不过五十上下。唯有一头的短发银光闪闪，跟他的外表不甚相称。每逢他在县城或者黄草坝街上走，认识的人都要看一眼他的白发。不认识他的人，就看一眼他的皓首后，又看一眼他的脸。当然，他要是和翠妹一同走，是绝少有人会想到他们是夫妻俩的。

那天忙罢田里活路的晚饭，翠妹杀了一只鸡，做了一条焖鲤鱼。肖峰给老父亲斟上一杯苞谷酒，给翠妹和自己的杯里倒进了香槟。老父亲一边抽水烟筒，一边慢慢呷着酒。

肖峰给父亲的碗里夹了块剔去骨头的鱼肉，说："我想过了，三个人吃一个人的粮，不是长久的办法。淘金、挖药也仅是权宜之计，要想让家里长久富足，须得有个牢靠的出路。"

翠妹丢了一团米饭给大乌龟，听了丈夫的话，问："怎么做，才叫得上牢靠出路？"

"以粮为纲，种养结合。"肖峰说，"通俗些说，就是发展家庭副业。"

"养猪鸡鸭什么的？"老父亲说。

"还不是小打小闹？俗话说，'养猪为了过年，养鸡为了换油盐'。像这些副业，能牢靠？"

"翠妹说得也对，但没有说完，我们要做的话，一是要大养特养，舍得花本钱投资。二是不因循守旧，采用科学方法，搞科学种养。"肖峰颇有信心地说，好像他曾经干过一样。

老父亲抽了一阵烟，然后说："花本钱，搞科学，在我们来讲不算难。要紧的是舍得花大力气，吃得苦，说来容易，做来难哩！"

"吃苦则不怕，我只怕不懂科学。"翠妹想了想，说，"我实在不懂做，哥礼又是书呆子，爹年纪又大了。不懂我们能办得不？"

肖峰却高兴地说："能吃得苦，就什么都好办。科学养殖，我也略懂一点。我来当技术指导——我们第一步，先以养肉鸡为主，附带养蛋鸡、小鸡和肉猪。要是成功，明年大干一番。"

“大幅度养，有两个困难呢。”翠妹说，“一是饲料，二是防疫。”

“你说得都很在理，先有了准备，遇事就好办。饲料问题不大，一方面我们通过科学养殖内部调剂解决，这个不难。另一方面，县城黄草坝都有饲料公司，问题也不大。防疫是非常重要的，但我们和兽医部门挂钩，也就解决了问题的大半，我们眼下必须做的是两点：一是建猪舍、鸡舍，二是买一部胶轮马车拉饲料。”肖峰望着老父亲和妻子，把自己的打算和盘托出，并详细讲解了科学养殖的含义。然后他说道：“在我们的生活里，有哪样事能不冒风险呢。要怕冒风险，就一样也做不来。”

商妥后，夫妻二人趁街天买回了一车的毛竹和青竹，按图索骥动手搭鸡舍。他们把后园和菜园之间的荒地平整了，搭起一排鸡舍。再买了许多木料，自己也砍来不少杂木，割来茅草，在鸡舍的后面盖起一排猪栏。而后扩大了篱笆墙，再在牛栏旁边接上一个马圈。做完这一切，花去差不多一个月时光。准备妥当，夫妻二人进了黄草坝市，买了匹大骡子、一辆胶轮马车，顺便拉回来五百只良种鸡和饲料。第二天再跑一趟，买来三十头小猪及饲料，在书店买了一堆科学种养技术的书。

肖家转行搞养殖的事，全村都知道了，有支持的，有说风凉话的，有冷眼旁观的。支书和村主任、副村主任、文书、会计等村干部都来了。村干部是勉励的多。特别是村主任最支持。他戏谑地对肖峰说：“阿礼，算你有种，说句不好听的话，我看你这个人是‘死猪不怕滚水烫’。干事业，真得有一种厚着脸皮拼命做的精神！要说出路，像我们红河村这种穷村就得靠这个，这才是正道。

今年你先干，我们看你的。你闯出一条路来了，我们都跟着你上！”

支书也笑了笑，说：“人家说，‘不得吃猪肉，也得见过猪走路’。你家先做出来，成功了，大家都跟着干。就是这么样。”

肖峰谦虚地笑笑，说：“我家先摸索着做，失败了，大家总结总结，吸取教训。对于科学种养，我不比你们在行。只是过去我在省城时，曾参观过一个军队养殖场，现在想起来还觉得新鲜、感人。两年以前我就已经想到这上面来了，就是左右拿不定主意，直拖到今天。”

“嗬哈！原来你是‘三月的芥菜，早就起了心’啦！”村主任打趣地说。

翠妹最希望丈夫能成功，她起早贪黑地拼命做。因为是从国有公司买来的良种鸡，每只都做过“预防”了。可肖峰仍放心不下，又从乡里请来兽医，给鸡重新打了疫苗，给猪打了预防针。一家三口人，除了料理有限的田地之外，大部分精力都放在了养殖方面。

很快，到了年底，小鸡变成了大鸡，成活率高达百分之九十八，平均每只鸡重四斤半！肖峰把鸡都卖给了国家，收入六千六百多元，扣去成本，纯收入五千七百元。卖猪二十八头，收入一万零五百元，扣去成本，纯收入七千元。卖蛋收入七百元，小鸡收入一千二百元。以上纯收入达一万四千六百元。全年粮食总产也创了历史最高水平，稻谷收获八百二十斤，玉米一千八百五十斤。

尝到甜头，全家的劲头很高。肖峰和翠妹计算了劳动量，决心扩大养殖。肖峰提出“立体养殖”方案，这样既能减少投资，又可增加收入。老父亲和翠妹都同意立体养殖。春节到来之前，肖峰就完成了备耕，大量的猪粪也下了田和上了山。夫妻二人还开垦了两亩多荒地，都种上了旱谷。买了些木料，把猪栏扩大，盖起一个饲料房。以后统称为养猪场、养鸡场。一切准备就绪，第一批就从黄草坝购进了一千五百只肉鸡、四十头小猪，计划是今年出栏两批肉猪、三批肉鸡。附带养鸭、鱼、蛋鸡、小鸡，再种些当年见效的果类如葡萄。所谓立体养殖，就是用混合饲料喂鸡，再将鸡粪经处理后掺和其他饲料喂猪，既减少对饲料的投资，又可以增加饲料，变废为宝。而后，还可以把猪的粪便投进塘里喂鱼。待打完鱼，鱼塘干了时，又可以拉塘泥放田，真是得益不少呢。翠妹经过了去年下半年以来的养殖，也积累了些经验了。她挑了三百只良种鸡准备做母鸡，让它们产蛋后，一部分蛋投放市场，一部分孵小鸡崽儿出售。肖峰承包了村里的一个丢弃多年的旧塘改建为鱼塘，有一亩半左右。他根据有关资料介绍，依照鱼类的不同生活习性，投放了一万尾鱼，进行双层喂养。老父亲也在猪场、鸡场周围，房前房后栽下了十七株葡萄。翠妹打算开春后购五百只樱桃谷鸭。樱桃谷鸭生长周期短，容易收效。只是这么一来，三个人就要早晚操持，辛苦一年了。

村里有十六户人家也模仿肖峰一家办起了养殖场，村主任和会计两家干得最火热。他们还不时邀请肖峰、翠妹去传授经验，也经常来肖峰家走动，或者到场里参观。也有不少贫困户来借钱，肖峰一家三口都是慷慨之人，对于乡亲们总是有求必应，春节前后就借出两千七百多元。

一天晚上客人离去后，翠妹跟肖峰抱怨地说："那只大龟，处理掉算喽，麻里麻烦的。立体养殖都顾不来，养着它又不懂屙金！"

肖峰跟大龟已经有了感情。他把它作为自己谨慎人生的起点，每见到大龟，他都产生一种心理上的平衡，激励自己去谨慎生活。半年多来，大龟也习惯了这里的生活，成天缩在水缸脚，有东西喂它，它就出来；顾不上喂它，它就安伏在那里，一动不动。有时，主人在天井里洗菜或搓衣服，它还会爬过来蜷伏在脚边。只是勤照料它的，是妻子，肖峰是不大顾得上它的。翠妹常给它挖来蚯蚓，或在田间时信手捉些蚱蜢青虫什么的来喂它。还有鸡下水呀，碎肉片哪，实在没有这些，也常常投给它一些饭团。因此，翠妹是辛苦了。肖峰对妻子歉意地一笑，抱愧地说："半年多来，的确是多亏了你了……买它来也原本是为了放生，我们就把它放了吧。"

"我懂得你舍不得——可我实在顾不来。"翠妹抱歉地扶着丈夫的肩头，低声说道。

"不，我懂你最辛苦，我马上放生。"肖峰说，就去找来一个铜环，然后在大龟甲壳的尾部钻了个小洞，把铜环扣上去，砸紧。那铜环上铸有四个小字：肖翠放生。

翠妹捉来一只拳头大的鸡，杀了，剁碎，把肉喂了大龟。肖峰也挖来许多蚯蚓投给它。到了傍晚，肖峰把大龟装在背篓里，背到红河边，把大龟捧出来，放到了水中，默默地在心中道："去吧，回归你生活的天地。人间不是你待的地方。虽然水里也有弱肉强食，你还可凭借你的硬壳，能躲则躲，能逃则逃。平时多缩头，千万莫逞强。老天爷就会保佑你长命千岁！我，肖峰，平生没有做过一件违背天理良心的事，我问心无愧。但要是说我前半生也没做过一件好事的话，我现在就来弥补自己的无罪的罪过，将你放生。愿我的心灵安静吧，愿我能平平安安度过晚年！"

默告罢，他把大龟推进了水中。岂料大龟不愿下去，游回转来，要爬上岸，并伸出长长的颈望着肖峰。

“去吧，朋友。天下没有不散的筵席，往后谨慎些，莫再离开你生活的环境，就不会有生命之虞啦！”

肖峰说罢，把它推进了浑浊的旋涡之中。大龟随波漂流了一阵，就沉入河里了。他这才站起身，依依不舍地望着那滚滚的河面好一会儿。

良久，肖峰一步一回头地，回到酸枣树下，伫立着，望向夜幕笼罩着的村庄。点点灯火，忽明忽暗。牲畜家禽都安静归窝了，唯有小虫的鸣叫令人心烦。肖峰转回身，面向大河，倾听着哗啦哗啦的涛声，不禁心潮澎湃。要说把既往都忘却，那是绝对不可能的！只不过是随着时光推移，不再感到那么痛苦而已。红河湍湍东去，把涛声留给了心情繁复的人。肖峰倾听了一阵，不由得信口吟道：“毕竟东流塞不住，一途风雨到汪洋。”

直待皎月腾空，繁星闪烁，肖峰才带着一腔的思绪回转家来。翠妹正在小厨房忙，见丈夫进来，笑盈盈地迎过来，满面春风，道：“哥礼，因为你把大龟放生，做了件大善事，所以就马上有好报了。”

肖峰望着妻子一脸的笑，不由得也笑了。他取出一支烟来，道：“什么事，使你这么高兴？”

“你来嘛。”翠妹拉他，进入寝室，取出一件东西在手，拿到丈夫眼前一晃，即藏到身后。

“什么东西？”肖峰没有看清楚。

“猜！”

“是不是……丢失的那三小包沙金？”

“啊，真聪明！”

翠妹把三小包沉甸甸的沙金给了肖峰，而后双手扶在肖峰的肩坎上。肖峰把一个小包打开，果然是黄灿灿的沙金。翠妹趴在他的肩膀上，把发现沙金的过程讲了。

原来，那晚上二人赤裸着身子摸黑回到家后，不敢叩门叫老父亲，肖峰就踩着妻子的肩膀爬上墙，然后从楼上下来给妻子开门。可正当他在翻上墙头时，有三小包沙金的藤子被勒断了，刚好就落到了墙和楼板的夹缝之间。当时因为过于紧张，没有发觉，后来就一直以为是落在了山上。晚饭后肖峰到河边把乌龟放生，翠妹上楼整理苞谷堆，因为老鼠把一些玉米弄进了墙板的夹缝中。当翠妹把玉米挑上来时，才发现了这三小包沙金。

说放生得好报这话，不过是妻子的一句玩笑话，可肖峰想了好久。过多的沉重打击，难以忘怀的变故，使原本多愁善感的肖峰一反常态，成了个大事大忧、小事不虑的常乐者。他也不相信放生跟找回沙金两者之间有什么内在联系，只是养成了习惯，他也把这件事记在了日记本上。

不消说，春节前几天，夫妻二人赶黄草坝街准备年货时，把三小包沙金拿到银行去卖了，重四百一十三点一二克，含金量为百分之七十九点八七，合纯金三百二十九点九五克，得一万五千五百零八元零三分。按肖峰意见，存银行一万四千。两人备份厚礼并封了一千元红包，到巴结镇拜望翠妹的妈妈贵州婆。

起初，贵州婆火气很大，到见了厚礼和一沓现金，加上二人都恭恭敬敬，一口一声妈，她才转怒为笑，原谅了女儿，也认下了这个年纪比自己还要大得多的老姑爷。夫妻俩在娘家住上一晚，才提着年货转回红河村。

见肖峰一家三口真刀真枪地大干家庭养殖业致富，整个红河村受到了震动。又见有村主任等十六家也做了，于是大家都跟着制定养殖业规划。田头地角，家里山上，人们谈论的都是养殖致富的事。肖峰看着，心里确实不平静。单自己一家富有，心里总像缺了什么似的，如今大家都动了，他也感到高兴。原本农村过完年后，十五还要大吃一餐。可如今却不了，乡亲们似乎忘记了还有个农历十五小年，都争着来找肖峰、找翠妹，请他们帮自己制定一个脱贫致富的规划，向他们请教养殖的技术问题。

他俩感到很为难，须知这样的家庭规划实在不好帮制定，因为各个农户的劳动力情况、经济条件、科技水平、接受能力，以及好恶、土地面积等都不相同。无奈，肖峰找到村主任说了自己的难处，然后说道："科学种养方面，我也刚刚起步，效益并不很大。但我们打算在这上头有所扩大。我们没有取得什么经验，但如果乡亲们信得过，我们也愿意把自己的体会讲讲，跟大家共同探讨。比方说，村里统一办个夜校或什么的，让我们讲养殖方面的事，我和翠妹乐意来辅导。这样乡亲们学到些东西后，回去结合自家的具体条件，就可心制定出各自的规划了。"

村主任很赞赏他的这个建议，提到村务会议上，大家都认为好。于是利用村小的教室，办起了"红河村家庭养殖技术培训班"，由肖峰、翠妹轮流讲授这方面的技术。开始时没有多少人来，在听了几堂课后，因为讲得实在，乡亲们又亲眼见过，所以后来就来了很多人，教室容纳不下，许多人还当了"旁听生"。肖峰尽量讲得通俗，深入浅出，同时有不明白的，还可实地参观、示范，很受大伙欢迎。

一些困难户想尽快脱贫，苦于劳力缺少，还苦于没有资金，只好来找肖峰家借钱。肖峰一家都是慷慨之人，对乡亲们总是有求必应。办培训班期间，又拿出了一万一千多元借给了村里的穷困户。就这样，在村部的支持下，在肖峰一家的积极带动下，红河村一百一十三户人家全都投入到了科学种养、发展家庭经济中来，而且都能根据各家的具体条件，八仙过海，各显神通，多种形式地开展致富实践。家家户户，留有部分劳力忙于田里的活路外，大部分精力放在家庭养殖上。许多家庭以养猪、鸡、鸭为主，兼养鹅、兔；也有些家庭以牧羊为主。因红河村一带宜牧荒山很多，俗话说，种姜养羊，本短利长，养羊种姜是一项投资少，不费多少工力就能收取较大效益的事。有的家庭发展水牛、黄牛养殖；有的开荒种果树、育松树苗，做十年造林规划……争先恐后，明争暗比，干得热火朝天。

一年辛苦很快过去。一九八八年新春佳节前夕，肖峰一家三口坐在电灯下面，喜气洋洋地细算一年丰收账。

因上半年玉米碰到地老虎为害，而后又旱一段时间，就比去年减了四百七十斤，稻谷比去年增产九十一斤。新开的两亩地种旱谷收获一千四百五十斤，豌豆收获三百斤。累计比去年增产一千三百七十一斤粮食，人均有粮一千三百五十斤。

副业收入方面，出栏两批肉猪八十六头，收入三万六千一百二十元；售三批肉鸡四千四百只，收入五万四千元；卖小鸡五批，收入一万六千元；鸡蛋收入九千八百元；鱼收入两千七百元；卖樱桃谷鸭两批收入一万六千六百元；卖葡萄、中草药收入九百七十元。扣除成本以后，全年纯收入十二万元！

这一年，红河村头一回家家户户放鞭炮。因为每一户都创了历史最好的收成：种玉米普遍减产，但幅度不大，稻谷增产部分超过了玉米减产部分。杂粮如黄豆、豌豆、薏米、小米都有了丰收，平均每人有粮五百六十四斤。养殖业方面，收入万元以上有八十七户。其中，纯收入三万元以上有二十一户，会计五万元，村主任四万九千元。只有十九户收入在五千元以下，有七户收入七千元至九千元。这二十六户都是缺乏劳动力或子女过多，或有婚丧而开销过大的家庭。但不管怎么说，红河村在全乡、全县乃至全地区都是出了名了。村主任当上了省里的劳动模范，全村有八十七户被评为县里的“劳动致富先进户”，其中有二十户被评为地区“劳动致富光荣户”，肖峰的父亲肖峣还被评为省级“先进农民”。只是因为年迈，没能出席会议，由村主任帮着带回来一辆“飞人牌”衣车和奖状、荣誉证书，以及三百元奖金。

除夕的晚上，一家三口摆了满满一桌菜。肖峰有些激动，心想，经过努力，生活总算有个良好开端了。要说还有遗憾的话，只是遗憾岁月无情。怎么做，才能不辜负今天的生活？肖峰想到很远，很远。翠妹却春风满面，笑吟吟的，她给公公和丈夫斟上了香喷喷的自家酿制的苞谷酒。

“按我们的风俗，初二把你妈请来，大家吃一餐吧。”老父亲“吧嗒吧嗒”地吸着烟筒，对翠妹说道。

翠妹甜甜地应了一声，笑道：“不是她不想来往，是她的脾气有点怪，总爱自己在，个性也有点耿，总抱着万事不求人的旧思想。”

“既然都成了一家，不是外人了。”老父亲又道，“她的粉摊，都得一点吧？”

翠妹轻轻一笑，道：“得也不多，以前我还在，省吃俭用，每天也有二十块的赚头。如今她请我姨妈的两个女仔做帮手，每天剩下来也只有十来块赚头了。”

“爹，托你的福，我们总算熬到今天，算是出了头了。我和翠妹议了我们今后的计划，不懂合不合你的意。”肖峰望望老父亲。

“你们讲，我听着呢。”老人边吸烟边说。家庭的富裕并不使老人增添多少喜悦，他是过惯了清贫生活的人。一辈子风里来雨里去，练出了一身硬骨和志气。所以，对于唯一的儿子肖峰，无论是做官也罢，回家务农也罢，他都没有多少流露在表情上。他的思想是深邃的，但并非等于冷酷。他疼爱儿子，但从不轻易掉泪。从某方面来说，他又是固执的，硬心肠的——都是生活磨炼的结果。而今有钱了，他也都还时时把富日子当成穷日子来过，一个钱掰成两半用。有，不过多地乐；贫，也不至于显出悲观寒酸。他总是既清贫淡泊，又达观处世。

肖峰深知爹的脾性，他也下决心学习。如今，“六十老人学吹笛”，是有一股气才行呢。听了爹不痛不痒的话，夫妻二人对望一眼，肖峰还是试探着说了：“爹，经过努力，现在我们在银行的存款，借出去的不算，已经有二十三万的闲钱。”

“二十三万，跟以前乡里岑家大地主差不多一样了。”老父亲喷了一口烟，又深深吸起来。

“爹，你老人家受一辈子苦，也该享享福了。”翠妹真挚地说。

“现在也是享福。”老父亲说，“你们幸福，快活，一家人无灾无病，吃穿不愁，就是享福。”

“趁你身体还好，我们想到贵州黄草坝市去，在那里盖一栋小楼，请你到那里去度晚年。”

老父亲听了，不作声，他只是一口一口地吸着烟，喷出来，又吸着，又喷出来。肖峰知道父亲在思考自己的话，所以也就不作声。

一会儿，老父亲说：“这点钱不算多，也来得不容易，该用则用，该省则省。你们都是读书人，道理比我懂得多。老辈说，‘坐吃山空’是这么个意思吧？”

“是，”肖峰说，“我和翠妹都不能坐。我想，我们家还会继续有收入的。”

“农民进城住，怕不那么容易。”他说。

“爹，对别人是这样，我们跟别人不同。翠妹是城里人，她在黄草坝沙井街有个旧房基。翠妹妈也乐意让我们拆旧基盖新房。”

老父亲听了，放下烟筒，熄掉火绳，端起酒杯，呷了一小口，说：“我不是舍不得祖宗的这点老屋基，我只是离不开本乡本土。你们和我不同，你们两个都还是‘非农’，只要你们认为好，你们怎么我都高兴。只要你们的心里时时惦着我，我就满意了。你们也不要因为我，就勉强了自己的意思——我说的，你们都听得懂吧？”

“爹，我们都听得懂。”肖峰说，“只为你苦了一辈子，我们很想让你老人家晚年幸福快乐。”

老父亲重又拿起烟筒，翠妹忙点燃火绳递去。老父亲醇醇地抽了一口，说：“现在我也够幸福快乐了。我一天不在田里动动，就爱生毛病。当然，有些事，你们还不都清楚，你们阿公——我的爹——原本是江西九江人，宣统年间逃饥荒到这里。他临死留话，要我把他的骨殖移回九江……到如今，乡府的江西街、广东街，几十户人，有多少能回故乡呢？到如今他老人家的愿望都不得实现。虽说哪处泥巴不埋人，可老辈说，‘树高万丈，落叶归根’。我对不起他老人家，我是送不回你阿公回九江了，就让我守着他的坟在这里吧，还有你妈妈的坟。”说到这里，老父亲顿了顿，连续抽了几口烟，才又换一种轻松的心情，继续道：“翠妹是贵州人，回贵州是顺理成章。阿礼，你们俩相亲相爱，只要你们好，过得快活，老人我就放心。你们认为怎样好，就按你们的做吧，不要顾惜我。我守着这间老房子，有个头疼脑热的，都会有邻里关照。阿礼你在外四十年，我都是和乡亲互为照看的。所以我的事情不必你两个操心，你们放心去做你们的好了。”

夫妻二人听了老人一席话，好一晌不作声。老父亲见他们不语，便问道：“起一栋小楼，得花费几多钱？”

“八十平方米，两层楼的一栋，包工包料，三万五就够了。”

“你们自己拿主意吧。”老父亲又抽起烟来。

“爹，”肖峰沉痛地说，“我两岁丧母，是你当爹又当妈，把我养大到送我上大学。我曾经离开你有四十年之久，你从来没有跟我享过一天福。每想到这里，我就很对不起你。到如今，倒还时时让你为我劳神费心！爹，怪我不能给你争气。爹，请你相信，一切都不属于儿的过错，是因为人生太复杂了，是因为儿子为人太过老实……我对不起肖家祖宗。作为儿子，我是难报答爹的大恩大德啊……如今，你老人家的身体还这么健康，这是我们的幸福。有你在，我和翠妹什么苦都乐意吃。翠妹跟我说了，不管怎样，都要让你老人家欢欢乐乐地度过晚年，尽我们做晚辈的一片孝心！”

老父亲眼圈红起来，默默地抽了一阵烟。而后，望着肖峰，问道："你那个事后，好端端一个家就这么拆了。阿琳他们现在怎样，你还没有说给我听呢！"

肖峰深知在四个孩子中，老父亲平素最喜爱肖琳，因为在几个当中，肖琳是老大，却体弱多病，而且因为是老大，下面还有两弟一妹，所以父母的爱分到肖琳身上就没有多少了。肖琳上学时的假期里，最常回红河村跟爷爷在一块儿，他跟爷爷的感情最深。而后，虽说四个孩子都有了各自的前程，可老父亲仍然想肖琳想得最多。现在听了老父亲的问话，肖峰感到非常矛盾，想着要不要把肖琳出国的事讲出来。

"你为什么不说话，阿琳兄妹他们现在怎么样啦？"老父亲见儿子不语，便又问了一句。

"阿琳他——出国了。"肖峰望着老父亲，故意装出轻松愉快的样子说，"他原本是去美国留学的，学成后留在美国，有五六年了。"

"啊！阿琳去了美国？"老父亲大吃一惊，眼睁睁地望着儿子，烟都忘记抽了，"你是说那个美国？他们不和我们打仗啦？"

"早在十多年以前，美国就跟中国和好了。"

"原来这样……阿琳他，他就不回来啦？"

"看样子是不想回了。"

"不回——那他在美国做什么？"

"他在那里当科学家，搞科学研究。"

"怎么他都不写信给我说这个事？"

"信是写了，就是那年你拿回来的那封。我怕你难过，才没有告诉你。”肖峰低声说。

“唉！”老父亲拿着烟筒的手在微微颤抖，长久不作声。一会儿，才轻轻抽了一口，却忘了放烟丝。他吸不出烟，把火绳熄了，端起酒杯，一口饮干。抹抹嘴，道：“阿琳信上讲什么？”

“他说他在那边生活得很好，结婚了，生了两个孩子。因为想念爷爷，想念故乡，孩子的名字叫肖红、肖河。他还说，只要你愿意，想请你到美国去和他一起过活。”

老父亲听了，一声不吭地又拿起烟筒。翠妹忙点燃烟绳递去，老父亲接过，大口大口地抽起来。桌上的饭菜冷了，翠妹一道一道地把菜回了锅。热好，又端到桌上来。可是，谁也不动筷，都感到心情异常沉重。

“他还讨了美国人做老婆？”

“是加入了美国籍的中国人，叫邝琳。也是搞科学研究的。”

“……饭菜都冷了，你们吃吧，我抽烟——阿礼，从我们这里到美国，很远吧？”

“很远。”

“有几多远？”

肖峰想了想，说道：“怕是有两三万里吧，中间还隔有一道很深很宽的大海。”

“两三万里是多远？”

“等于从我们家走到县城一千回。”

“一千回有多久？”

“一天走一回，要连续不停地走三年。”

“阿琳他——也走三年？”

“他坐飞机去，两天就到了。”

“啊？坐飞机去两天就到——他能坐飞机？”

“能啊，只要有钱，再有一张护照和身份证，现在谁都可以坐飞机。”

“阿礼，”老父亲吸了一口烟，“这样的话，明天早上你就去买一张飞机票给我。我要到美国去看阿琳！”

“爹，你……”

肖峰张口结舌，望着老父亲，半晌说不出话。

“我想过了初二就走。我真放心不下他在美国，你帮我捡点什么东西带给阿琳？就带点他平常最爱吃的。”

“爹，你真想到美国看阿琳？”肖峰有点不相信自己的耳朵，半信半疑地望着父亲。

“嗬，原来你还没有听清楚？——我过完初二就走，你明天去买——飞机票！”

“爹，马上就怕不行。”

“为什么？”

“出国并不是那么容易说走就能走的——如果你真要去也行，我们先得做好些准备。只要你决心想去，明天我就进县城去办手续。说不定，真要等好几个月才办得呢。”

“几个月！这么久，我耐烦等，不去算了！”老父亲听说这么久，有些生气了。

“不，爹，也可能用不了那么久，我明天就去办，争取越快越好。我还要拍电报给阿琳，让他到飞机场接你呢，不然你怎么找见他？”

“这还差不多。来吃饭！”

大年初一，肖峰搭贵州加班车赶到县城，先到邮局，按照肖琳信上的地址拍去了电报：“美国哥伦比亚大学生物研究所肖琳吾儿：你爷欲往。望速办入境签证后即电告，我住县城又一村旅馆615房候音。你父肖峰”。

拍完电报，肖峰即到公安局值班室，叙说自己的大儿子现在在美国，老父亲要前往探望，请问在县城需要办什么手续。说着，他拿出儿子从美国的来信给他们看。值班的听了，大吃一惊，不敢相信县境内的农民家庭也会出一位留美的科学家。他们也看不懂英文信件，也从来没有办理过此类事情，不好表态，推说先要请示局领导才能答复。约定肖峰明天下午两点半再来听候消息。

第二天，邮局送一份电报到旅馆给肖峰，是肖琳从美国拍来的加急电报：“入境签证已托美中友协代办，不日即妥。启程前请预先电告日期以便候迎。儿肖琳于哥伦比亚大学生物研究所。一九八八年二月十八日”。

肖峰旋即赶到邮电局，给肖琳拍去电报：“入境签证寄红河村肖峣亲启”。

下午三时，肖峰到县公安局。值班员告诉他：“只要在美国办得入境签证，一切好说。”

于是，当天下午五点钟，肖峰坐了往黄草坝的晚班车回了村。

一九八八年三月十日，红河村来了几辆小车，孩子们都围去观看。村主任带了一帮人进肖峰家，说是拜访肖峣老人的。经村主任介绍，才知道来者乃乡党政领导，乡人大主席，陪着县里来的政协、统战、侨务办、对台办的领导共十来人。带队的李副部长转达了上级统战部门的电话指示：“美籍华人科学家、哥伦比亚大学教授肖琳博士特邀红河村肖峣老先生赴美。已由中美友好协会转来美中友好协会委托美驻华大使馆转送的肖峣老先生的入境签证和有关证件。肖老先生一行可先抵祖国首都北京，观光旅游后再在首都国际机场登机，前往美国。途中自有机上人员接待，转换飞机也已安排人员代为办理手续，请肖老先生放心。”

肖峣老汉半懂半不懂地听着，他不知道为什么自己要去美国探望孙子会惊动这么多人，务了大半辈子农也还没有见过这么多个当官的光临过自己家。他不知道该说什么好，只是说声“谢谢村主任，谢谢大家”。

当村主任向各位领导介绍肖老头就是全省先进农民时，大家赞叹不止。八十七高寿，竟还能从事农桑，实在是不多见，实在是榜样。每个人都争着跟老光荣握手，并参观了那架村主任帮从省里扛回的“飞人牌”衣车。因为肖峰的历史不光彩，村主任识趣，没有把他介绍给领导们认识。翠妹户口不在本村，是贵州人，因此村主任在介绍中也省略了，免得节外生枝。幸好领导们顾不上询问肖老汉的家庭情况，否则还不知有多少尴尬呢！肖峰深知村主任一番苦心，也乐于自己旁受冷落，翠妹是不在场的，早忙她的活儿去了。

李副部长询问肖峣老先生那在美国大学当科学家的孙子的近况。肖老汉平生是老实农民，就不管有没有礼貌，给烟筒嘴抹上一撮烟，点火抽了两口，才答应道：“老汉我生就苦命，一辈子只养得一个笨崽也给撵回了家。在美国的那个是我的大孙子肖琳，最懂道理，以前就是他时时回来看我。其他三个很少回来。二孙子肖瑾，在北京大学当教授。孙女肖珏，在广州做医师。小孙子肖璜，在省里当处长。”

诸领导听了，很为肖峣老先生为党为国家培养出几个人才而感到高兴。

肖峰没有听完，便溜回房间了。他推开窗户，风即习习地吹进来。他取出烟，狠命地抽吸。

领导们走了。村头扬起一阵尘土，呼呼地很快远去。领导们前脚刚走，乡亲们后脚就踏进来。大家都知道了从没出过门的肖老爹，这次突然十万八千里地要飞到地球的另一角去探望孙子。这是个特大的新闻，所以都来了。学过地理知识的高年级小学生们有声有色地对大人们说：“美国在地球的那一边，刚好在我们的脚底。我们的白天，就是他们的半夜呢！”

“美国就在我们的脚底下那面吗？”

“是呀！”

“那——他们怎么走路？用头走路吗？”

“……”

“肖老爹，到美国照一张相寄回给我们吧，我们想看你在那边是怎样走路的！”

乡邻里，有人为他高兴，也有人替他担忧。羡慕的、嫉妒的，什么样的心情都有，都从那被生活的风雨吹黄了的脸庞上表露出来。

一连两天，这个事成了全村人干活之余议论的中心。他家真也像个小茶馆，每天里，翠妹都得烧有十来壶开水才够供应。过去从不来走动的一些人，这次也来了，都在关心这件事。

早春的夜，月光不甚明朗，虫声寂寞。这晚，一家三口围在火边，谈论去美国的事。

“爹，我和翠妹陪你到北京，”肖峰说，“翠妹没有到过北京，顺便在北京玩几天。”

“这也好，顺便去看阿瑾。”老父亲点点头，不停地抽烟。

“我给肖璜写信了，要他预订三张到北京的卧铺票，现在卧铺票很难买到。我也去信说给肖瑾了，到时他会到火车站来接我们。”

“记得阿琳平时最爱吃霉干菜炒干鱼，”老父亲说，“我看，带点干鱼和霉干菜吧？”

“爹，”翠妹忍不住笑出声来，“带干鱼和霉干菜出国探亲，人家不笑才怪呢！”

“有什么好笑，难道吃不成吗？”老父亲说着，自己也好笑起来，“我不怕笑，照带！另外，花生也带几斤，剥了壳的。还有云耳、香信、核桃、南瓜子、八渡笋，每样一斤——唔，还有熟红菇干、辣骨渣，都是阿琳爱吃的！”

肖峰的眼圈红了，他何尝不思念儿子呢？他也不想扫父亲的兴，便都一一点头。“家乡的菜，”他说，把泪忍了又忍，“都是肖琳最爱的。”

“啊，差点忘了——美国是资本主义国家，东西贵，怕阿琳开支大，我看带几万块钱给他吧。”老父亲边想边说，望着肖峰。

“这个倒是不必，”肖峰说，“你看，就连你去探亲这样一件麻烦事，肖琳都能帮办，生活方面是不用我们替他操心的。”

“你不曾到过美国，你怎么懂？”老父亲问。

“肖琳他在信里写着。”

“我就不信美国佬都懂得这些大道理。”老父亲不高兴地说，“我到美国，钱不够用就写信。”

“是。”肖峰点点头。

因为有钱，所以办事都很顺当。不消一个星期，该买的东西都买齐了，也包装妥当。肖峰从黄草坝给父亲买来一只半人高的旅行袋，袋上有四只小轮可随意拉走，所带物件全塞在里面。一拉就走，非常省力又省事。老父亲见了，高兴得合不拢嘴。他不时打开来看，检查所带之物还漏掉了什么没有。最后，他干脆塞进去两大包切好了的烟丝和一大捆烟绳。

“爹，这些不带算了吧？”翠妹见了，说道。

“你不懂，”老父亲笑笑，“到时想抽，你上哪儿去买？美国佬的烟，我抽一口就丢了——没得我们的烟辣。”

“可这些火绳——”

“水烟筒须得烟绳配，点起来才香喷喷。阿礼小的时候最爱闻这个了。”老父亲说。

“爹，到北京后，买两套好点的西装穿吧。”

翠妹信手翻翻大箱，都是老父亲自己收拾的土布衣，穿的、吃的，总做一堆，便笑道：“到了美国穿这个，不怕人家说你土？”

老父亲哈哈大笑起来，“我土？他们更土！我这土布衣进到美国，就变成‘进口’衣，谁还说土？”

肖峰深知父亲的脾气，也就顺水推舟地说道：“爹说得对，本地货叫土，到了美国，爹的一身就是进口货了。”

翠妹也笑了。她把三扎人民币放了进去。肖峰问她怎么带这么多，她说，一扎是给肖璜的，一扎是给肖瑾的，一扎是让爹拿到美国零用的。

这时，大门外似有人轻轻在敲。翠妹打一个手势，三个都停止了说话。听了听，果然是“嘭嗒嘭嗒”的碰门声，声音发出的位置很低，好像是从门脚发出的。

“这么夜了，还有谁来串门，又不喊，敲门做什么？”

肖峰想了想，警惕地走近大门，细听了一阵。外面还是继续敲门：“嘭嗒！嘭嗒！”

他把门猛地一拉开，不见人，却是一只大乌龟跌了进来，把三个人都吓了一跳。肖峰弯下腰仔细一看，不禁“啊”的一声，原来是去年放生回红河去的那只大龟！

大龟的硬壳还湿漉漉的，上面沾着一些泥草。在它的壳尾，肖峰扣上去的那只铜环还在，只是长了一层翠绿的铜锈。肖峰抹去铜锈，现出了“肖翠放生”四个小字！

一家人惊异不止。还是翠妹伶俐，扛起锄头要到猪栏边去挖蚯蚓。肖峰拉住妻子，要她去抓只小鸡来剮。翠妹笑一声，放下锄头，提起电筒跑出去了。老父亲把大乌龟高高地捧起来，端详一阵，替它揩净硬壳上的泥草，说：“多灵的家伙，它不是从路上走来呢，唯恐碰到人。它是从草窝里钻过来呢！”

肖峰轻轻叹一声，真有说不尽的感慨。龟是吉祥动物，长寿星，因此老父亲非常高兴。

“它懂我要出远门，专门来送我呢。”

老父亲把大龟放回过去它喜欢待的水缸脚，那龟见老地方，就爬了过去。翠妹剥好鸡毛，取干净内脏，把小鸡剁成碎片，喂给了大龟。大龟伸出头就吃，吃得津津有味。三个人围在旁边看，都在想着这个奇怪的事。一会儿，肖峰似想到什么，拿过电筒就出门去。夜已深，村里静悄悄的，连风也不见。雾很大，冷飕飕的。月儿、星儿也没有。他亮着电筒，寻找乌龟的来路，果然它不是从中路过来的，而是从距小路有几米的草丛中过来，那地方有它走过来的一溜脚印。这就更使肖峰惊讶了，乌龟会避开有危险的路而走，找到恩主的家！要不是自己亲自碰到，他是无论如何都不相信的。肖峰翻石块捉了几只小昆虫回来，抹去脚翅，放到大龟前面。它也不客气地吃了，大啃大嚼的。吃罢，爬回到水缸脚，龟缩在那里。

老父亲沉思地说："天机不可泄露，这件事不要跟外面人说起。"

"就讲出去也不会有人信。"翠妹一点也不想笑，她是惊讶得不得了，时时都在想这个事。

大乌龟在肖峰家做了三天客，每天吃一只小鸡、半竹筒蚯蚓，真可说是消受了美味，到第四天清晨突然不见了。三个人找了一阵，才发现它是从厨房后面的水沟钻出去，脚印歪歪斜斜的，一直到红河边。三个人都叹息一番，肖峰记下了这件奇异的事情。

早饭时，翠妹有点忧心地说："后天我们都走了，栏里还有几头猪，场里也还有百来只下蛋鸡，可怎么办呢？我竟糊涂啦，就是没想到这件事！"

"卖掉也来不及了。"肖峰懊丧地说。

翠妹："有一只芦花母鸡，曾经有几回都是一天下两个蛋，又大又圆，别的母鸡下半年我就卖了，就是舍不得卖它。我真不知道我是跟你们去还是不跟你们去的好，我实在放心不下家里的事！"

老父亲喷出一口烟后，慢慢地说："这个事不用你们想，我都安排好了。明天，对面河寨子有一个我的老庚来帮照料，只要把事情安排给他就成了。"

“啊，他什么时候来？”翠妹忙问。

“他让人带口信来说，明天中午准来。”

夫妻二人听了，才放下这桩心事。

三月十八日中午，他们三人直达省城，小儿子肖璜夫妇早已在车站候接，把他们领到自己的家。肖璜夫妇很礼貌地称呼翠妹为妈，弄得翠妹很不好意思。肖璜是肖峰的小儿子，可年纪都还要比翠妹长六岁。肖璜的妻子是搞社交的，她亲昵地拉着翠妹的手说道：“算了，我还是叫你翠妹亲热些——说真的，我和肖璜真不知道怎样感谢你，对我们爷爷和父亲如此关怀照顾。”

翠妹不好意思地笑了笑，坦诚地说：“这是我应该做的。”

“唉，要没你，这几年我爹还不知道怎么样了呢！”肖璜的妻子轻叹一声，摇摇头。

“不说这些了，说点让人高兴的吧。”翠妹说，她见肖璜夫妇对自己真心实意，一片真情，才消除了拘束。

肖峰不愿见到熟人，因此不出门。老父亲对逛商店什么的也不感兴趣。翠妹是个知书达礼的人，见公公和丈夫如此，她当然也就不会外出了。她是个不喜欢玩耍、打扮的人，过去还做姑娘时都已经这样，而今更收敛行止了，因此，一家人干脆都不出街，就在家里谈话，看电视。

一会儿，保姆领着肖璜的儿子小宝进来，三岁的小孙孙不认生，一头就扑进了年迈的曾祖怀中，甜甜地喊了一声。肖峣老汉抱起曾孙在自己的膝上坐，而后拿出一个大红包，塞进小宝手中。

“小宝，这是曾祖给你的红包。”肖峰在一旁，用普通话说。

三岁的小宝奶声奶气地道了声谢，便把红包拆开。里面是一沓崭新的人民币，面值全是伍拾元一张。小宝下地，把钱给了妈妈，用普通话问妈妈：“妈妈，都不是过年了，曾祖干吗还给？”

“曾祖爱小宝哇！”妈妈笑答。

“干吗给这么多？”

“也是爱小宝哇！”

小家伙懂事地点点头。他见曾祖吸烟筒，不知道是什么东西，凑近来，好奇地望着。曾祖抹上一撮烟丝，把烟绳递给他，要他帮点。小宝听话地做了，乐得肖老头大笑起来。

小宝听不懂曾祖讲些什么，只是眨眨眼睛，望着曾祖。因为曾祖讲的是桂林话，地方口音很浓。大家见小宝这样，都笑了。小宝跑到妈妈面前，问道：“妈妈，曾祖他在干啥呀？”

妈妈笑道：“曾祖抽水烟筒。”

“抽水烟筒干吗呀？”

“像小宝爸爸一样，都是吸烟。”妈妈笑说。

“里边装的啥呀？”小家伙真是一问到底。曾祖把水烟筒递给小宝，小宝跑过来，认真地往里面瞧，逗得全家都笑起来，肖璜取出照相机，全家合拍了一张。小宝分别与公公、曾祖照了一张，肖璜的妻子也和翠妹合照了一张。肖峰离开省城回乡的时候，肖璜还在大学读书。不想转眼就是九年，如今都成家立业了。

三月十九日下午五时，肖峰和翠妹陪着老父亲，上了往北京去的 6 次特快。二十一日上午九时二十七分抵达北京车站，比预定时间晚点二十七分钟。二儿子肖瑾和妻子王维珺带着儿子小哲，早在火车站大门前万分焦急地等候着。

出站后，一家人见面，说不清是悲还是喜。肖瑾拉着父亲的手，摸着长满厚茧的大手，禁不住流了一脸的泪。维珺也把脸背过一边去，用手绢揩了又揩。夫妻俩见到爷爷的身体还如此健康，如此精神，才又都破涕为笑。肖瑾接过爸爸手中的大旅行箱，维珺也接过翠妹手中的箱子，肖峰牵着孙子的手，一家人朝出租汽车停车场走去。肖瑾招来一辆中型的士，全家都上了车，往北大方向驶去。

维珺跟肖瑾是同班同学，毕业后同时留校任教，现都是物理系副教授。因身旁无人，聘用一位保姆，负责日常家务和接送小哲上学。

"爹、爷爷，我和维珺都已请了假，陪你们在北京玩三天。二十五号凌晨才上飞机。"

"你们有课，就忙你们的。"肖峰对儿子说，北京对于肖峰来说，并不陌生。他的大学时代是在北京度过的。一九七七年当上了厅级干部后，更是几乎每年都要到北京开一两次会，有时甚至一年来几次。肖琳大学毕业分配在科学院，他就常在肖琳处住宿。而后肖瑾也到北京读大学，父子三人就经常在北京见面。一九七九年肖峰遭受挫折时，肖瑾还没有结婚。肖峰落难后，怕会影响到子女的前途，就自动断绝了跟子女的书信往来。如今回忆，确实还令人痛心疾首！幸而子女们都能争一口气，这段辛酸事才总算过去。

"大哥去美国以后，只给我们写过一次信。"肖瑾告诉爷爷和父亲说，"就是他结婚的时候，以后便没有消息了。"

"这些都不说了，"肖峰说，"只要大家平安无事，也不必写那么多信。"

维珺说："我们已给大哥大嫂拍去电报，到时他们会到机场接爷爷。要不是下个星期出席全国高校物理教学学术研讨会，我真想带小哲一道陪爷爷去呢。”

维珺是华侨子女，她有个叔父在美国经商，也是个知名度较高的爱国华侨。维珺的父母都在哈尔滨，小哲今年八岁足，正在北大附中小学部读三年级。他听了妈妈的话，对爷爷和曾祖说道：“等我上初中了，我就到美国去跟叔公读，现在我跟爸爸和妈妈学英语！”

“小哲的学习怎样？”肖峰问。

“上学期考试，除了语文得九十八分，其他门门功课都是一百。”维珺代独生子回答。

肖峰把孙子拉到身边，抚摸他的头，长久不说一句话。肖瑾知道爸爸的心，他怕爸爸太难过，就笑问道：“爸，你干吗不和爷爷一起去美国？换换环境，对身体是有益的。”

肖峰没有直接回答儿子的问话，想了想，说道：“你们呢，没有一点留学的计划吗？”

不待肖瑾和维珺答，小哲嘴巴快，在一旁答道：“爷爷，爸爸和妈妈都是副教授，就是出国的英语考试不及格，不能去。”

大家都笑了。肖瑾说：“维珺的英语比我的好，我们俩研究同一个科研课题，国家教委已经批准我们明年留美的计划——原本今年是维珺先去，但她要等明年才和我一道去。”

“两个都去，小哲呢？”

“只能到哈尔滨跟随姥姥和姥爷了。”维珺说。

“长大了，我也要出国留学。”小哲说。

“好，肖家没一个孬种。”肖峰笑说，“就靠你们给祖上争光了。”

老父亲听不懂这些，只好在一旁自个儿抽水烟筒。翠妹也曾在黄草坝市第一中学高中毕业，自然会讲一口普通话，只是她考虑到自己“特殊的身份”，因此不大好意思插嘴。聪明的维珺也觉察到这位比自己年轻得多的“婆婆”的难堪，就不时和她悄声说话，因而释去了翠妹心中的许多烦。一路上，她是第一次见到肖峰的儿子和媳妇们，料不到他们能这般尊重自己，十分懂得体谅人家的心。所以，翠妹就没什么拘束了。只是不习惯跟他们交谈，也不知道谈些什么，便不大作声。

肖瑾问了爷爷带出国的物件后，找来了有关规定做进一步的对照，刚好都是自用合理数量范围内。为使爷爷登机时减少一些麻烦，他让维珺陪同爷爷在北京游玩，他自己去为爷爷的出境登机预办各种手续，并到中国人民银行办理了一定数额的款项携带证明。

来到北京后，肖老汉也下决心玩一玩。肖峰见老父亲有兴趣，不禁暗暗感到高兴。

“爹，依你的意见，你想去哪些地方玩？”

老父亲手不离烟筒，想了一阵，道：“故宫能不能让我们进去看看？”

“能啊，”维珺说，“明早我带您去。”

“嘀哈！”老父亲仰头一笑，抽一口烟道，“我想看看清朝皇帝坐朝的地方，真能让平民百姓进皇宫看看？”

“所有的都归劳动人民所有，您老人家一定能进去。”

“嗯呢，我一定去。还有，秦始皇征夫五十万修万里长城，农民范杞良遗骨长城脚，孟姜女千里寻夫，哭倒长城八百里——能不能让我也到长城看看？”

"都能。只要您老人家愿意，哪儿都能去。"维珺见老人兴趣很浓，又懂不少古代知识，笑得合不拢嘴。

老父亲听了，高兴地连抽一阵烟，把水吸得"吧嗒吧嗒"地响。第二天，肖瑾带着爷爷的出国签证和其他证件去办理有关事项去了。肖峰让维珺陪爷爷和翠妹游北京。

二十五日清晨，一家人送老父亲上飞机后，肖峰给肖琳拍了封急电，告诉他爷爷已经起飞的消息。

翠妹十分惦念家里头的事，于是二十六日晚，肖峰夫妻俩告别了儿子一家，乘特快回广西。临上车，翠妹留了五千元钱给肖瑾、维珺他们，吻别了小哲。

火车"嗒咯嗒咯"地往南飞驶。肖峰心事重重，躺着不是，坐也不是。有时，他满腹心事地独坐窗前，任凭风的吹扑，两眼一动不动地凝视窗外，回忆刚刚过去的。窗外，远些的则向后缓缓划去。而靠近车边的近物如树木、电线杆、房屋，一排排向后倒去。有时，他躺在卧铺上闭目，倾听着火车轮跟铁轨衔接处相撞击的节奏声，听着铁轮换轨时发出的传动声，什么也不想，强使自己安静。翠妹很体谅丈夫的心，每逢这个时候，她都绝不去干扰他。到用餐时，她才提醒丈夫，于是夫妻二人前往餐厅，由翠妹点些适合胃口的小菜，夫妻俩不紧不慢地吃起来。翠妹呢，她更多的时光是躺在铺上看书，要不就提着一支笔趴在铺上，不停地写写算算，时而静思，自个儿忙她的，绝少下来。

车过武汉后，肖峰下到窗边的小弹凳来坐。抽着烟，凝神向窗外望去。想昨天窗外还是一望无际的荒芜，尽是严冬笼罩的气息。可过了长江，江南便是一派生机勃勃，一片葱绿景象！

两个下铺，坐着几个玩扑克牌的青年。肖峰正当思路纷纭，一个小伙子过来，坐在对面的小弹凳上，并伸过手来，借肖峰的烟点火。他也静静地朝窗外望去，戴着一副近视眼镜，个头稍高，身体略瘦。

“过了长江，天气就大不一样啦！”他说了一句，对肖峰笑笑。

肖峰略一点头。这小伙子给人的第一印象蛮好的，肖峰斜眼打量他：穿一件花格子衬衣，留两撇棕色小胡，长发松蓬，许是几个月未理头了。

“老伯，看您的样子，是从北京探亲回来？”

肖峰对他又是笑笑地点点头，心想，小伙子，颇有眼力。

“是看儿子？”他现出和善的神情望肖峰。

肖峰依然又是对他点一点头，淡淡一笑。

“什么部门？”他关切地问，“我是说令郎？”

“教书的，”肖峰告诉了他一半，“你是——”

“跑生意的。”他笑笑答道，眼睛望着窗外。

“什么生意，能告诉吗？”肖峰见他有趣，便问道。

“求人的生意，专看别人脸色做事的生意。”

“现在有多少不是看人脸色做事呢？”肖峰说了一句，听出他有点不大想交底，就不问了。这时，小伙子的几个同伴招呼他回去摸牌，他便有礼貌地对肖峰歉意地笑笑，过去了。几个人有说有笑地玩着扑克。肖峰眼望窗外，耳朵听着他们的闲聊。听了一会儿，才知道他们几个是一伙的，要往云南去——在柳州转车，经贵阳上昆明。

“我说哥们儿，入乡随俗也是做人的本分。云南多民族，风光旖旎，石块怪异，风俗多特征。我们必须注意些呢！”一个高鼻梁的青年说。

“我到过云南，从某方面说，昆明甚至比北京还开化些。”另一个剃光头的小伙子道。

“你说昆明在哪方面比咱北京开化？”

“我不说，到了昆明自己观察，考眼力。”

“我同意。”刚才戴眼镜的小伙子高声附和，然后道，“灯泡，你说到过云南，你懂不懂云南十八怪？”

“怎么不懂？”他笑道，“只是有好几种不同说法的十八怪。我们先不要说这些，在我们现在乘坐的时代列车上，就有一种新奇的‘新十八怪’，你懂吗，小诸葛？”被称为灯泡的光头小伙子回敬。

“嗬？这倒不曾听说——请赐教！”

“咦，你也有不懂的时候？”灯泡得意起来，“亏你号称‘小诸葛’——过去留级不光彩，而今留级靠气派。你说是不是一怪？”

“嗯，真是一怪。”一个小白脸证实道，“两年前我小妹因为年纪小成绩跟不上，我爸想让她留级再读一年。可好说歹说，学校就是不准留级——可是，人家马副区长的儿子成绩比我小妹的好，却能留级。你们说，他凭什么？还不是凭他老子当副区长的气派？”

几个家伙，鼻子重重地哼了一声。

“第二怪呢？”小白脸问。

灯泡皮笑肉不笑地说：“小笼包小得像纽扣，老油条老得像手指头。”

有人笑了，“这倒是真，笼包越蒸越小，油条越来越短，牛奶越来越清，货越来越假。”

“当然，不信也请便。”小诸葛轻轻地笑，现出宽宏大度的样子，然后悄悄指了指肖峰，对几个小伙伴轻道，“你们说，这老伯是干什么的？看谁说得准。”

“农伯。”小白脸说。

“不，像个教员。”灯泡审视一番，说道。

“我倒觉得他有点像是当官的，是不是他在微服私访？”高鼻梁判断地说。

小诸葛摇摇头，放低声音道：“你们都猜不对——这是一位落难者。”

“你怎么懂——刚才他跟你说啦？”灯泡问。

“很简单，农伯的装束，大官的风度，洞察的目光，深邃的思神，冷漠的面容，拿不开的眉头，都衬出他是一位不幸的人。”

“那是不得志。”小白脸说。

“不是不得志，是桂冠已成历史，耻辱已经过去。而今是虎落平阳，龙搁浅滩。”

“你的话不好理解。”小白脸摇摇头。

“你怎么看得出，并认定他的曾经？”高鼻梁半信半疑地望望肖峰，又望望小诸葛。

“像他这样一把年纪，若是不曾得志，早就是个实打实的乡巴佬了。可你们看他……”

“怎么样？”几个人同时问，又同时往肖峰看过去。

“真看不出？”

“看不出！”

“那就——恕不奉告了，因为三言两语很难说透一个人生活的全部。咱们还是打牌吧，哥弟们，少管闲事，少惹祸端，为人之本呢。”小诸葛望着自己的同伴，整了整手上的牌，“我说各位！就说荣耀也罢，平庸也罢，甚或屈辱也罢，值得惆怅也别太深。殊不知，在生命的长河里，你的一切都不过是一朵瞬息即逝的浪花……过后追忆，还别有一番风味。谁也定不得自己明天的事，至少有一半的主动权不是操控在自己手中，神仙也一个样。那又何必为了莫测的明天去做无益的苦思冥想？笨蛋，不值得！——来，吊主！”

于是，几个家伙言归正传，专心致志地打扑克牌了。肖峰默默地凝视窗外那缓缓后移的原野，把几个青年的话都听在了耳朵里。他十分钦佩号称小诸葛的小伙子的一番话。

“是的，说得对。”肖峰想，“这家伙聪明！像是特地要把话说给我听一样。可过于聪明倒是难成大器，因为世人多嫉妒聪明，往往利用聪明，却不让聪明超过自己。所以，聪明的人尽管聪明，到头来还得‘聪明反被聪明误’。而今这聪明的小伙子……这才算是聪明到底呢！”

二十八日下午二时许，肖峰夫妇回到了省城，在肖璜那里住了两晚。肖峰是个大门不迈半步的人。倒是儿媳硬拽着翠妹，陪翠妹在省城里玩了一天，逛逛公园。到三月的最后一天，两人终回到了红河村。

翠妹一放下行包，就先到猪栏、鸡舍巡了一圈，见一切都跟自己在时所料理的没什么两样，这才放下心来。她也高兴地见到那只一天下两只蛋的芦花母鸡，正伏在窝里。她上去抱它，托起它的尾部来，吹了吹那毛，只见肛门口已经开了缝缝，一个蛋就要出来了。她放下鸡，非常感激这位老庚。岂知这位老庚分文报酬不取，见他们回来，就把物件点验清楚，当天就告辞回家，留也留不住。肖峰翠妹很是过意不去，也没有买得什么礼物谢他，只好打算找个适当机会再好好酬谢他一次。

中午，在厨房里肖峰跟妻子讲了自己的打算，说仍然想进黄草坝市，在那里建一栋小洋楼，过个清静的日子。翠妹一向总是依顺丈夫的，只是这事她沉吟了半晌，试探地说："你的计划，总是比较稳妥的……只是我想，爹的意见也极是。老人见得多，识得广。老话常说，不听老人言，吃亏在眼前。如果进黄草坝，有利也有弊，好是好，只是地盘有巴掌宽，什么家庭养殖就不想得做了。爹也说，'坐吃山空'，今后生活来源靠什么？还不如把这个事暂搁几年，等手头再富余些啦，才去想这个事不更好吗？反正老房基是我们的，晚几年去也不要紧——都是我的看法，以你为准。"

"你虑的和爹虑的都对，只是我也反复想过了。现在在银行，我们还有二十来万块钱，就算拿出五万搞基建，也还有十多万。如果搞存本取息，每个月都可以有千把块钱的利息，包括爹在内，三个人用也是绰绰有余了。"

"我想，这个办法好是好，只是万一今后政策变了呢？到那时我们怎么办？"翠妹忧心忡忡，望着丈夫。

"你的忧虑不是没有道理。"肖峰点头。

翠妹嫣然一笑，把菜端上桌面，给丈夫的小杯里斟满酒，信手夹了块大肥鸡肉到丈夫面前，"我听你的，你说怎么好，我们就怎么做。"

肖峰望着她，真挚地说："你的话，完全有道理。其实我很不想进城，九年来，我也过惯了田园生活。只是为了你的将来，我才不得不这么考虑。”

“为我？为我什么？”翠妹圆睁凤眼，望定丈夫。

肖峰端起杯，一饮而尽。翠妹又重新给他斟上。肖峰吃了一口菜，道：“有件事，不提及，我心里难受，只是，又不知道怎么对你讲才好。”

“我们之间，还有什么话不能讲呢？”翠妹怕他酒喝多了，悄悄把酒壶收去。

肖峰捏住妻子的手，在她的玉掌轻轻一吻，说：“你还记得人家贴到我们门口的对联吗？”

“不记得了——去记那些小人做的事有什么用呢？”翠妹淡淡一笑，“你不是说要宽容世间所有的人，包括放暗箭伤你，企图把你往死里打的人吗？宰相肚里能撑船！原谅他们，生活就会相对安逸些，我相信。”

“唉，有句话刺痛了我的心，可它又说得实实在在，合情合理！”

“哪句话？”

“我们农村有句话，‘老了不成材，屙尿打湿鞋’——你懂它的意思吗？”

“懂它意思又怎么样呢？”翠妹真挚地望着丈夫。许久，才说：“难怪你时时受人欺负呢，别人的一句歪话就以为是真！难道你不懂人的生老病死是自然的规律，谁能抗拒？你怎么也说这种混账话？以后我不许你再说！”翠妹长长地叹一口气，缓和语气道，“哥礼，你确实太老实了……你酒也喝多些了。”她把肖峰面前的小酒杯拿去，把酒倒在地上，“不给喝了，免得你乱说话！”

肖峰其实并没有醉，他也并不以为是自己把话说错。只是如今妻子的一片赤诚之心说得他心里暖乎乎的，便把还想说的一些话咽了回去。翠妹舀来一碗米饭给他，肖峰接过，甜甜地吃起来。

晚饭后，翠妹陪同丈夫来到鸡舍，再转到猪舍、饲料房，看了牛栏、马厩。之后，两人坐在饲料房前的空场地上，翠妹把凳子挪近丈夫。傍晚的天气还相当冷，只是今夜有点月光。

“哥礼，我想不进黄草坝了。我们在我们这里的老屋基上起一栋小楼，然后把猪场鸡场扩大，大养他几年。你呢，当后台老板，不必亲自操劳了。你动动嘴巴，当司令官，发号施令。我呢，当个老板娘，我到黄草坝去，请几个麻利的姑娘帮手，轰轰烈烈地干上几年。只要政策不变，我就不信不快富起来。”

肖峰不搭腔，他把翠妹在省城和在北京照的彩照都拿出来，在电灯下面欣赏。照片上，翠妹虽然衣饰无华，却显得楚楚动人。共有三十来张，也有合家照的。而几乎每一张都无不显示出翠妹的豆蔻年华。肖峰在心中暗自嗟叹，替她鸣不平。翠妹把双手轻轻搭在丈夫的肩上，看他表态。肖峰在她手背上拍了拍，笑说道：“这个事嘛，让我再好好考虑。”

翠妹见丈夫只顾醉心于欣赏照片，就含笑地把照片都收拢了，不许他看，笑说：“今年我们的立体养殖要扩大，这个事定得下来，我好到黄草坝找人。你看人家，春耕都闹起来了，只有我们还按兵不动。”

肖峰温和地笑了笑，想不到妻子胸中还有这许多颇有见地的话呢，他安慰妻子道：“你放心，四月底前插完早稻没有问题。地里的玉米，我也不会误农时。至于你的计划，我同意。明天，我就先去给农田灌水，犁耙一遍再说。至于秧苗，也能够借得。比较成问题的是地膜玉米。我们下种迟了，碰上春旱就麻烦……不管怎么，田地的活路归我，立体养殖的事，就由你操心了。你认为该怎样搞，你就怎样搞！”

翠妹说：“在火车上我就想好了，也细算过一笔账。扩大养殖后，我们全年的总投资也不过两三万，包括再买一辆三匹马的大车在内。另外，雇上四个手勤快的姑娘，每人每月工资两百元，包吃包住，单这项开支就一万三千四百八十元。年终还给每人一千五百元奖金，两套过年新衣。这样，在她们身上的开销就总共两万元左右。我们村靠红河，又有个鱼塘，樱桃谷鸭可以多养，因为它饲养的周期短，成活率高，投资少。另外，猪、鸡、鸭、鱼、蛋跟青饲料种植同步进行。每一样需要投资多少，周期多长，获利情况，我都细算了。假如没有什么天灾，一年大体可有两笔收入：第一批八月出售，扣去一切之后可望有十万元的净收入。第二批在明年春节前，也有十万左右的赚头。这样，就比我们自己做时，多收入八万以上，我们也不至于太劳累。你看这个计划——”

“要得，合理！”肖峰笑道，“我把地里的活儿赶完了，就全力支持你。”

一个星期后，肖家的“立体养殖场”正式挂牌开业。翠妹从黄草坝请得四位身强体健的姑娘来，采取了定工定额、超产有奖、分项承包、分工合作的经营方式，翠妹自任总指导。这四位姑娘既诚实又勤快，平均年龄二十岁。梳长辫子的是小张，烫卷发的是小秦，二人负责猪场和鱼塘，还有房前屋后的二十多株葡萄；剪运动发型的是小胡，负责全部鸡场，包括肉鸡、蛋鸡、小鸡。喜欢留披肩发的是小邱，负责饲料的调配、混合、分发和运送。养殖场里也安排得井然有序：肉猪、母猪、公猪、肉鸡、母鸡、蛋鸡、公鸡、小鸡，鸭帮，都各自有栏有圈有舍有窝的。肖峰还买来三只大公猴拴在猪栏内避瘟，并买了一台抽水机，抽取红河水，作为养殖场的日常用水。鱼塘也加深了，灌满了水。清出的塘泥进了田。翠妹进了第一批樱桃谷鸭两千只，还附带养了一群鹅，栽上一批葡萄，种了蔬菜。五位女子，从早到晚，忙得不亦乐乎。肖峰也老当益壮，白天忙田里的活路，收工回来还投入了“娘子军”的战斗。有时，还要帮翠妹赶马车跑运输，到县里或者黄草坝去，当“运输大队长”，采购，加工饲料，购买饲料，运输……夫妻俩真是到了不是深夜不见面，到见了面却一头倒在床上呼呼睡去的地步。肖峰把原饲料房扩大，舂起了一间泥巴墙的房子，让四位贵州姑娘在那里住宿。吃晚饭是六个人一块儿吃，谁有空谁煮，但主要还是翠妹多辛苦些，大家公认她做的饭菜香甜可口。加上她是家庭主妇，权力在握，吃多吃少，吃荤吃素全由她定夺了。翠妹也真是身体力行了，忙得连喘气的机会都没有。存栏猪已扩大到一百头。她真像疯子一样几头跑，哪里都离不开她，有时甚至是连头也不顾及梳，披头散发的。她的精神影响了四个姑娘，都把养殖场当成了自己家。翠妹也想得较远，给她们订阅了《女子世界》《文摘周报》《青年一代》等，可谁又有时间看呢？而令人欣喜的是首批樱桃谷鸭总共一千五百只，只饲养了十九天，就平均每只重达一公斤多！并且成活率达百分之百！于是翠妹马上又购进第二批两千只，自己当上了“鸭司令”……

六月的一天，肖琳从美国寄来一封信，说爷爷在美国身体健康，生活愉快。他给肖峰寄来一包滋补药品，也给翠妹寄来了些女性生活用品。翠妹分了一些给四位贵州姑娘。

八月金秋，正是农村收获的黄金时节。肖峰的粮食比去年同期增产百分之八，立体养殖也有好收成。出栏的肉猪、小猪、鸡、鸭、鹅、鱼、蛋，每天都有单位和个人，还有中间商登门洽谈，成批购买。翠妹体谅丈夫的爱国心，她依然“一分为二”，一半卖给私人，一半卖给国家。结算下来，扣除全部支出和四个姑娘的半年工资后，纯收入十二万七千七百元！好收成并没有给肖峰夫妇俩带来多大的喜悦，因为他们为此付出的代价实在太大了。两个人都掉了十来斤体重。

这天，吃罢中午饭，肖峰由妻子陪着，来到猪场巡看一番猪舍。卖空了猪的猪栏，已经打扫得干干净净。新买进的一百头小猪崽儿，先集中在几个栏里进行检疫观察。

“这批猪崽儿，春节前能喂成出栏吗？”肖峰望着滚圆白嫩的小猪，稍担心地问。

“怎么不能？”翠妹笑笑，“就算一天长一斤半，到春节也还有一百八十天，还不长到两百七八十斤？喂得好，三百斤也随便长得。”

肖峰知道妻子是精心计算过了的。两人又来到鸡场，鸡场是翠妹费心机最多的地方。单是每天清理鸡粪、捡鸡蛋，就花不少时间。同时，每天得要淘好些河沙、碎石掺和饲料喂鸡呢。小鸡的鸡舍几乎是全封闭式的，用红灯泡日夜照射。三千只小鸡，个头只有拳头大，黄绒绒的，“吱吱吱”地叫个不停。也是最难伺候了，稍不留心，就会拉稀死掉。

“这么小，你怎能分出谁是公的谁是母的？”肖峰问妻子。

“容易啦，”翠妹笑说，“倒提它的两只小脚，转头上来吱吱叫的是公的，否则就是母的。”

生够半年蛋的母鸡都卖了，翠妹选留了一百五十只项鸡做下蛋鸡。并在每个鸡舍里都留有一只大红冠子公鸡。肖峰不解其意，笑问妻子道：“为什么每个母鸡群都有一只公鸡？”

翠妹笑笑，不好意思地说：“这你就不知道了，书上介绍的，这么做能刺激母鸡多下蛋。”

肖峰看见了那只妻子最喜爱的芦花母鸡，笑问道：“这老太婆，还能每天下两个蛋吗？”

“怎么不下？”翠妹笑道，“人家才一年多，就叫老太婆鸡啦，冤枉哩！”

下午，乡邮员送来一封信，是肖琳从美国寄来的。信中说，爷爷已获准延长旅居美国半年，身体健康，生活愉快，只是带来的烟绳已经用完，如方便，可寄烟绳来。肖峰笑了笑，利用一天中午上山去，砍了好多的烟绳树回来，剥掉树皮，搓成许多烟绳，然后写好一封信，连同烟绳一并寄了。他在信中让肖琳寄一张老人的近照来。

因为父亲不在家，煮饭菜方面只好等到收工回来才动手，十分不方便。有一天，肖峰驾着三匹马拉的大胶轮车进黄草坝市拉饲料，老半天回不来。下午托人带口信说，要过两天才回得。这可急坏了翠妹，她二话不说，驾上那大骡拉的胶轮车，带上小邱姑娘做帮手，“嘚儿嘚儿”地进了县城。她先汇了两万人民币到美国去给老父亲，而后购买鸡饲料、猪饲料，装了满满一车回来，天黑才回到家，饭菜还没人弄呢！当卸了货，交给小邱后，翠妹才动手弄饭菜，大家吃完时已经是夜十一时了。

肖峰第二天下午才拉了满满一车饲料回来。当他得知妻子汇了两万去美国时，也要她取出五千给她母亲送去，自己也拿了一千送去对河给那位老庚。

就这样，一天到晚忙忙碌碌，小日子打发得真快。等收割完地里的庄稼，转眼又到了寒风凛冽的冬天。备完冬种冬耕，年关又已经逼近。春节前五天，猪场鸡场又已经一卖而空。结下账来，扣除所有成本与支出，以及支付四位姑娘的工资，奖金和衣服，纯收入十一万五千九百九十一元。

四位姑娘，翠妹给了每人两千元红包，两套过年新衣，每套一百元。加上一年工资两千四百元，每人都得了四千四百元回家过年。这个数，跟深圳一位中等水平的技术工人的纯收入不相上下呢！翠妹约定过了初五以后，请她们初六回来。而后，夫妻二人重又议就新一年里的家庭经济发展计划。

八、集体经济

在一九八八年里，红河村一百一十三户农民全都当上了万元户，成了红河边大名鼎鼎的“万元户村”。全年总收入在十万元以上的有会计、村主任、老支书等六家，副村主任、文书家收入七万元，有六家收入五万元，十三家收入三万元，其余八十五家收入一万元以上。全村在银行的存款达二百八十一万元。人均有粮也达到五百二十斤。全村胜利地迈入一九八九年。

乡亲们并没有忘记肖峰一家对大家所做的贡献。过年这天，全村联办了一次春节会餐，隆重宴请肖峰夫妇。实际上，是各家各户都把饭菜搬到村里的晒谷场上，全村八百多男女老少，欢聚一堂。鞭炮声从早响到晚。老支书、村主任、副村主任、文书、会计，还有几位年高的长辈，都陪肖峰夫妇坐在首桌。老支书请肖峰讲话。肖峰推不过，只得即兴讲了几句。

“跟大家一样，我也是个普通村民。一家人不说两家话，只说我的一点心里话。这么多年来，我阿礼要不是靠村里乡亲们相爱相帮，早已经没有我现在了。所以，我第一杯酒敬大家，感谢乡亲们对我的关怀、帮助！”

大家欢天喜地，都干了杯。

“乡亲们，我们原本贫穷落后的村能够有今天的富足，一是靠党的政策好，二是靠我们听党的话，劳动致富。党的十一届三中全会以后，有了一系列发展农业生产的好政策。家庭联产承包责任制调动了农民生产的积极性。加上我们依靠自己的努力、勤奋，才有我们的今天。”

肖峰举杯，走到老支书的面前，说：“饮水不忘挖井人。我们衷心拥护党的富民政策，请大家干一杯。然后，我有三点建议。”

大家又都喝了，齐望着肖峰。肖峰回到座位上，放下碗，环视大家，逐字逐句地说道：“个人富，不是根本的富，是没有保障的富。只有国家富，集体富，个人的富才能长久。我的第一个建议，是我们红河村应该发展集体经济。凡事都搞摊派，不是好办法。只有有了厚实的集体经济，农村基层政权才巩固。集体能搞些什么呢？长远规划是办林场，搞‘绿色革命’，建果园，办农村企业。近期规划是办集体养殖场、畜牧场、农场。这些，都能够当年见效。我建议，办村集体经济我们不要国家一分贷款，要靠我们自力更生。如果乡亲们认为，我们村的集体经济要办，我先捐五万元。这是我和翠妹一点心意。当然，乡亲们都不富裕，不必学我们。大家以自愿为原则，以借款的方式，借点钱给村里做基金。”

说到这里，肖峰停下话来。整个晒谷场鸦雀无声，每个人都望着肖峰，思考他的话。肖峰顿了顿，换了一个轻松愉快的口气，继续道：“我的第二个建议，是我懂得今年有不少家都准备拆旧房，盖新楼。这是好事。也是经济发展了，生活提高了，应当做的事情。不过，里面有相当一部分的乡亲今年才刚摘掉贫穷帽，底子还不厚实。我想，这部分乡亲最好还是先留足资金，用以扩大再生产，增加副业方面的投入，以取得更大的经济效益。这样，有了较多的积累了，再来考虑建房是比较符合实际的。为什么一些地方的农户富了返贫？原因虽然多种多样，但不会利用有限资金进行扩大再生产，恐怕也是个主要原因。”

说到这里，肖峰望望村主任。村主任十分同意肖峰的看法。于是肖峰又继续说道：“我的第三个建议，是不少底子较丰厚并决定在今年就动手盖水泥楼的农户，应该有一个统一的基建规划。这个规划，必须由村部制定一个方案，划定地基，把我们红河村的新楼房都按照城市建筑的格局进行施工，有街道，有公共娱乐场所，有商店，有学校，有小公园……建设一个红河市！既为自己争光，又为后代造福。”肖峰提高声音道，“到不久的将来，集体经济雄厚了，还要办公益文化事业，建电视卫星地面接收站，买电视机，过上跟城里人一样的生活！这个理想不难实现，只要大家同心同德，是一定做得到的。”

肖峰说完，笑笑地坐下。村干部中，除了老支书外，其余的都在四十岁左右，并且都是复退军人。他们受过部队教育，见过世面，思想开放，容易接受新事物。听了肖峰提的三点建议，都认为很好。几个村干部当即碰头，统一了思想。村支书就站起来，跟肖峰对干一杯，然后说：“哥礼，我当支书已经四十年，哪样阵势没见过？就还不见红河村有今天这种大架势。你刚才的建议是为了大伙儿着想的，建议得好。我代表村干部，代表全村乡亲向你表示感谢。我们打算开村干会，专门研究你的建议。”

村主任也说道：“一年来我们村的群众算是走上正轨了，粮食增产，收入增加。眼下我们需要办的，是集体经济！如果大家讨论通过，我先代表村部，接受你五万元借款。是借款，因为你也并不很富裕，都是一滴汗一滴汗积累起来的。你的好心我们领了，但不接受捐赠。我们打借条，集体有收入了，照数奉还。”

听了村主任的话，许多人都鼓掌。他又说：“我也有一个建议，建议我们村成立‘红河村发展规划指挥部’，邀请哥礼当顾问，给我们村的集体经济发展规划、小城市建设方案当顾问！”

初四这天中午，肖峰驾着三匹马拉胶轮车，翠妹驾着大骡子拉的大车，夫妻双双从黄草坝拉回两百只小猪崽儿。刚卸完猪崽儿，村干部就敲锣打鼓来到了他们的养猪场门口，噼噼啪啪地燃起一大串鞭炮，给肖峰送上一份红纸写就的《邀请书》，正式邀肖峰当“红河村发展规划指挥部”的顾问，参与管理、决策活动。

肖峰本来极不愿干预此事，但为了乡亲们的利益，提出些合理化建议也应该。只要凡事注意些，不干预决策问题即可。想到这里，他愉快地接受了邀请。翠妹也催他快去，于是他便同他们一块儿到村部来。村级组织的干部都已经到齐了。见肖峰来，大家都离开板凳，给他让座。村主任给每个人都倒了茶水，然后宣布正式开会。

农民开会最讲实效，绝无客套。村支书主持会议，他开门见山地重复了肖峰的三点建议，由大家讨论实施方案。村干部都明白发展集体经济的重要性。几年来因集体经济名存实亡，没有实力，想办一件事都困难，大家都吃够了集体经济薄弱的苦头。由于认识一致，思想很快得到统一，一个比较完整的红河村发展规划草案便制定出来。大家讨论时，肖峰一句话都不说，他想先听听每个人的意见、看法。经过对现有荒山进行分析，结合上级“宜统则统，宜分则分”的政策，大家认为，除了调整少部分明显不合理的承包耕地山林外，现在压倒一切的是完善和稳定家庭联产承包责任制以使群众安心发展生产。

经过研究，村里决定划出一千五百亩荒山种杉木，一千五百亩种油桐，五百亩种油菜，三百五十亩种茶叶。另外，开垦荒坡荒地一千亩种甘蔗，五百亩种柑橘，统称为集体林场。集体林场需要一支四十人的专业队伍；办一个集体猪场，第一批先养三百头猪，需要五个劳动力；办一个集体鸡场，喂养五千只肉鸡、一千只蛋鸡，需要十三个劳动力；养一万只鸭，要五个劳动力，此外，根据全村及附近村落估计共有甘蔗一千三百亩的情况，办一个集体榨糖厂兼造纸车间，需要十二个劳动力。同时，组建一支基建施工队二十五人，配合外来基建队伍，承担本村的基建，减少肥水外流。以上共需要劳动力一百个。

肖峰对这个规划进行推敲，认为面积是有保证的，只是要一下子全部实现这些项目，眼下还存在四个方面的困难。他把自己的看法，逐一摆出来。

一是缺乏资金。这些项目若同时上马，单是工资，全年就需十八万元。各项投资总和十二万元。共需资金三十万元。可是，如今除了自己拿出的五万元，还需向全村群众筹借二十五万元。这是个问题，大家是否能借出这么多？讨论一阵之后，三位脱贫村干部每人自愿借出一万元，另六个村干部也自愿各人借出八千元。余下十七万二千元，向全村群众筹借。但这件事须跟全体村民商量，才能最后定夺，因而暂时不议。

肖峰的第二个问题是劳力问题。既是集体经济，就得按劳动力进行义务和有偿摊派劳动工日，原本全村有九十七人的闲散劳动力没有工做，但自从开展了家庭养殖以后，劳动力变得紧张起来。村干部一家一家点着计算，最多也只能凑到五十四人。还有差不多一半的人上哪儿去找？最后商定的办法是：不足的部分，向邻村招募，到黄草坝招聘。实在不行，只能砍掉一些项目。这件事，也得等到最后招募情况才能定。

肖峰谈的第三个问题，是技术问题。办这么多项事业，没有各方面的技术人才是不行的。村主任说，这个倒不难解决。养殖方面，有哥礼和大伙儿的成功经验。至于林业方面的技术，可以通过乡政府甚至县政府，请农业局、林业局派技术员来村里进行培训。

肖峰点点头，谈到第四个问题，也是最突出的困难，即办场用地。先说办集体事业的场地，靠近村部嘛，没有这么宽的地方；离村子远的，做什么也不方便，也不好管理，特别是养殖场，彼此不能隔得太远。隔得太远了，给饲料的掺和、运输造成浪费和困难。其次是小城市基建规划，碰到的问题最多。最突出的有两个方面：一是宅基地的互相交换，二是占用耕地建房不符合政策。对这两个问题，村干部真是一筹莫展，他们中也有准备建房的，果真是个令人头痛的问题。大家争论了一阵，没有结果。肖峰也只能是提出问题而已，没有解决问题的办法。

村主任只好说："今晚召开群众大会，把问题交给群众，由大家协商解决。"

肖峰认为这个办法好。因为是大家的事，集思广益，由大家来讨论决定。一晚不成，两晚，两晚不成，三晚，直到解决为止。村干部还要深入细致地做思想教育和疏导工作，教育大家向前看，克服个人私利，服从总的利益要求，在自愿的基础上，合理协商解决。

到了晚上，村里召开群众大会。肖峰没有参加，翠妹去了，大会到深夜才散，翠妹回来后，在厨房里乐滋滋地告诉肖峰："多数人都很赞成村里的规划，筹款时，有五十七家共借出十三万五千块钱。其他的，按你们原来的不变，村里都打了借条。我们原本答应五万，后来只借了三万七，也开了借条了。"

"村里要大干，没有二三十万是难的。"

"经过调整，计划投资减少到二十五万。为了节省资金，会上大家意见是不招募外来劳动力，而是着眼于动员本村的多余劳动力来做。种植专业队从四十人减少到二十人，其他副业方面，都参照我们家的劳动能力计算，减少了五人。施工队二十五人按承包上交分成，村里不付基本工资。所以，人员的工资实际上就节省了一半。"翠妹边洗脸边说，"最头疼的是场地问题。经过大家讨论，同意先批三十五家破土兴建，按红河市城建规划，来安排各家的地址。但不少人有意见，因为它涉及宅基地问题，菜园问题，谁跟谁做邻居问题，复杂得很！今晚吵成一锅粥了。明早村干部继续开会，制定比较合理的方案来。准备晚上再交群众大会讨论，最后决定。村主任要我回来跟你说，请你明早参加村干部会议。"

"集体副业场地问题呢？"肖峰问。

翠妹摇摇头："没有见说。"

第二天，肖峰没有参加村干部会。他考虑过了，不在其位，不谋其政。找到自己，则倾力帮忙，但决不参政。肖峰和翠妹各驾着一辆马车，叮叮当当地进黄草坝城，购进一批樱桃谷鸭苗、一批小鸡，以及一批饲料，同时把小张等四位姑娘也捎带拉了回来。

晚上的群众大会由副村主任和文书主持，因为村主任一早就接到通知到省城出席“全省脱贫致富先进集体先进个人表彰大会”去了。老支书也不在，到乡里参加党建工作会议。副村主任把肖峰也请到电灯旁边坐，趁人未到齐，他把早上村干部拟就的方案拿给肖峰看。这个方案，村干部也分头走访有关农户，登门征求意见，做思想工作，再集中大多数意见后，刚刚又讨论修订的基建方案。

原本要建房子的有四十四家，听了肖峰的建议后，经济上还不算宽绰的九家打算今年不搞了，把钱投资在养殖方面，待有收益后明年才做。其余三十五家共投资一百二十万元建房。村干部草拟了一个“红河市”总体规划的蓝本，把村部、商店、影院、文化站、学校、体育场等公共场所需要的地皮都划出来，然后将三十五家基建安排也整整齐齐地规划在一条街道，留有人行道、绿化区、街心花圃。各家各户都得服从总体安排，按划定区域施工。楼房式样务求多样化，美观，适用。务必在红河畔建起一座玲珑美丽的江边小市。

肖峰把蓝图认真看了一番，觉得蛮不错，由于没有占耕地建房，首先合乎政策规定。其次因地制宜，切合实际，符合大多数群众利益。所以，这个方案切实可行。

副村主任告诉肖峰，村干部也认真分析了可能要出现的种种纠纷，如有的人舍不得让出自己的老屋基，挪换到新的地方去；有的舍不得自己房前院后的宅基地、菜园子、零星果树；有的今明两年还无财力建房，居住老地方影响统一布局；农户之间还有肩脚地角之争，如此等等，只有说服，最后还有看当事者的觉悟情况。如果想得通，什么都好办，不然的话，休想。肖峰对这个问题不敢抱太乐观的态度，估计这个事可能要泡汤。

入夜后，人们都提着小板凳来了。连老人、儿童都来了，大家都在关心这件事。操场里，像搭文艺晚会演出的电灯一样，临时拉了几个电灯泡，人们都坐得满满的。

“指挥部”的大多数成员都到了。副村主任宣布开会，场上没人出声，大家都在静悄悄地听着。副村主任用不很长的时间宣讲了“红河市”的远景规划，获得了大多数群众的拥护，特别是青年人，早就想摘掉“乡巴佬”的帽子，扬眉吐气地当个“城市人”，哪有不拥护的？当讨论到实质性问题时，肖峰原以为会有一场激烈的争论，岂料没有。经过村干部分头做工作，大部分群众都很通融，纷纷表示拥护村里的决定，统一按规划做，当一家一家地宣布新址后，竟无一人反对。唯一的，是有部分农户提出合理补偿。经大家公开评议，全部补偿费为三万零七十一元。其中，两万一千元由集体补偿给个人，其余的是农户之间因占用宅基地、砍伐果树的相互间的补偿。集体给个人的补偿，副村主任表态秋收后即可以全部兑现。个人之间的补偿，由村调解委员会出面，会后即着手进行解决，以争取基建早日动工。至于集体办事业问题，大家倡导：为了节省开支，可先采用义务工的形式，再按比例合理付报酬抽劳动力。集体养殖场所需的材料，一部分还得摊派，一部分靠大家捐献，不足的则公价购买。大家的意见是，今年应当先办些见效快、有实惠的集体经济，如发展耕牛、饲养菜牛，养羊、猪、鸡、鸭。着手兴建一个小型榨糖厂，优先解决本村八百亩甘蔗销路问题。这些都是当年动工，当年获益的事情。等到集体经济有了一定的实力，明年再大干“绿色革命”，十年规划，也即开垦荒山，种果树，种经济林，种杉木……

有的群众提出，对不适合种旱稻的（主要没有水），可做烟稻轮作，先种烤烟后种中稻。多数人的意见是用几年时间，把集体所有荒山野岭全都种上杉木，消灭“光头坡”。

“买马买车跑运输！”青年人提议，“全村都要盖洋楼了，没有一支运输队，肥水外流！”

“村办食堂，开米粉店，办旅馆，开商店，广开财路，捞回财源！”青年妇女也提议。因为搞这么多基建，外来施工队一准很多。

这个晚上，几乎解决了所有的难题。唯一没法解决的，是集体猪场和鸡场的征用土地问题。猪场是靠近村部些，唯有鸡场，要到一里以外的一块荒滩修建。为了饲料运输，还得挖修一条一里长的大道呢！因别无他法，看来也只好这样了。

会开到很晚方散。肖峰回到家，妻子给他端来洗脸水。肖峰的心还久久平静不下来。他随便洗抹一下，披件衣服就走出去了，到村头的大酸枣树下。今夜的月色不甚好，这便给人增添了一丝莫可名状的愁绪。他倚身在树旁，望着暗淡的月光，又望着朦胧的村庄沉思。猪鸡已然安憩，只有涛声和风声还在耳边萦绕。

“人有悲欢离合，月有阴晴圆缺，此事古难全，但愿人长久，千里共婵娟！”

肖峰怀着无限的思绪。纵然生活的道路充满坎坷，也都已经九年了。唯有岁月不饶人，难道真就要在这小小的天地里，默默无闻地度过自己的晚年？想到这里，他艰难地摇了摇头。可是，要不这样，还能有什么别的作为？他闭紧双目，苦苦思索。他不堪沉默，不堪如此虚度时光。但是怎样走出这过于自由、无拘无束、禁锢着思想的“樊笼”？好久，他都没能给自己的出路找到答案。

不知什么时候，翠妹悄悄来到了他的身后，肖峰没有发现，因为他正面向红河沉思，心潮随红河上的波浪一并起伏。翠妹没有惊动他，她深知丈夫此刻是什么样的心情。但她无能为力，她不知道该帮助丈夫些什么，她也知道自己也帮不了丈夫什么。待肖峰回首，才发现伫立在身后的妻子，他拉住妻子的一只手，不知是激动，还是悲痛，竟默默地滴下两行泪，滴在了妻子的手背上。翠妹也让丈夫沉重的心绪给影响，不由得鼻子一阵酸，但她忍住眼泪。

“别想那么多了，九年不都过来了吗？”

肖峰不语。从妻子的话中，他获得了安慰，但不知道该说什么好。

“夜深了，回去吧。”

肖峰无言，顺从地点点头，随着妻子回到家。厨房里，小张她们正在弄夜宵。她们煮的是芝麻糖心汤圆——这是肖峰向来最喜欢吃的。

一进到厨房，就闻到了辣香味、红糖的香甜味以及芝麻的浓郁香味。姑娘们见肖峰进来，都高兴了。小张急忙舀来两大碗热乎乎的汤圆，殷勤地放在他俩面前。

“肖叔，翠姐，请！”

“嗬！原来今晚是元宵节。”肖峰说。

几位姑娘对望一眼，咯咯地笑了。小张合不拢嘴地笑说：“谁说今晚是元宵节呢？”

“怪啦，不是元宵节，你们怎么也——”

“难道不是元宵节就不兴做汤圆吃？”

翠妹也舀来了四大碗，招呼姑娘们都过来。六个人围了一桌，边谈边吃。肖峰已经忘记心中的不快，放开肚量吃起来，边吃还边赞扬味道甜美。肖峰向来喜欢吃糯米饭、软糕、汤圆、粽子、年糕。凡是糯米食品，莫不喜欢。

“谁的手艺？”肖峰笑问。

四位姑娘笑望一阵，小张道：“先说说，味道怎么样？”

“很好吃。”

“手艺可以吧？”四个姑娘几乎异口同声地问。

肖峰无言地笑，竖起大拇指。

四位姑娘又互相望一眼，都甜甜地笑了。

“你们老是笑，都笑什么呢？”

小张这才带羞含娇地微笑着说道：“肖叔你真有福气。”

“哪样福气？”

“得翠姐呗。”

肖峰点头，毫不掩饰地说：“是，我永远感激也感激不尽。怎么说呢，要是说我前半世是在惊涛骇浪中熬过来的话，我这后半世才总算找到了一个温馨的归宿，是你们翠姐，给予我重新生活的勇气。”

肖峰的这番话说得略微含蓄，唯有翠妹深解其意，小张她们听来，句句都是赞颂翠妹的，未有进一步领略其更深一层的含意。

“在我这里，你们就当成在自己家一样，不要见外。”

“放心吧，肖叔，我们会的。”小张笑说。

翠妹努嘴一笑，指着小胡和小秦，说：“这两位，打算攒得够钱以后，自费出国读书。”

“唔，有志气！——想读什么专业呢？”

“还没有最后确定，”小秦不好意思地一笑，“我们现在先学习英语，打好基础再说。”

“好，我赠你们一句话：‘努力吧，有几分耕耘，便有几分收获。’你们一定会成功的。”

“谢肖叔！”两个姑娘高兴地说。

“小张，你们二位呢？”肖峰问小张和小邱。

“我不想出国，我怕出国。我想积得点钱以后，自己开商店，当女经理，做一番事业。”小邱迟疑片刻，略带羞赧地说。

“我既不想留学，也不想当老板。我想趁年轻时的大好时光出国去走走看看，认识认识这人类居住的星球，到底是怎么样的。看看生活在不同国度、不同社会制度的像我这样平凡的人是怎么生活的，都有些什么想法，实现愿望的比率有多少。我还要看一看世界上的名胜古迹，旅游一番。然后回来，去走我‘人生必由之路’，就心满意足了。”小张带有向往地说。

“你们都已各有追求，看来必定是深思熟虑过了。”肖峰勉励地说，“我预祝你们早日实现自己的愿望。”

“谢谢肖叔勉励！”姑娘们都高兴地说。

“我们全村都动起来了。村里让我帮做规划，出主意，所以今后我得把一半的精力放在村上。家里的事，就拜托你们四位多操操心啦！”

“肖叔，不要再说这些见外的话。这是我们应该做的事，是我们自己的事。”

小秦笑着对翠妹道：“翠姐，忘记和你说了——昨天，那只芦花鸡难产哩！”

“什么？”翠妹没有听清楚，停下手中匙羹望着小秦。她最喜欢芦花母鸡了。

“它上午刚下过蛋，下午就抱窝不动，后来小张去翻它的屁股看，原来是蛋横位。”

翠妹好笑起来说：“人难产横位，鸡难产也横位？”

“是真的，”小邱在一旁做证，“秦姐很着急，连连说，怎么办好呢，它是翠姐最心爱的呢！后来还是亏了张姐，她二话不说，扳过芦花母鸡的屁股，就伸手进去帮助它复位——我的天，幸亏张姐敢！”

“她妈当接生员，还不是跟她妈学的？”小胡笑说。

小张笑着过来，跟小胡扭作一团。翠妹笑笑，还忍不住问道：“后来呢，后来怎么了呀？”

“放心，顺利生下了呗。”

一个星期后，村主任回来了。他开回一辆崭新的手扶拖拉机，是省里奖给红河村的。他还带回一张省报，上面报道红河村的“山乡巨变”。

“我原本说不忙写，他们不听，就先写了。”

村主任汇报了省级会议的经过，又说：“我们只能自己和自己比，和人家比，差得远呢！”

村主任、支书回来后，指挥人员分为两套人马大干了起来：一套由支书牵头，抓集体经济，即养猪场、养鸡场、榨糖厂、植树造林，同时抓党建工作。一套由村主任负责，抓综合治理，抓建设规划，抓日常事务。肖峰是两套人马的总顾问。不消几天，各路人马都准备完毕，开赴基地轰轰烈烈大干起来。园林专业队扛着行李工具上了山，猪场、鸡场传来了叮叮当当的大兴土木工程的响声。玉林、钦州、北流、贵港、合浦的基建队开进了村……全村家庭经济也争先恐后地行动起来。

入夜，墙上的日历翻到了一九八九年三月十二日。翠妹还没有回来。灯下，肖峰正读着今天下午收到的肖琳从美国哥伦比亚大学寄来的一封来信。看罢，他紧皱双眉，心也几乎停止了跳动，神情都凝住了。数十年生活的风风雨雨，数十年的艰难历程，养就了他一种特殊的敏锐，使他预感到又要有某种不测来临……

爸爸，您好!

爷爷在这里生活过得安然，愉快。他不会讲英语，但我们买了一部微型同步自译对讲机给他。有了这件小东西，爷爷出门就不存在会话方面的障碍了。现随信寄上他的几张近照，都是邝琳陪他周游美国各地时拍摄的。到这里近一年来，爷爷先后游玩了华盛顿、纽约、费城、波士顿、洛杉矶、旧金山和芝加哥。老人家虽然已届高龄，但乘飞机的兴趣很浓。他还坐了海轮、内河轮。每次回来，都有不同的体会和看法。他还告诉我们，“红河村一些人还以为美国人用头走路呢，因为美国在红河村的下边”。他还说：“现在，红河村也在我的脚底下了，大家都用脚走路，头在上。”有一张跟一个高鼻子美国人合影照片，是我们大学副董事长沃特博士，背景是美国的朴次茅斯港。是邝琳把公公介绍给博士认识的，他高兴得很，硬要跟爷爷合影一张。

寄来的烟绳已经收到，但很快用完了。爷爷的烟瘾很大，大家都敬佩他，认为他所以高寿，是水烟筒把烟毒滤过的结果呢。

两万元也收到，以后不必汇钱了，我们并不缺钱用，请爸爸放心。另外，对中国有兴趣的学者并不在少数，他们组成了民间联合考察小组，打算前往红河村进行考察。此事已在磋商，望您有准备。

想来家乡的面貌变化很大吧！祖国强盛，人民富足，我们海外华人也有了精神寄托。我们都好。代问妈妈好。

敬礼！

儿　　肖琳

媳　　邝琳

于哥伦比亚大学

八九年春节

空气有些异样。肖峰推开窗口，依然是寒风袭来，刺骨地冷。他打算明天上山，替父亲伐来烟绳树，剥取树皮，加工成烟绳再寄去给父亲。

夜很深，翠妹才回来。肖峰已替妻子热好洗澡水。

“怎么这么晚？”肖峰帮妻子把换洗的衣裤取出，搁在一张凳子上，再给她拿来浴巾香皂。

翠妹双手轻轻地拢一拢头发，把一头秀发攥成一堆，用发夹把它高高地盘定在头上。

“有只小猪不吃食，我给黄草坝的合同兽医打电话，兽医不在，他的妻子也是兽医，代表他来了。看过之后说没有什么问题，我放心不下，请她把两百头小猪都检查一遍，直到确定没有问题了，我才陪她到乡里旅社去，所以到这阵才得回。”

“都不会有什么问题吧，我说我们的小猪？”

“没有问题。”

翠妹把换洗的衣服拿到天井里，笑着把丈夫支了出去。虽是恩爱夫妻，她也不许丈夫在旁边看自己洗澡。肖峰关了厨房的门，到正房去了。但他不想先睡，就在灯下看报纸。

才看不一会儿，大门就传来两下敲门声。他仔细一听，又是“扑嗒扑嗒”两声。他记得这熟悉的声音了，忙把门拉开，果然就是那只大乌龟！

肖峰把它捧起来，拿到电灯下去望。只见它的壳尾上那只铜环还紧扣着，长有一层铜锈，碧绿碧绿的，他把铜锈擦了，现出“肖翠放生”四个小字。看龟背上沾的草屑，知道它准又是从草丛中爬过来的。因为小路不安全，兴许会碰到人。依此推之，这只大乌龟就有点灵性了。肖峰诧异不已，忙捧着大龟，推开厨房门拿去给妻子看。

翠妹正在天井里大冲大洗，见丈夫冒冒失失进来，忙羞答答地瞪他一眼，信手用浴巾围住下身。肖峰可顾不了许多，把大龟举给妻子看，笑道：“你看，老朋友又来了。”

翠妹见了，也是奇怪得了不得，咋咋舌，圆睁杏眼，一句话也不说地看了乌龟一阵，才又把丈夫撵了出去。

她洗罢，穿毕，来到正房什么也不说，就到养鸡场去，喊醒睡了的小胡和小邱开门，抓来一只半大的鸡杀了，剁碎肉喂那大龟。大龟也不客气地津津有味吃着，吃饱喝足，就熟练地爬到大水缸脚，缩在下边。

枕边，翠妹对丈夫道：“这龟很奇怪，是不是真有灵性呢？我想不出它为什么懂得回来——去年它是什么时候回来的？”

肖峰回忆一阵，“好像是我们送爹去北京的前几天，也是三月中旬前后。”

“你不是有日记吗？看看嘛。”

肖峰起来，找到去年的日记本翻了一阵，失声说：“真是三月十二号！”

“今天——”

“也是三月十二号！”

翠妹作声不得。她极力思索着，想到了好多好多。肖峰倒是高兴起来，抽了一支烟后，熄灯便睡了。翠妹却是睡不宁的，一会儿，她轻轻推了推丈夫。

“你说，这为什么——也懂时间？”

“这个，有什么奇怪呢？”肖峰已经难睁双眼了，想了想，道，“候鸟的时间性也很强，大雁、燕子，你说，它们懂不懂时间——少见多怪！”

“可它偏还——记得我们家！”

“燕子！燕子从北方到南方，又从南方到北方，仍然认得自己的旧屋檐，找到自己的窝！有什么值得大惊小怪呢？”肖峰慢慢睁开眼，不痛不痒地说，“难道你不见牛马猪、鸡鸭鹅、鸽子猫鹰狗羊兔哪一次走错过门槛？猪牛马狗即使去得多远，也能自己找到归途，你不见怪？”

“这倒也是。”翠妹轻轻笑了起来，遂不把这件事记挂心上。不一会儿，悄然睡熟了过去。

其实肖峰并不曾睡，他也不想睡。刚才他对妻子的问话有些不耐烦，是因为她妨碍了他的思路。而今见妻子已经睡熟，他便全力想着这件事。

“真料不到，大龟对我肖某的救命之恩记念得这么深……乌龟啊，乌龟！不知道你是真有灵性，还是只是一种求生的本能，一种机械性的条件反射？你曾两度回访我，尽管可能出自本能，也足以证明你是因为我给了你第二次生命才对我进行回拜，这样的话，你虽然是兽类，却比好多两脚的灵长类要懂人性多了……朋友啊，你的行为叫我如何解释呢？你这是萌自内心的灵通呢，还是只是一种偶然，一种反应？但无论如何，你对你小小的生命尚且能够如此珍视，对有恩于你的人怀有至深的报答之情，都深深地启发了我！我堂堂六尺之躯，顶天立地的男子汉，为什么不在这个芸芸众生共享的天地里顽强地生活下去，另辟蹊径，找到一条通往欢乐、美满、幸福的道路……”

第二天一早，妻子还在酣梦中，肖峰就蹑手蹑脚下床了。他去给乌龟挖回满满一竹筒的蚯蚓，蹲在一旁看它狼吞虎咽。一会儿，翠妹也起床，在厨房看见了，不由得轻轻笑道：“难怪，有人这般好客，怎不年年来？”

“明年它也许找不到我们了。”肖峰说。

“为什么？”翠妹不解地望着丈夫。

“按女主人的计划，明年我们住进小洋楼，门槛高了。它敢高攀吗？”

翠妹笑了笑，叹一声，不知说什么好。吃罢早餐，肖峰吆喝着三马大车，“嘚儿嘚儿”地往黄草坝去。他下午才回来，把满满一车饲料交给了小邱姑娘。饲料房里，只有小邱一人在穷忙，其他人一个不见。

“你翠姐呢？”肖峰拴罢马，走过来问小邱。

“有几只母鸡拉稀了，翠姐急得要命，放上车就往黄草坝去——你没有碰到她？”

“没有哇，什么时候？”

“刚刚，她听了小胡报告后到鸡场查看，然后就去了。”

“她把同一个笼里的鸡都捉住，移过那边去隔离了。”小邱见肖峰焦急，忙安慰地说道，“我看问题不大的，兴许是上一批饲料的问题——等翠姐回来就知道了。”

肖峰叹一声，扛过几大捆青草喂马，就转回家来。进了家，果然灶冷锅空，桌上压有一张小字条：

我也到黄草坝去了，找兽医。天黑前回来，若等不及，你跟小张她们先吃，不必等我。

你的翠　即日下午三时

肖峰望望表，想了想，就往猪舍走去。小张正在那里，袖子、裤脚都挽得高高的在淘猪粪。肖峰走近，见已淘得差不多了，便告诉她说：“淘完以后，你先回去煮饭菜，我到村部去一下。”说毕，朝村部走去。村干部刚散会。见肖峰来，村主任即招呼他坐，然后把会议的内容跟他说了。原来，乡里给红河村早稻种植任务是三百七十亩。可是，到昨天为止，连本田都还没有耙得一半，杂优种子买了不到一百斤！主要原因，一是春旱缺水。跟邻村共用的水渠水流量很小，上游先用，作为下游的红河村当然就得不到多少了。不说本田，连秧田用水都只能等到晚上。唯一的解决办法是借来三部抽水机，日夜抽取红河水，不然就完不成早稻种植任务。但是时下柴油紧缺，高价都难买得。群众原本就不大乐意种早稻的，如今再要他们自己掏钱买柴油抽水灌田，能有几家愿意？村主任摇头，说："难啊，越是富足，就越是难指挥得动。"

"我们村，早稻产量占全年总产量的三分之一。要是完不成计划，今年肯定减产。"肖峰说。

"照你看该怎么办？"

"大家不愿种早稻的原因，恐怕不止这点吧？还有没有别的因素？"

"还不是家庭副业有较大收益了，有钱在市场买现成米吃了呗！加上种双季稻既辛苦又劳累，再说跟中糙也差不了多少。杂优好吃，煮来不长饭，吃得多。还有，去年浸种缺乏技术，出现些烂秧后，今年怕上当……说来，还有粮食价格低，不合理，一年辛苦到头收入无几，不如做生意赚钱……所以，就没有多少愿种早稻了。"

肖峰认为他说的也在理，但也不全对。关键是如何教育群众提高对早稻的认识问题。

"我家承包的责任田地，三个人只有一个人有田地，三个人吃一个人的口粮。但我们从没有在市场上买过一粒米，都能年年有余粮。为什么？在科学种田方面狠下功夫，我们试过了，种两造比种一造单位面积产量每亩高出五百斤左右。我爹虽然是文盲，但相信科学种田。"

"哥礼，你能不能把你们家的经验在会上跟大家说说？你家比别家富有，还带头完成早稻种植计划，做到生产、副业两不误。你是应该和大家说说的，我懂得大家心里都信服你。”

“我看不必了吧，”肖峰说，“没什么可说呢。”

“不，大家都爱听你的，农民多是现实主义者，不用大道理，把你的事摆出来，大家都见得到，信得过，就这么的。”

“——好吧，如果认为应该讲，我就讲讲。”

“定了，明晚开群众大会。”村主任说。

当翠妹回到家里，月亮已经高挂树梢。她把大车直接驾进养鸡场，小胡、小邱两位姑娘听到车响，早把大门拉开。翠妹把车驾进里面，“吁——”一声停下车，跳下辕来。不待两位姑娘开口问，她就笑吟吟地说：“白慌一场，什么问题也没有。”

“那就谢天谢地！”两位姑娘高兴得跳起来。

小胡过来，卸下骡驾，要将骡牵到空地让它打滚。翠妹笑笑，一把拿过缰绳，自己把大公骡牵到一边去，不让姑娘们看见。待骡打滚过后，她把骡赶进栏里，小邱提过一桶料来，翠妹接过，自己解去喂了骡、马，不许姑娘们沾边。而后才过来，和小邱一块儿卸饲料。

“你们吃过饭啦？”

“不吃才怪呢，这么夜。”小邱笑道，“肖叔到村部去，张姐煮好的饭菜，肖叔让我们四个先吃。”

“他还没有吃？”

“吃了才怪！你不在，他吃得下？”小邱嘴巴甜，笑笑地说道。

翠妹摆出大姐姐的架势来，不跟她们闹玩笑，只说：“鸡没有问题，就三天不吃我也愿。”

“翠姐，问你个事。”小胡过来帮抬饲料时，对翠妹道。

“丫头，有事直说。鬼鬼祟祟的讨厌！”

“昨晚人家都睡了，你来要个不大的鸡去做什么？和肖叔吃夜宵？”

“是嘛，怎么这个事你也来管？”

“我不信，”小胡笑，“一定是有什么！”

“就告诉你也不妨，”翠妹嫣然一笑，“杀来招待客人呗。”

“这客也怪，”小胡摇头，“早不来晚不来，单等人家睡了才来，大鸡不吃专吃小鸡。是什么样的贵客呢，翠姐？”

“唉！”翠妹收敛笑容，轻叹一声，“说出来你们也不信——反正，是客就是了。”

“管他什么客，今后不许要小鸡崽儿。”小胡不高兴地说，“现在是小鸡，三个月后就是四斤五斤的大肥鸡咯！”

“翠姐，我也有个疙瘩解不开。”小邱噘起小嘴巴，对翠妹道，并且神情严肃地望她。

“你也有什么事？”

“为什么，你和肖叔不许我们靠近你们的骡马？是怕我们不会牵吗？”

“咦，没有的事呀！”翠妹想不起有这事，奇怪地望她。

“还说没有呢——每次回来，都不让我们打理那些累马累骡。”

“嗬——我的天！让我怎么好跟你们讲清楚这个事呢？”翠妹粉脸飞红起来，望着这两个天真无邪的妹妹，觉得又好笑又可怜。

“有什么不好讲呢？”

“唉……”翠妹忍不住，咯咯地笑起来，笑了好一阵才止得住。

“傻丫头，什么不问，偏问这个事！”

翠妹拉着小胡把鸡场都巡看一遍，见鸡都是好好的，才放下心来。她又过猪场这边，见小张、小秦把猪舍弄得干干净净，猪也吃得滚圆肥胀，呼呼地睡在那里，很是高兴。她俩看见翠妹也格外高兴，笑着道："两百头，都有五六十斤重了。"

"真亏了你们。"翠妹挽着她俩的肩，进到她们的宿舍。可是，不待她坐下，肖峰突然急匆匆走来，二话不说，把她找了回去。途中，她问有什么事，他也不说，一直把她拉进了家。而后回身关门，把她拽到厨房里。

到大水缸旁边，肖峰用手指了指地上的一小堆乌龟粪便，翠妹蹲下去，用一支小棍把那粪拨了拨，只见其中竟有几粒沙金！在电灯光下，泛闪着金黄色的光泽。

翠妹惊骇不止。她用指头轻轻拾起，放到水中搓洗一遍，搁在了掌心看。果然是沙金，有黄豆粒般大小，跟犀牛洞地下河里淘得的沙金一样色泽，就是颗粒稍微大些。翠妹再望望那只大龟，它吃完饭后，已经缩在那儿休息。

"真是它屙的？"翠妹茫然地问。

"不是它，还能从哪儿来呢？"肖峰的心情，总算慢慢平静下来。

翠妹两只眼睛睁得大大的，一脸的狐疑。半晌，她靠近丈夫身旁，欲言又止。肖峰托起她的腮，只见她连脸色都变了，不由得有点慌起来，忙把她拉回到房里，关住两面的门。翠妹不说话，把头靠在了丈夫的肩膀上，颤抖着声音对丈夫悄声说道："哥礼，这也太奇了……"

肖峰原本自己也有点诧异，如今看见妻子如此怕，只好努力现出轻松愉快的样子来对妻子道："傻瓜，真是少见多怪。鸡鸭鹅都有吞食碎石细沙的本能，那是用来帮助消化食物的。你和小胡不也每天要掺些碎沙喂鸡？乌龟，当然就也是同样道理，它也是为了助消化呀，不想偶然吃到沙金罢了！你慢慢想，就会想通的！红河一带是金三角地带，沟沟壑壑，哪里没有沙金？看你想到哪里去啦，吓成这样！"

丈夫一番平淡无奇的话，才总算把妻子心头的疑团解开。她轻轻笑道："按你说，是碰巧了？"

"当然是碰巧，"肖峰说，"红河底有沙金，碰巧吞食了。又因为是我们的'老客'——谁吃了东西不屙屎？——所以，碰巧就屙出来了。"

"少说它也有好几百岁了吧，这么大个。"

"再活几百年，也还是只凡龟。"肖峰领略妻子话中的含意，笑道，"要成佛成仙，还得修炼几千年几万年哩——别家的母鸡一天只下一个蛋，你的芦花母鸡一天下两个，这么说也是神鸡啦？算了吧，乖乖，别胡思乱想，就什么事情也没有了。"

第二天一整天，夫妻俩都在饲料房里和小邱一道掺拌猪饲料。小邱和小胡把鲜鸡粪一担担搬来，堆作一堆，拌毕，装上车，拉到猪场去。这一天的工作，足够两百头猪吃一个星期了。临近傍晚，肖峰要翠妹先去弄菜，以便早些吃饭，因为今晚要参加群众大会，并准备在会上讲家庭养殖业与粮食生产的关系，鼓励乡亲们完成早稻种植计划。

"吃力不讨好的事，再说你又不是村干部，操那份心做什么？"翠妹不高兴地说，"弄不好还讨人嫌。"

肖峰叹一声："都是为了共同致富，相信大多数人会理解的。再说我也答应村主任了，总不能失信。"说罢，帮她拎起衣服，递到她手中。翠妹才极不情愿地走了。

第二天一大早，翠妹就起来煮早餐。到厨房时，发现大龟不见了。她找了一阵也仍不见，确信它已不辞而别，就进房间里喊丈夫。

肖峰来到厨房观察一番，才知道它又是从水沟里钻出去的。急忙跟着到外面去，顺着痕迹一路寻找，果然是下红河去了。肖峰站立在酸枣树下，望着滔滔河水，望着满天云彩的天空。好久，他才吐出一句话来："世界之大，无奇不有！"他这句话，当然并非只指乌龟这件事。

两个月很快过去。这天下午，肖峰驾着马车从黄草坝回来，路过乡邮电所门前时，刚好有自己的一封电报，是肖琳从哥伦比亚拍来的。

"美国民间联合考察组已组建，目前正办理签证。两个月内将启程前往红河村。"

肖峰默默地把电报揣进袋里，驾车回到了饲料房。翠妹跟小邱在那里拌饲料，正干得热火朝天。他卸完货，让马在场地上打几个滚，才牵进厩里，再扛过一大捆青草来。正巧小张来要饲料，见还在拌，就先帮肖峰把青草铡了。肖峰把铡细的青草拌进玉米、黄豆，倒进木槽里喂骡马。那些骡马在槽里嚼得津津有味，听它们那嚼咬时发出的响声，肖峰觉得柔和悦耳。肖峰很喜欢自己的牲口，以及那头大牯子牛。因田地不多，所以耕牛闲的时候多些，才养得身壮体肥，个头滚圆。一天干完活下来后，肖峰常常牵着四匹骡马到河边去洗刷，让它们都轻松轻松。四位姑娘有时也伴着翠妹，一块儿到江边漫步，或骑在马背上闲情逸致地哼着歌儿。

自从开始立体养殖以来，翠妹就渐渐显露出她那精明能干的才华来，和四位姑娘形影不离，同乐同苦。他们六个一块儿吃饭，一处做工。这“立体养殖”，过去谁也没有做过，岂料用鸡粪混合饲料喂猪，猪不仅爱吃，而且长膘得很呢。再把猪粪施到塘里喂鱼，那鱼也十分爱吃。有时猪粪多了，不可能都投进塘里，就装进桶里，让骡拉到田地里，便又成了上好的农家肥。早在春节前打完鱼后，肖峰雇人清挖鱼塘，把塘泥拉到田里。而后抽来红河水，灌满了，投放新的鱼苗。如今，塘里的鱼小的有一斤来重，大的也有两三斤了。翠妹也真会计算，她跟黄草坝市一位高级畜牧兽医师签订了“君子协定”，由他承包自己全部的猪鸡鸭鹅鱼，以及五头大牲口的防疫事宜。一年下来未有瘟疫发生，奖给他一千五百元。要是有疫病，须他免费给予医治，倘若有瘟疫流行造成损失，由他承担损失责任。这老兄胃口也大，满口承担下来并请肖峰、翠妹在公证合同上签字。他呢，也算尽到责任了，平时有空也常往红河村跑。因此，肖峰的养殖场从未发生过疫病。

为了联系方便，肖峰在家里装上电话，如今，他跟黄草坝、县城、天生桥等的一切业务联系，都先用电话了解情况，然后才亲自出马，省了许多时间和精力，并且随时掌握市场行情。夫妻俩也订阅了关于农业科技方面的报纸与杂志，还有市场信息，开始有点像大老板的样子了。只是夫妻二人辛勤操劳，每天总是从早忙到晚。肖峰还兼顾指挥部“顾问”，但不取分文报酬。因为这是大伙儿的事，他很热心尽力，也因而减轻了心头的一些烦闷。

晚饭后，待四位姑娘都不在，肖峰把肖琳的电报拿给翠妹看。

翠妹有些不安，也担忧会有什么不测的事发生。肖峰更是满腹心事。但他还极力安慰妻子说：“想来不会有什么吧。”

“可不？美国人要来，关我们屁事？”翠妹说，“又不是我们喊他来。”

肖峰叹一声，说：“不过，有些人是喜欢小题大做，大喊大叫的。不如此他们就过活不下去。许多事坏就坏在这些小人身上。”

“既然这样，该不该说给村里准备一下？”

“我想不必，”肖峰想了想，摇摇头说，“多一事不如少一事。如果美国人真来，还怕上头不事先知道？我们现在要是说了，万一美国人改变主意不来呢？所以，我们什么也不知道，照样吃饭走路睡觉。”

翠妹想想也是，便不吱声了。肖峰拿出脸巾、香皂和衣服，到河边洗澡。他选了个别人看不到的地方，痛痛快快地大洗一通。而后半躺在一堆石头中间，双手枕着头，任凭风的吹袭，仰望星空。一弯浅浅的月牙，朦朦胧胧，嵌在一抹淡云之中，忽隐忽现。耳边尽是哗啦哗啦的涛响。不时有一阵阵风袭来，溅起的浪花密密地落在了他的裸身上面，是如此的舒适，如此惬意。生活是这般自由，天不收，地也不管。肖峰想得入神了，要是自己能够回头年轻二十岁的话，凭自己的才干、意志和毅力，准能再干一番事业。可如今，岁月不饶人……他闭上眼睛，无限叹息一阵。回顾自己数十年生活的历程，无不充满坎坷、艰辛。就犹如这滚滚东去的红河水，由不知多少细沟支壑汇集而成，弯弯曲曲，迂迂回回，穿山过岭而去。

有澎湃时刻，也有行将枯竭时刻……但最终仍然注入滔滔大海。如今自己的脚步，是不是已经来到大海之滩？想回复过去的时日已经是不可能的事，就不要老追恋它。那过去了的，那曾经的荣耀，都把它们存留在心灵的深处——最好把它忘记，不值得为过去伤怀，为未知的明天叹咏。走一步，看一步。如今自己不也已经凭借顽强不屈的信念，重新开拓出了一条全新的生活道路？人生的旅途，要使自己生活里开满鲜花，还不是得靠自己的辛勤劳动……想着，想着，一阵倦意袭来，他竟迷迷糊糊睡熟了过去。

当翠妹领着小胡、小邱两位姑娘找到他时，已经差不多是半夜了。

“为了庆祝你们肖叔没跌水淹死，小胡，你去抓一只大鸡来杀，我们煮夜宵庆祝！”回到家时，不知是悲还是喜，翠妹这么说。这一吃就是大半夜，今晚上不要想睡了。两个姑娘好不容易把翠姐劝住。

床上，翠妹默默地把头搭在了丈夫的肩上，出神地不知在想什么。肖峰也只是轻柔地抚摸着她丰腴雪白的胳膊，一句话也不说。两个人都似有无穷心事。末了，还是做妻子的先开腔，她把玉臂缠在了丈夫的脖颈，用无限温柔的声音款款地问道：“这几天，我发现你像有满腹的心事。说出来嘛，搁在心头难受，看我能帮你点什么也好。”

“我在想，我前半生的生活里充满惊涛骇浪，暴风骤雨，坎坷曲折。这后半世却又和风细雨，波息浪平，幸福得令人难以置信。但不管是幸福也罢，抑或其中又蕴藏着什么险恶，或行将突如其来的摧残也罢，我们的生活之路却是已经择定了的。而能够使我得到今天的安静和幸福，有一半是靠你，我亲爱的翠！你是我孤独的生活中赖以寄托的支柱，是你给予了我人间的温暖、人生的爱！所以我在想：怎样做，才能保持我们拥有的如今？怎样做，才能报答你给我的爱？怎样做——”

翠妹用手轻轻掩住了丈夫的口，不许他说下去。而后微微一笑，深情地说道：“许是过去你遭受的挫折太大了，才使你把我们今天原本平淡无奇的生活，也看得这般珍重！刚才你的这番话，足以使我满足一辈子。哥礼，既然我们已是夫妻，就不要说什么感激不感激，报答不报答的话了，你也不必想那么多。我说，那过去的，都让它过去吧，要紧的是现在。一个人总不能老是去思念那已经失去的，而把现实给淡薄了，更不要为那过去曾经的拥有，为它的已经失却而痛不欲生！我知道你不会的，你是一个坚强的人。哥礼，”说到这里，她用手梳理着丈夫那蓬乱的头发，轻轻道，“振作生活！你看你，头发大半都花白了，是思虑过度的结果呢。你是不是——也去染一回头发试试？”

“翠，我很懂你的好心，可是，你看我有这个必要吗？我都已经六十四岁了。”肖峰把妻子的手拉到嘴边，不住地吻。

“不，说实在的，你看上去不像六十四岁的人。如果染得来，说不定会显得更年轻些也不一定呢！”她带着希望，真挚地说，“你不是还想做一番事业吗？我相信你一定能成功的。既如此，为什么这么快地承认自己老了呢？我读过一本书，记得有句话是‘人生六十才开始’，你不妨也来个‘才开始’，又有何不可哩？”

“人生六十才开始……”肖峰喃喃地重复妻子的话，不由得轻轻笑了，“翠，你不仅时时分担我的痛苦，处处给我欢乐，你还有如此深邃的思想呢！”他摸了摸自己的头发，“染发，虽然只是一种假象，可也不失为某种精神慰藉——好，这也不是什么难办的事，明天我就去染。”

翠妹笑笑，说：“你吃了阿琳寄来的补药，精神、气色都真的变年轻多了。”

“我自己也感觉到了，”肖峰说，“如今，每做什么我都信心十足，干劲倍增。不过我想，起主要作用的恐怕不是补药，而是你给我的精神治疗！”

“你看你，又来了。”翠妹笑笑，“以后不许再说这些话啦。”

“这是真的，翠妹。”肖峰由衷地说，“我是唯物主义者，我并不悲观暮年的到来。记得你也曾说过，人的生老病死是一种自然规律，不可抗拒。有诗云，‘老夫喜作黄昏颂，满目青山夕照明。’我晚年能过上这样的好日子，在过去几年里是连想都不敢想的。”他顿了顿，换了个声调，“只是我也深感惭愧，因为我的年龄比你大得多，实在太委屈你了。每想这，我就知道自己非常对不起你……要是我能够年轻一半，我们的生活就不是现在这样了！”

“唉，说这些不可能实现的话有什么用呢？我们需要的是真心相爱。”翠妹轻轻说道，片刻，她又说，“我也曾嫁过少年英俊丈夫，可他给我的是什么？你说他体恤他这年轻貌美的娇妻吗？并不。他报以我的是他的狂欲，是他的拳脚……都过去了，往事不堪回首。你是我的丈夫，只要你在心里永葆青春，那岁月的无情又算得什么？以后我也会老的。但愿你我相敬相爱，就这样的生活我就非常满足了。”

肖峰把妻子紧紧搂在怀里，默默地滴下两行泪。许久，他才说道：“人生在世，要想两全其美，那很难很难，我们不想有，也不应该有什么非分的奢望。上天既然安排我们也生活在这个世界上，我们就有理由通过自己的努力，把生活点缀得更美。我们不屑跟人攀比，我们只求生活安稳。”他轻轻吻妻子的秀发，“让我们共同驾驭生活的方舟，在生活的大海里，努力驶向生活的彼岸。”

翠妹不住点头，抚弄着丈夫胸前的茸毛，含情脉脉地说：“夜深了，睡吧……”

今夜是太激动了，肖峰没一丝睡意。他说：“有句话，很想对你说，总找不到机会。憋在心头像负债一样难受。”

“你就说呗，有什么不好说呢？”

“我老了，你正当好年华。所以，翠，我说，待我百年之后，你就找一个让你真正满意的，好生过日子，弥补你前半生跟我的欠缺。这样，九泉之下，我也是含笑的。”

“还有吗，或者就这些了？”翠妹笑问。

“就这些，也够我受的了。”

翠妹不料他会说出这种话，先是“扑哧”一声笑，然后竖起柳眉，粉脸通红，生气地推开丈夫的手，厉声说道：“你是第二次讲这话了，可见你看我是那种女子，如果我是那种女子的话，就不等到现在才要你来‘劝导’我！背前背后，别人取笑我的还嫌少吗？我嘴笨不会说，我只想对你说，如果我有别的心思也就不等到如今了！我要跟你提出离的话来，说少些你也得分给我个十万八万，再找个十八岁少年郎做老公也还得呢！难道不是吗？我但愿从今以后不要再听到你在我耳朵边说这些伤情话，才见得是真爱我呢！”翠妹说着，伤心地哭起来。

肖峰自知失言，后悔不迭起来，连声道：“是我错了！原谅我！我不该乱说！”

翠妹止住泪，悲戚地说：“我不怪你。我也知道你是真心想为我好，却也显得你并不全理解我。难怪你在生活当中还时有自卑呢，何必呢，做人就该光明磊落，抬起头堂堂正正走路！管他呢，谁人背后不说人？我们走我们的路，让狗吠月亮吧！”

听了她的话，肖峰很激动。毕竟是恩爱夫妻，才能说出如此贴心的话。

翠妹又说：“哥礼，生活总是美好的多些，你不该过于自卑。既不是你的过，自卑就等于自我承认呢！没有的事，就该挺起胸膛做人。不要把生活看得过于残酷，世界上善心人总比恶心人多。”翠妹一旦打开话匣子，也是滔滔不绝，口若悬河，“难怪呢，在北京那几天你说有事，总不能陪我玩玩。我也懂你心头有事。但不管怎么忙，一生里夫妻俩双双到北京才这么一回，你总不至于忙到连陪妻子逛半天的时间都没有吧？我懂得你心头想好，你是自以为我和你年纪不般配，怕人笑话，怕我难堪——要真这样，我就绝不嫁你了。不会不顾家人翻脸，亲朋绝情，千里迢迢把你领回来！可你——为什么老是在心中有这样那样糊涂想法？你心中一旦有这些，夫妻间就会有隔阂！我也不想多说什么，你原本是知书达理的，道理比我清！我只愿从今以后我们两个都不要再把这个事挂在心上，不要再提它，真正愉快地过我们的小日子。好吗，你说？”

肖峰禁不住泪水涔涔，待妻子说罢，他把无限的心情压住，说道：“我还有件事……”

“又来了，我真害怕你心头那些说不完的话！”翠妹担忧地把手搭在丈夫的胸口上，稍带有些提心吊胆。

“不会再是那些事了。”肖峰认真地说，“我是想数十年生活的风风雨雨，我积累了许多素材。我想把它们都整理一下，然后写成一部书。”

“有那种必要吗，我是说，非写不可吗？”翠妹轻声问道。

“也不一定，想先听听你的意见。”

“那我就得要对你说声，不能写！为什么？自古文人多磨难，皆祸出笔端，就算如今不兴文字狱，可我问你：你有文豪后台吗？没有。好，谁肯给你出版？谁都怕别人超过自己，伯乐早死了，那你又何苦呢？”

“你说的也是，”肖峰点点头，“翠，直到今晚我才算真正理解你。如果说过去我曾经有过什么对不起你的地方，你就权当你丈夫是个糊涂虫，千万不要持记在心，并原谅我的过失。”

翠妹甜甜地笑起来：“这才真是呢，我说明天你也不必去染发了。”

“为什么？”肖峰奇怪。

“不为什么。既然你已经从心中把夫妻之间的屏障拆除，我们俩之间再也没有因年龄差异而被划开的界线，还要染发装年轻做什么？再说，染发也并不安全。”

肖峰唯有激动，再说不出话来。今夜，是他近十年以来睡得最平稳、最沉酣、最舒服的一夜。

第二天一早，肖峰迎着晴朗的朝阳，“嘚儿嘚儿”地驾着三马大车，又踏上往黄草坝去的大路。三匹马的项脖下，铜铃铛“叮当！叮当”响个不停。肖峰坐在横杠上，得意地哼着小调，飘飘然进了黄草坝市。当他返回时，村上的人们几乎认不出是他了：一头乌黑油亮的大西装头，衬着张天庭饱满的国字脸！原先两鬓白发已然不见，胡子拉碴已剃去，剩下个光溜溜的下巴。他一下子年轻了二十多岁，十分的气派，十分的潇洒，完全显示出了他过去的那个青春年华来。

人们嬉笑着，有几个年轻人还爬上了他的车，随他一同进到饲料房，并且远远地就高喊道："翠妹，翠妹！快开门，看是谁看你来了！"

翠妹开门出来看见，也笑得直不起腰。小胡、小邱两位姑娘不住地推搡着她，笑道："这才算真般配得上呢！"

大家都乐得个前仰后合。

村里也正在热火朝天地大干起来：村部的集体猪场、鸡场、鹅场、鸭帮，都吵吵嚷嚷地快掀翻了天。向荒山进军的园林专业队也首战告捷，拿下了两千亩杉苗、五百亩油桐！三十五家基建工程也一字排开，热气腾腾地动了起来。土榨糖厂也破土动工了，几个废塘已经挖深，正在轰隆隆地往里注水。整个红河村马达轰鸣，机声隆隆。一百一十三户农家的养殖业干得更欢，除了留足劳力从事田间耕作和玉米地、蔗地料理外，都投入了"立体养殖"。不时铃响叮当的大车队，一拉半里路长，烟尘滚滚地往黄草坝市而去。不时又"嘚嘚"的马蹄疾奔，往县城奔驰……

肖峰也忙得不亦乐乎：出东家，进西家，忙了集体的，再忙乡亲们的，回头还要忙自家的。虽如此，他却感到了生活的真正甜。

国际儿童节的第二天，人们刚收工回来吃中午饭，乡政府领导就带着一支二十来人的队伍浩浩荡荡进了红河村。待走近，眼尖的人便认出仍旧是上一回到肖老爹家的那些人：乡的党政领导，县政协，统战部，对台办，侨务办，还有各位助理。队伍直达村部办公室，坐了满满一屋……不到半个钟头，美国贵宾到红河村进行实地考察的消息，就传遍全村。

这回村部开会，破例没有把肖峰请去。到了晚上召开全体村民大会时，翠妹让小张姑娘代表肖峣老人去“列席”。差不多到很深的夜，小张才得散会回来，她捧来了三块大木牌，一块是“遵约守法先进户”，一块是“脱贫致富带头户”，一块是“计划生育光荣户”。翠妹当即召开家庭扩大会议，把几位贵州姑娘也请来，听小张“传达会议精神”。

小张指着三块牌子说：“要挂在大门外，最显眼的地方。村里决定，明天早上开始，家家都要换新对联，但不准千篇一律，要有创新。还要用三天时间把村里村外全部打扫干净，搞‘门前三包’。乡里随时派人来检查，不符合标准的要罚款！”

两天以后，广播线拉进了村，家家户户的屋檐下都挂起一个五欧姆的广播喇叭。一到天黑，便传来嗡嗡的鸣响，或者嘤嘤的歌声。村部也安上了电话机，象征村级政权机构的几块长牌子也挂出来了。接着运来一桶绿油漆，把村小学的课桌台凳漆过一遍。小学生也统一制定了校服，换上新红领巾。学校操场正中，竖起一杆十来丈高的杉木，五星红旗在上空迎风飘扬。而治理村内外的环境卫生，足足占去了人们的三个白天。这三天里，由廖副乡长亲自督战、亲自挂帅、亲自出征。经过三天奋战，果然里外干净整洁，还积了一批农家肥。

村主任对肖峰轻轻说：“上级决定，我们村的‘发展规划指挥部’撤销了，今后只准说我们村冒富是靠了上级抓脱贫致富先行点的成效，你的‘顾问’今后也不许再提。”

肖峰听了，只是笑笑地点头，什么也不说，因为这早在他的意料之中，对于村里的行政事务他从不过问，他的“顾问”也仅限于群众发展养殖副业的技术指导。只不过，今后更得注意些就是。今后自己应当死心塌地，致力于如何过好小日子。既然家里有这般年轻貌美的娇妻，家庭生活也达到小康，何必还去东顾西盼，自寻烦恼？从现在来看，也无须自己操心，乡亲们都在做了，大伙儿共同致富的日子已经到来，便是乐事。

村主任临走，又悄声说：“哥礼，上头是上头的事。你千万不要因为这样就灰心，明的咱不来，暗的还得靠你时常给我们点拨点拨！”

肖峰轻轻给他一下，他匆匆忙忙走了，像是怕被人发现似的。肖峰也明知，体谅他的难处。他叹一声，强把这些事撇开，不再想它。下来蹲点的廖副乡长说在支书家“三同”，坐镇指挥红河村的脱贫致富工作试点的开展。如今初见成效，说明党在农村经济政策是正确的，正在深入人心，指导农村的社会主义建设。廖副乡长也很支持村里的小城市规划，不时还到街道基建工地看看，指手画脚。殊不知，一个月很快过去，美国人连影子也不见，上面也没有什么新指示。唯有村里的建设倒是一日三变，紧锣密鼓地加紧步伐。令人高兴的是县农行也送来了低息贷款，县扶贫办也拨给村里一万元，两笔款项都是让村里把卫星地面接收站尽快建起来，让农户能看上电视。可是，任凭廖副乡长大会讲小会说，村民对购买彩电的积极性并不高，颠来倒去只有三家报名，就是会计、村主任和肖峰（用老头子肖峣的名义）。也不知为什么，蹲点的廖副乡长避肖峰就像避瘟疫一样，远远看见就绕道，回避，他也决不过这边来。肖峰感到无所谓，只要碗里有饭，锅里有肉，夫妻恩爱，家人安乐，还有什么可想？其他伟大的事业轮不到自己操心。嘴头上的话谁都讲得一大套，到头来还得要看行动。村民不愿买彩电的问题，如今也查出来了：一是谁都想留多些积累，准备用以扩大再生产，二是计划盖洋楼，三是对文化生活的需求还是不高。廖副乡长为此伤透脑筋，他也算苦口婆心动员了，也才又有两家报名：村支书和文书。总算是支委都带了头，于是以支部的名义决定：集体贷款垫支进货（彩电），务必使彩电占领每一个家庭，电视普及率要高达百分之八十七以上。为使红河村的物质文化生活水平有所提高，使红河村的致富跃上新台阶，这就必须体现在劳动生产、精神文明、家庭生活等方方面面，实现全方位的新飞跃，条条块块都重视这项事业，才能真正体现社会主义制度的优越性。所以，还要求百分之四十五以上农户普及小家电、冰箱和洗衣机。最后还是靠村主任出面表态，集体贷款，限期个人回收，才总算完成红河村农民的生活水平已由低档次向高档次飞跃的任务。说到做到，彩电、冰箱、洗衣机、电风扇、组合音响，很快拉进了村，并分发到各家各户，还请来内行人免费帮农户安装。瞬间，红河村的上空，电视接收天线密布，如蜘蛛网般张挂了起来。廖副乡长也往实处着想，他还请电工来给大家讲授安全用电知识，讲授怎样合理安全使用电冰箱、洗衣机，怎样选择最佳电视频道，怎样开启收录机、电风扇，等等。村民真正享用到了电器的实惠，也才领会到了廖副乡长的良苦用心。

由于集体的、个人的副业都在长足发展，日新月异，如今到底有多少头猪、多少只鸡鸭鹅，已无法统计。加上大家又有个暗中比富的想头，保密就成了大家共同遵守的准则。廖副乡长最感头痛的是数字要不出，没有数字说明不了问题。当然，廖副乡长最反对的是统计加估计的做法，他主张实事求是。至少，不能冒报乱报。

禽畜养殖业发展了，也喜坏了兽医。乡里有三位农校毕业的开了个兽医联合诊所，承包全村禽畜疫病的防治兼阉割，很受村民欢迎。别的不讲，单说阉割一项就使三个青年忙得连方便的时间都没有！这时，有五户申请提前搞基建，村里也批准了，很快地噼里啪啦破土动工。

村里，外来的基建队伍人数已有四百多，吃的、住的都十分紧张。肖峰跟翠妹商量，想把翠妹的母亲请到这里办个小吃店，兼营香烟糖酒生意，准有赚头。翠妹同意，于是趁赶去黄草坝拉饲料的机会，跟妈妈说了这件事。翠妹拉饲料回来时，顺便把妈妈拉来做实地考察。此时，村里还没有人兴办小吃店，外来基建队都是东搭西盖，做临时饭堂，非常不方便。贵州婆凭她经营多年的眼光一看，就知道确有赚头，二话不说，选了个空场地就搭盖起来了。她借了老姑爷的骡拉马车，风风火火地进黄草坝去，拉来炊事用具，还带来两个红薯藤亲戚的妹仔做帮手，办起红河村饮食分店（主店就是她在巴结镇的米线店）兼营糖烟酒。前后三天就正式开业，果然生意兴隆。她又抱定一个薄利多销、热情、方便的经商宗旨，处处为顾客方便，茶水筷子随便拿，有小凳子给坐，喝酒划拳还有香烟供应，吸引了外来施工的人。每晚结算下来，竟都有五六十元的纯赚。

贵州婆办事在心得很，她不愿跟女儿姑爷住在一块儿，经济上你的我的分得一清二楚。夫妻俩都很明白母亲的意思，也不去叨扰她。只要她有收入，就由她去，这也算是报答她养育翠妹之恩。村里见翠妹母亲办小吃店大有赚头，有几家也跟着办起来，但经营方式没有贵州婆老手，所得不多，仍然还是贵州婆生意兴隆。

很快，又过了一个月，甚至连上头也不再提美国人要来的事。廖副乡长早在半个月前就收拾包袱回乡里了，只留下一句硬邦邦的话给村干部：“但凡贷款买电器的农户，秋收后务必全部还清！”

一些村民悄悄笑道：“倘是两年前，这话准要吓死几个人。可如今呢，不过几千块钱罢了，不过出手叮当响一阵罢了，还怕拿不出来？既然有话说秋收后，我们也乐得存在银行里多拿几块钱利息！”

廖副乡长一走，村里的“发展规划指挥部”又恢复了，又把肖峰请去当顾问。肖峰是老实人，牢骚归牢骚，为村里办好事实事他是乐意的。只是他更小心谨慎，唯在技术方面当个顾问，其他的一概不理。

外国人要来的消息泡汤以后，一些调皮的青年说风凉话：“可惜这样的谣言太少了，若是一年里有一两回，嘿嘿，怕是连小汽车都贷款给我们买呢！”

七月底的一天，肖峰接到肖琳的一封信。说爷爷再次获准续居半年。另，美国学者组建的联合考察组一行十五人已决定七月底启程前往红河村，届时爷爷托组长克莱德斯米尔教授带些美国特产回去，都是爷爷在这里亲手种的，望家里尽心接待克莱德斯米尔教授一行。

接待外宾对肖峰来说，并不是什么新鲜事。过去他风光时，一年中也接待一两批，并且都是官方往来，他不想让这件事从自己这里张扬出去，就把信收了。

翠妹从黄草坝回来，肖峰把肖琳来信说了，只说到爹又获准续居美国半年。

翠妹听了，瞪大眼睛说："我怕爹是过惯了美国的生活，不愿回哩！"

"不会，"肖峰摇摇头，"爹乡土情最重，他肯定要回来的。只因身体还很好，多在国外待些日子也说得过去。"

过了几天，肖峰从黄草坝回到村里，天色已经很晚。他把车驾到饲料房去，只有小邱姑娘一个人在，不见翠妹。他停住马，小邱过来接过马绳拴牢。肖峰跳下车，就搬饲料。两个人把饲料都卸毕，肖峰问小邱："翠姐呢？"

"刚才村主任派人来，把翠姐喊到村部去了。"

"什么事？"

"没有说。"

"多久啦？"

"怕有半个钟头的样子了。"

肖峰有点不安，匆匆忙忙给马卸套。小邱说："肖叔，你忙去吧，我来招呼马匹。"

"这——就拜托你了。让它们打滚后先不要忙喂水，让它们歇息一阵以后才牵进厩里喂。"肖峰说罢，匆匆往村部走去，连搁在大车上的衣服、帽子都忘了拿。

小邱把三匹马都解脱了。累了一天的马，卸去背上的赘物后，就都在地上尽情地打滚，搓动一番。而后才跳起来，抖掉身上的泥尘，得意地嘶叫着。小邱依照肖峰的吩咐，不敢马上喂水。她把马缰绳都各拴在柱头上，就先把草料倒进槽内，撒上些咸水搅拌，再拉来胶管，准备让它们吃饱喝足后替它们冲淋身上的汗腻。这是她平时见翠姐这么做的，她深知肖峰非常爱护牲口，每次回来都打理得干干净净。“怕我们不懂招呼，才不让我们碰？其实也没什么难嘛，刚好我一个人，让我来做一回，保证他们满意！”她高兴地想。岂知她没有料到，负重的马一旦卸去后，全身血液流动便进入大脑，刺激大脑各部位兴奋。特别是公马，性兴奋极强烈，那东西就伸出来了——因为如此，肖峰翠妹才一直不许她们靠近，怕姑娘家难堪，这是夫妻俩的好心。

当小邱把胶管拖了来，正要解开缰绳时，不妨一眼看见——就好像这马长了第五条腿一样紧贴在肚皮下面。她臊得满脸绯红，血液沸腾。左顾右盼，幸好没人在场，她的心怦怦地乱跳，边忍不住目不转睛地紧盯着望，边想，“原来他们不许我们靠近，就因为这样子呢！”另两匹大马也都是一般的，她再也禁不住终于笑出声来。她担心有人进来撞见，匆匆把缰绳解了，都牵进厩房里。饿乏了的马见料就吃，吃得津津有味。小邱用掸子一匹马一匹马地替它们掸去那身背的泥脏。她不住地笑，既觉得很有意思，又觉得很不好意思。

肖峰急匆匆地往村部走去，只见村主任、副村主任都在。他们见肖峰进来，就都站起，给肖峰让座。副村主任笑说：“说曹操曹操到。”

肖峰坐近村主任身边，接了村主任递来的烟。副村主任帮他点上。村主任道：“村里研究，打算请翠妹担任集体养殖场的技术指导。不必到场帮工，只求随喊随到，传授养殖技术。月报酬一百。翠妹说她定不得，要等你来才决定。刚说你，你就来了。”

“算了吧，村主任，我们两个今后都不要再挂什么‘顾问’‘指导’的头衔了。乡里乡亲，村里的事也就是我们的事，省了这笔开支，只要信得过，我们保证随喊随到。”

村主任懂得肖峰不愿的根由。他想了想，轻轻一叹，说：“哥礼，过去的事都不消说了。几年来你给村里做的贡献，我们都记在心里。你既然这样开口，我们今后麻烦你俩的就多啦！”

回家的路上，翠妹告诉肖峰说：“村部的养殖场出了点事，死了几只鸡、一头小猪。现在一个怪一个，谁也不认账。有几个大嫂撒手不干了，村里说是管理问题，要整顿，并加强技术指导。”

“所以找你？”

“是的。”

“鸡死——查出原因了吗？”肖峰听说鸡死，有些紧张，“是不是鸡瘟？”

“看来不像，正在查原因。”

“怎么懂得不像，又正在查原因？”

“兽医说的，可能是喂养技术问题。”

“你的意思呢，愿不？”

“我才不愿。”翠妹说，“人多嘴巴杂，我听不得叽叽喳喳。做好了是人家的功劳，做不好怪你。我何苦去受那份气，没得饭吃我也不去！”

“话不能这么说，”肖峰劝导妻子，“我也看得出来，毕竟同情我们的是多数。老支书、村主任、副村主任都同情我们。但权不在他们手上，就不能都怪他们了。再说，我是抱着‘宁可人负我，我也决不负人’的想法，去原谅世间的一切，包括那些到现在都还想把我往死里整的人，我都决不记恨，我决心宽恕他们。至于为什么要这样，我说不出。我只是不想让这些小人的事再来干扰我现在的生活！”

翠妹把牙齿咬了又咬，恨恨地说：“哥礼！虽然你不曾和我讲过你过去的那些事，也有人跟我说过一些。你的吃亏，就是在于你太过老实，过分相信人。你懂吗，整你的，除了有求于你而达不到目的就记恨你的以外，几乎都是你提拔上来的那些人！吃饱饭屙屎放锅头，忘恩负义！这才是‘狗大咬主子’！”

翠妹的这些话，刺痛了肖峰的心。他沉默一阵，惆怅地说：“翠妹，从今以后我们都不要再提那些往事了！我已经决心原谅所有得罪过我们的人。既然现在村里有求于我们，也是为了大家的事，我们虽不挂那个职位，帮一帮，却是我们做人的本分。”

“那我明天就去看一看呗。”翠妹长叹一声，望着丈夫，然后从袋里拿出一封信，“可能又是肖琳的信，我没有拆开。”

肖峰拆开信，读了一遍。他又把信封详细地看一阵，眼睛突然发亮起来。但他很快把这喜悦、兴奋的心情压下去，默默地把信递给妻子。

我的爸爸：

儿已于七月五日顺利抵达英国，在剑桥大学攻读应用物理，时间两年。维珺已先儿一个月到美国约翰斯·霍普金斯大学。小哲送去哈尔滨随姥爷和姥姥生活。

来日方长，望爸爸注意保重身体。代向妈妈问好！

敬礼！

儿肖瑾于英国剑桥大学

一九八九年七月二十日

“啊，肖瑾和维珺出国了！”翠妹又惊又喜。

肖峰露出了少有的微笑，但他什么也不想说。他只是为儿子感到骄傲。

一轮皎月，升起在树梢。夜空比较清朗，原本天角有几颗闪烁的星星也变黯淡了。肖峰于是想到了那些熟悉的星系星座。他幻想有朝一日闲暇后，恢复天象观测的嗜好——只是如今还顾不来。

“也寄些钱给肖瑾吧？”翠妹说。

“不必了，他们是公费留学——再说，你惹了一回事不够，还想惹第二回？”

翠妹淡淡一笑，不理会丈夫的幽默，只是说：“哥礼，是你教子有方啊！”

“不是我，是他们靠自己的努力。难道你不见爹是文盲，我也能大学毕业？”

八月五日，在红河村的历史上可称得上不平凡的一天了。这天中午，乡长和乡党委书记带了一队人马匆匆进村。胆子略大些的走近看，认得还是原来的那些人：政协，统战部，对台办，侨务办。十几个人，既兴奋，又行色匆匆。不一会儿，所有的村干部都被广播喇叭紧急召到村部。

肖峰在饲料房里听到了这个通知。他心中很清楚个中缘由，看来美国人就要到啦。不一会儿，广播里又传来村主任的声音，并且声调跟既往十分不同：“所有红河村公民，不论男女老少，马上到晒谷场集合，快！”

可是，大白天里人们大部分出工去了。喊了半天，晒谷场上也就四五十人，而且多是老头、老太婆和学龄前儿童。一会儿，广播里传来一个稳重、庄严的声音，肖峰听得出是廖副乡长的官腔，他亲自出马了，一字一句喊道："紧急通知！紧急通知！所有建筑业、饮食服务行业，所有集体的、个人的养殖场、站、园，都听着！听到广播后，立刻停止工作，全部到晒谷场集中开会！"

他这一招果然灵验，不大一会儿，人们都停下了手中的事，稀稀拉拉地前来了。肖峰也带着四位姑娘扛着凳子前来参加会议。晒谷场里有四五百人，大多是玉林、钦州、北流、贵县的建筑队。贵州婆也带着两个贵州姑娘来了，小张她们便和她俩一处坐着说话。肖峰上去跟贵州婆打招呼，贵州婆见是老姑爷，就怒气冲冲而又放低声音说："简直无法无天了——他们叫我马上停业。什么时候恢复，'另行通知'！"

"是谁告诉你这样的？"

"不晓得人，说是上头的指示——肖老广，你看这怎么办？"

肖峰奇怪，美国人他来他的，跟贵州婆有什么关系呢？贵州婆见他不作声，就说："他们说我一不是这里人，二是乱搭乱盖，影响村容，限我今晚全部拆除，离开这里——你能不能帮我说句话？要不，我每天得损失几十块咯！"

"他们什么时候跟你说的？"

"刚刚！"

肖峰往会场中间望去，只见县、乡来的领导都坐满了。他想了想，思忖着对她道："如果是县里来人的意思，就不大好说话啦——我问村主任看看。"

肖峰说着，就朝村主任走去。村主任也看见肖峰了，见他正朝自己走来，急忙摆手，然后回头对县、乡来的领导们说："大白天，人很少在家，就这些人啦，我看开始吧。"

廖副乡长主持大会，于是他宣布大会开始。

"大家肃静，现在开始开会。请县委候补委员、县委统战部副部长给我们做重要指示！"

李副部长庄重地走到讲台前面，可不待他开口指示，村子前面的公路上就响起一连串的汽车马达声。接着，公路上烟尘滚滚，一长排小汽车朝村子里驶来。人们的秩序开始乱了，大家都站起身，往村口拥去，任凭村干部怎样指挥都不灵。

小汽车一辆接一辆开进村里来，汽车喇叭的"嘟嘟"响声从不间断——美国人来了！

原来，美国考察组是货真价实的民间经济状况考察组织，同时还有旅游性质，所以无须通过官方的正式外交途径。当县里接到消息时已经来不及——美国人已同时到达县里。他们早就在美国办妥了签证，这次前来，全体成员轻装简从、昼夜兼程，一进广州聘到翻译后便马不停蹄地直奔红河村而来。途中所经省、地、县都不停留，不声张，以图在人们毫无准备的情况下采取"突然袭击"，才显得真功夫。

会是开不成了。诸领导只好一边把人劝走，一边拿出主人翁的姿态上前迎接。两个月学到的几句社交用英语，已经交还给了老师。开始大家都是相视而笑，点点头，做手势。后来不知道谁先忆得起来，说了声"哈喽"的招呼，于是满场便只听到一阵阵"哈喽"的语声！

美国学者突然到来，打乱了原本的周密部署。大家只好临阵磨枪，各展其能。肖峰却趁乱，溜回了家，岂知小张等四位姑娘先回来了。因为美国人已来到，肖峰估计岳母小吃店的事也会不了了之，就不必找村主任了。

美国考察小组中，克莱德斯米尔教授会讲比较流利的汉语。十五人中只有两个人跟中国人会话时不须用翻译，其中一个是他。他把考察组的护照、证明印件都亮给了李副部长和村主任看。然后，李副部长在前领路，其他人压阵，领着美国学者们，大家都秩序井然地往村部走去。后面，是一大群看热闹的小孩和外来基建队，倒没有多少是村民，村部门口，挤满了人，大家都像赶街一样围着，谁都想一睹为快。

村部大门口的墙壁上，并列排着象征九个村级组织的九块大牌子：

中共红河村支部委员会；

红河村村公所；

共青团红河村支部；

红河村民兵营营部；

红河村妇女代表大会；

红河村治安保卫委员会；

红河村调解委员会；

红河村村民委员会；

红河村村民小组。

克莱德斯米尔教授看了牌子，非常惊讶。他决料不到中国的村一级也会有这许多的政权机构及与此相应的众多领导（他误以为县和乡来的领导也是这个村级的领导）。因为秩序已乱，人们一时忽略了作相互介绍。克莱德斯米尔教授望着实力雄厚的“村级”领导们，大都西装革履，不系领带，文质彬彬，再次举起一本英文证书，以资证实该小组的合法身份，而后用半通不通的中文，简单阐明来意。

克莱德斯米尔教授致辞结束，先是无人敢鼓掌。后来由村主任带头鼓掌后，大家才跟着鼓起掌来。陪同美国贵宾来的翻译小姐，用清晰流畅的普通话把克莱德斯米尔教授刚才那艰涩难懂的致辞翻译了一遍：“刚才，美国民间联合经济考察组组长、哥伦比亚大学经济学家克莱德斯米尔博士说：自二十世纪八十年代以来，在中国共产党开放、搞活的经济政策的指导下，尊敬的红河村全体公民通过自己的劳动创造，在传统的土地上取得了难以想象的成效。我们十五个大学教授，来自美国的七所大学，纯粹是民间性质的经济考察活动。我们属非官方机构，我们经济考察的经费依靠募捐得来。我们此行，不属政治性质。在此，允许我代表我们十五人小组向尊贵的红河村领导们，以及尊敬的红河村全体公民，对我们热情的欢迎与接待表示真诚的、衷心的、崇高的感谢。谢谢大家！”

村主任再一次积极地带头鼓掌，大家跟着。但因为事先没有准备，谁也不知道该说什么，更怕说错话收不回。况且，在座的职务又都不一样。后来，李副处长因有牵头之意，大家公推他代表发言。李副处长却因为近来感冒，声音嘶哑，恐有损形象，推给乡里，乡里因廖副乡长曾在本村抓点，拟由廖副乡长发言。廖副乡长说村主任是主人翁，外宾是到村上来考察的，理当由村主任全权出面。村主任无人可推，便只好接受。可他却不知道该说些什么，不该说些什么。想了想，便只好按照跟贵州人打交道常用的那种社交礼节，友好地递给克莱德斯米尔教授一支自卷烟，并说道：“来，师傅，先抽支烟。”

村主任如此冒失，真令李副处长、廖副乡长冒了一身冷汗。克莱德斯米尔教授非常高兴，恭恭敬敬地接过，咕噜了一句外国话，就把这支烟请进了他的雪茄盒里。他认为这是中国民间的社交习俗，也抽出一支粗大的雪茄，双手递给村主任，用中国话说了个“请”字。村主任大大方方接过，学着贵州人的样，把雪茄夹在了自个儿的耳廓上。十四位美国教授看见，都各自取出一支来，学着克莱德斯米尔教授的做法，递给了靠自己最近的领导。大家都高兴地接了，学着村主任，把雪茄都搁到了耳廓上，然后也各自敬送一支中国烟给美国贵宾。在这些中国烟中，有“阿诗玛”牌子的，有“刘三姐”牌子的，有“云烟”的，也有“农民牌”的自卷烟，李副处长一向抽希尔顿，当然不便用外国烟敬外国人，他也聪明，跟廖副乡长要了几支阿诗玛，送了一支给跟自己对面的外宾。这便是后来全县广为传笑的“香烟外交”趣事。

廖副乡长把围来观看的人都动员疏散了，剩下的都是至关紧要的人物。村主任吸着自卷烟，醇醇地吸了两口，胆子便壮起来。“外国人也是人，同样抽烟吃饭，屙屎屙尿，有什么可怕？”他见自己的做法成功了，便大着胆子跟克莱德斯米尔教授搭腔。

“师傅，我听刚才你也懂讲我们的话一点。”

“Yes，a little——会一点，讲得不好。”

“你们的话我不懂讲，”村主任笑笑地说，“两个月前教过我们几句，都忘了，给老师还回去了。只记得一句是‘哈喽’！”

克莱德斯米尔教授爽朗地笑起来，喜欢这位青年的坦诚，村主任见这位老外组长和蔼可亲，大胆多了，开始跟他交谈，也顾不及发表什么欢迎词。

“老师傅，你们想考察我们什么？”

“Oh！这就对了，还是不要客套的好。我们是想来看一看：贵村的农民，经济方面是如何获得成功？做法怎样？公民的生活、情趣、想法、信仰什么的。这就是我们此行的目的，谢谢！”

“嘻嘻！老师傅你不是开玩笑吧？这点事不值得兴师动众……”

村主任嘴上是这样说，心头却犯了嘀咕。美国佬说这话用意何在？还有……

“Oh，你太谦虚喽，我和肖教授是很好的朋友，他常与我提起他的父亲！”

“嗬……你说的恐怕是哥礼了，这老兄！他有个儿子在美国当科学家，就是阿琳那小子，小时经常回来的。现在出国了，长大了——肯定是他！”村主任恍然大悟起来，大声说道。

在座的领导听了村主任的话深受启发，都一致猜到是肖峰了。

“对了，肯定是他！”对台办主任说。

“他——那个老家伙？！”李副处长轻蔑地问。

“老师傅——呵，不对，克先生，克教授！你们要去拜访那个人吗？”村主任望着克莱德斯米尔问。

“我们此来，其中一个目的就是专程拜访他，对肖的父亲做个访问，”克莱德斯米尔教授兴趣盎然地说，“当然还有，其他的公民，我们也乐意访问。”

坐在旁边的哈佛大学国际经济学教授鲍，也是个中国通，会一口流利的汉语。他说汉语比克莱德斯米尔教授还流利，这时他插话进来，说道：“啊，对不起，克莱德斯米尔博士的意思是，我们将要分头到各家拜访——我们都请了翻译来。我们的宗旨是不打扰贵村生活，因为我们纯粹想进行民间经济考察，是美中两国人民之间的友好交往。”

“师傅，你的意思是不要我们跟，你们自己走访？”村主任问，又把目光转向县、乡来的各位领导。

“Yes！ Yes！”鲍教授点头，高兴地笑说。

“你两位的意见？”李副处长问另外的两位副处长，征求他俩的意见。

“村主任的意见呢？”其中一位问村主任。

“我没有意见。”村主任望他们，应道。

“同意！”三位副处长异口同声。

于是大家如释重负，并把权力下放给村主任，由村主任全权办理此事。

“这是集体决定，”李副处长说，“指定专人，回头把这情况录下来，形成一个专题向领导汇报。”

克莱德斯米尔教授到此时还认不清在这众多官员中谁的职位最高。他见村主任出面甚多，人们都看村主任的眼色说话，就认定在这二十多位中国官员中村主任的行政职务最高。为了进一步表示友好，克莱德斯米尔教授逐一把同行介绍给村主任认识：

“布雷迪博士，哈佛大学经济学家。”

“鲍，哈佛大学国际经济学教授。”

“吉米·帕特里克，哥伦比亚大学经济学家。”

“……”

村主任一一点头，跟他们握手。然后，他也把县、乡来的领导都介绍给了外宾们认识。克莱德斯米尔教授才知道，原来还有这么多县、乡级官员亲临该村，而村主任的职务是最低的。

“今晚上，外宾的生活安排……”李副处长开始出面主持工作了，他把村主任视为第一副手。

“随便什么都行。”村主任说，“集体开伙，猪鸡鸭鹅鱼蛋都是现成的，只是没有西式厨师，只能‘土法上马’，分散也行，一家一个，同样少不了猪鸡鸭鹅鱼蛋。由你定吧，部长。”

“凡事都要先做调查研究而后才行动——让我先跟外宾打招呼。”李副处长转向翻译，“请问外宾，是在集体饭堂吃饭，还是分散到各农户家？我们没有西餐名厨，让他们尝尝东方烹饪。”

翻译小姐把李副处长的话译成英文，告诉了克莱德斯米尔教授。

“我们，分散，到农户家进餐。”鲍先说道。

“Yes！”克莱德斯尔米教授点头。他用英文征求其他十三位教授，大家都说了句“OK！”

小姐翻译了。李副处长拍板：“我们领导也分头下去陪客，两个陪他们一个。村主任负责通知条件较好的，家里有一个文化水平在初中以上的、讲究卫生的十五家农户，做好晚餐接待的准备工作！注意，菜不要做得太土，不能十样八样都做一碗！切肉要适中，大块了人家笑我们，小块了说我们小气！另外，派一部小车马上到乡供销社，以乡党委名义跟供销社先借几瓶香槟，几瓶啤酒——没有茅台——要十五瓶桂林三花，十五瓶湘山，十五瓶千杯少。现在是——”他看看表，“三点十一分，六点整准时开饭！村主任，你说，派谁去要酒？”

“副村主任，乡供销社主任是他姐夫的弟，红薯藤亲戚。”村主任说。

副村主任应一声，站了起来。

“用我的小车，速度要快！”李副处长说。

副村主任出了门。廖副乡长撵上去，喊道：“记得还要五条‘刘三姐’！”

不一会儿，传来吉普车的发动机响。很快，一辆吉普车驶出村就一溜烟高高冲起，往乡里飞奔而去。

“村主任，你看还需要注意哪方面，现在马上布置。”李副处长对村主任道。

“这你放心，我来安排。”村主任说，面向民兵营长，“对爱打闹的青年集中训话，‘天狂天有雨，人狂人有祸，马狂马翻驮’！你主要负责治安防范和外宾的安全工作。”

“我马上就去！”营长站起来就走。

“注意，按时回来吃饭！”李副处长补充道。

村主任面向妇联主席和团支书，因为两个都是妇女干部。“用我们的壮话，通过有线广播告诉大家，”村主任改用壮话给两位女干部下指示，“说清楚，这段时间呢米准布拉凌晨粗口话，伙喽开展‘五讲四美三热爱’，提倡精神文明。里大家讲清楚，布拉也不准吵架同海！不准放纵狗阿门，不准公狗惹母狗！小公猪不得靠近老母猪，以免笑话！刚拉车回来的累马尼，不准拴在明眼的地方，逗人笑牙！放母鸡也要先把公鸡关笼！这些决定通知各家各户，半个钟头用我们自己话广播一回。布拉要是违反，出了洋相，伙喽虽然不主张秋后算账，也要追究！”

妇联主席和团支书对望一眼，有些不乐意。村主任一眼看出，道："伙喽要想搞好工作，干部自己先得思想通！本身封建，怎能说服混赖？去，解放思想，大胆工作！"

村主任又面向文书和会计："你两个负责把十五家可靠户名单拟出来，请李副处长审批后，立刻用广播通知！"

"还有一个用厕问题……"侨务办领导作难地摊开双手，摇了摇头，望向村主任，望向大家。

在农村，这个问题最棘手。因为亘古以来，此事一直靠"打游击"解决。农村的习惯，就是盖得厕所来也没有人愿进去屙。可是——总不能也让外宾跟着打游击呀！

李副处长头疼了，弄不好会影响村里的形象。"难道整个红河村都没有一间厕所？"他问村主任。见村主任低头不语，他气来了，却又很快忍住，"你白当了三届村主任啦！怎么连这个问题都解决不了？"

"嗬，你不说，连我也蒙了。他家后园有一间，是蛮干净清洁呢——可是，也不能让外宾上他家排队屙屎呀！"村主任思索地说，"是不是这样，临时用席垫围着，里面放一只水缸——我在省里开劳模会，西园饭店的高级厕所也是坐着屙——李副处长，你看这办法妥不，请明示。"

"将就这样呗。"李副处长如释重负，"谁去办？"

"调解主任，"村主任说，"你去，多搞几处地方。跟群众讲清楚，以后用集体副业款买赔。"

村主任发号施令完毕，转向李副处长，请示道："您看这段时间里，外宾们的活动……"

“先请外宾参观集体副业。”他说。

村主任即转向克莱德斯米尔教授说：“我们还要进行录像，拍照，录音。”

于是，在村主任的率领下，浩浩荡荡的队伍向村副业场开进。

十五户上了广播名单的农户刚好都有人在家，于是便忙开了。肖峰没有听到有自己的名字，本当乐得清闲。但肖琳有话，提到克莱德斯米尔教授，万一他来呢？想到此，他放心不下，为防万一，还得准备些菜才是。于是他和小胡要了两鸡一鸭，自己和小邱回家来弄菜。这时，有几家来找他买鱼，他便提了一张网去，在塘里撒了几网，网上二三十条鲤鱼上来。他把小些的丢回水里，拣两条大的留下，其余的都卖了。然后到小菜园里摘了些蔬菜，葱、蒜、姜、芫荽、韭菜，这才回转家来。小邱已把鸡鸭都剥干净了毛，洗干净了肠。他便又泡香菇、云耳、干笋，拿出花生来剥。小邱也从冰箱里取出猪肉、鸡蛋，动手做蛋卷……五点钟时，翠妹也回来了。她驾着大车回到村里时，早看见小学操场上停满了小汽车，猜到美国贵宾到了。于是她把车驾进饲料房，把骡子交给小胡后，就匆匆转回家来。刚巧这时广播里传来村主任的声音，指名道姓地要肖峰家准备六个人的饭菜，丰盛些，并务必在六点半前开饭。

小厨里，丈夫和小邱姑娘正忙得热火朝天。肖峰见妻子到，高兴地笑起来，说：“谢天谢地，总算把观音菩萨盼来了。”

翠妹捋捋袖子，洗净手，接过丈夫的锅铲来，就先开火炸花生。两个火灶都用来做菜，三个人忙得直淌汗。一会儿，小张、小秦回来，增加了帮手，一个人做一样，肖峰才得坐下来歇一口气，抽支烟，然后对她们说：“克莱德斯米尔教授跟阿琳同一个大学，这一餐招待得好啦，阿琳脸上也有光。”

“外国人喜欢吃面包，我们没有，是不是煮面片也行？”翠妹问丈夫。

“可以，擀一大碗面片。”肖峰说。

“打算弄几道菜？”翠妹问。

“你看呢？凭你跟你妈学得的手艺，你看这些东西能弄几道菜——要实打实的，有风味的，不是充数的。”

“顶多十二道。”翠妹点了一下，答道。

“能不能凑个整十五？”肖峰问。

“那就增加油炸大对虾——我们塘里有，你马上去捞，马铃薯炒片肉，蒸肉镶豆腐——这几道菜，得去找我妈帮忙，要她即刻做出来。”

“我去。”肖峰摁灭烟，提着捞网去了。他捞有半斤左右蹦蹦跳跳的对虾，只只都有手指头般粗。肖峰把捞网放好，拎着装对虾的袋子就往贵州婆的小吃店走去。贵州婆正在小吃店里忙碌，有些人正在那里吃喝。肖峰把要做的都跟岳母说了，并告诉她美国人已经来到，村里已顾不上理睬这小吃店，要她放心做下去。贵州婆二话不说，立刻亲自动手弄。因为有的是现成货，不消半个钟头就弄妥。她让两个姑娘端着，给老姑爷送家里去。

六点半，在李副处长和村主任的陪同下，克莱德斯米尔教授、吉米·帕特里克教授、鲍教授谈笑风生地走进了肖峰的家。

肖峰两口子热情地接待了儿子的美国朋友。克莱德斯米尔教授受肖琳的委托，给肖峰带来了一包美国的最新保养品，以及老父亲从家乡带去后在美国栽培出来的四季豆腌制的豆角罐头，还有南瓜子、葵花子，以及美国的水槟榔、莲子。

克莱德斯米尔教授向肖峰讲述了肖琳一家的生活近况。茶罢，宾主入桌。三位美国客人高兴能在红河村吃上如此丰盛的中国菜，具有典型的东方烹饪的特点，色味香俱全，很合西方人的口味。

美国人不习惯在主人家做客时也谈论生活以外的事，因此大家只讲些风土人情方面的趣闻。李副处长是第一回接触外宾，生怕说错话，让人抓辫子，所以很是谨小慎微，拘束少言。外宾们每一道菜都尝一点，尤称赞大枣炖乌鸡，都说味道好极了。肖峰把其中滋补的原理跟他们一讲，大家便都风趣地每人多饮了两匙羹汤。克莱德斯米尔教授不会饮酒，连啤酒、香槟都不碰一碰。吉米·帕特里克教授倒是饮了半杯的桂林三花，而后就是饮香槟。鲍教授品尝了一点自酿的苞谷酒，喝了啤酒。

饭毕，姑娘们端上茶。克莱德斯米尔教授这才把来意向主人说明。肖峰想了想，就介绍了自己一家如何根据科技兴农的政策，在以家庭联产承包责任制为基础的前提下，发展农业生产，积极发挥禽畜养殖业在发展家庭经济中的优势，通过辛勤劳动，初步走上脱贫道路的经过。他着重讲述了十一届三中全会以来，遵循党中央关于农村一系列发展农业经济政策，在村部的领导下全村如何艰苦创业，脱贫致富的过程。

肖峰的话不多。他的话，都由中国通鲍教授承担翻译。三位美国客人也详细地询问了肖峰家逐年经济收入状况、支出状况。吉米·帕特里克教授很有礼貌地问到了聘用四位贵州姑娘的事，他说他很想知道它属于什么性质。

肖峰知道他问话的意思，想了一会儿。当然由自己来回答也许不恰当。肖峰踌躇片刻，认为不做些说明恐怕也不妥，于是就泛泛地讲解了一番。

吉米·帕特里克教授在听了鲍教授的翻译后，平和地一笑，再问了些别的情况。他的询问非常详细，任何一些不清楚的都要反复问。肖峰对他的一丝不苟非常敬佩。

饭桌上的气氛很佳，大家都友好地笑了，村主任的笑声最爽朗。唯有李副处长，一脸严肃，半点不笑。

敏感的克莱德斯米尔教授用英语问肖峰："Do you speak English？"

肖峰点点头："Yes，a little."

"Does your friend speak English？"他又问。

肖峰知道他指的是李副处长，就摇了摇头，答道："NO."

于是克莱德斯米尔教授用英语问道："他好像是病了，是吗？"

肖峰想了想，答道："是的。"

鲍教授问翠妹："尊敬的夫人，能问你的芳龄吗？"他有礼貌地对翠妹点点头。

"我二十五岁。"翠妹微微一笑，显得落落大方地说。

"请问夫人，明年，你们还扩大再生产吗？"吉米·帕特里克用英语问，鲍把话译了出来。

"那可不一定，到明年看情况再说。"

鲍把翠妹的话译给了吉米·帕特里克。

"你们，不种田啦？"他又问。

"谁说不种啦？以粮为纲，多种经济。我们是种养结合，立体养殖。"翠妹爽快地说。

鲍把翠妹的话译成英语，吉米·帕特里克听了，很感兴趣。

“我们就要走了，明天。”克莱德斯米尔教授望着热情好客的主人，“请问有什么物品，托我们带？给肖老先生，或者肖教授？——不必客气，都请说。”

“谢谢，我们没什么可带的。”肖峰感谢地说。

村主任在一旁，说道：“哥礼，人家一片好心，你就给他带一点嘛！”

“那就带两包烟丝和两捆火绳。”肖峰说。

村主任笑起来。当肖峰把烟丝和火绳拿出来时，三位美国客人也都友好地笑了。克莱德斯米尔教授回忆说：“Oh，对的！肖老先生喜欢这个。他周游美国各地，在飞机上也带——水烟筒。”

大家都笑了。

晚上九点多钟，美国经济考察小组离开红河村，赶回县城住宿。一村人都到村口来送行。外宾们还分别跟各位领导、跟肖峰一家，跟吃饭的农户家合影留念。美国人走后，李副处长一行也随后跟着走了。

红河村又恢复了繁忙、热闹。机器的轰鸣声、人们的笑语声，以及猪嚎、鸡啼、鹅叫，小孩家哭闹，大人的呵斥，跟红河的涛声，汇合成一支红河交响曲，衬出了红河村在巨变。红河村大大地出名了，周围两省远近的村庄，都知道有个闻名国外的红河村。

九、寒冬逢春

一个月很快过去。村里的建设已初具规模。村部领导除了忙自个儿的家，忙公务，忙名目繁多的报表，忙处理各种村务之外，而今又多了一层忙碌：接待四面八方接踵而来的参观团、取经队，真是应接不暇！谁来都指名道姓要村主任出面。眼下，单单忙还不算，还得照应一两餐吃的——在哪吃？村里既无饭堂，村民也多不在家，就只能掏自个儿腰包了。于是，家庭养殖场的鸡呀，鸭呀，蛋哪，菜园里的菜呀，粮食呀，自个儿酿制的苞谷酒哇……都用来接待“来宾”。村里拿不出接待费，乡里更不可能。人家吃饱喝足，至多交一块钱的“标准费”，你敢跟人家算实际支出账？久而久之，家里实在支撑不住了，老婆第一个跳起来反对。接着是二老，再就是看不顺眼的亲兄弟、堂姐妹、表姑婆。在“众叛亲离”、势单力薄的情形下，村主任只好向乡里递交辞呈，也不须等待乡政府批文下来，他就自动下台了，把印把子塞给了副村主任。

“我如今也是无官一身轻！”他见到肖峰时，高兴地说，“早料到这样，我先跟你学就好了。”然后又不无遗憾地道，“唉，到老婆提醒时才知道已经损耗了四千八百块接待费，精神劳损还不算，落得个如此下场！我真是一个笨人了。”

肖峰只是笑笑，什么也不说。村主任用力拍了拍他的肩膀：“我还以为你也打算盖间洋楼——为什么不盖？”

肖峰无声地笑笑，知道他是个直性子，为人豪爽也坦诚，想一阵，他才道：“我和翠妹都不是村上的，黑人黑户，哪能在这里盖房？”

“怎么不能？地皮是你们肖家的！”

“万一半夜有查户口的来，你说怎么办？”

他叹一声，同情地点点头。老实说，他是心有余而力不足，想帮却又帮不了。虽然如此，肖峰在心中已是很感激他。

参观、学习、取经、考察的人仍旧络绎不绝，接待的任务就落在年迈的支书肩上。支书向来为人稳沉、练达，是一位饱经风霜的老人。他不像原村主任那样到处乱放炮，怪话连天；他也不敢挖集体墙脚，但自己又实在是承担不起，也不能转让给村民。怎么办呢？他只好违心地要么在介绍经验时速战速决，让他们提前离村无须管饭；要么就倚老卖老，装聋作哑，故意不提“吃”字，让参观人员饿肚子回乡找食。他想，大不了说句老糊涂，要不就撤职，也没什么了不起。不久，乡里果然有个通知下达，说他不称职，免去他的支书一职。他也高兴，四十多年来第一次清闲在家。

只是这么一来，担子都落在了副村主任一个人肩上。副村主任本是个老实巴交的农民，原来还有村主任、支书同撑天时，他听令行事有模有样。如今真让他单枪匹马上战场，既不知道怎么干，又亲眼见两位能人的下场，未上任就先吓昏了。他不敢推托，也承担不起，心头一急，哮喘病发作，住进了县医院，整天在床上喘得脸紫筋涨，靠打氨茶碱度日。

红河村三根顶梁柱都倒了，乡里才发觉事情不妙，问题不小。经过分析研究，于是做了几项颇得人心的决定，并以行文的形式下达红河村全体干部群众知悉：

第一，参观团从今以后不在村里食宿。一律回乡政府吃住，在乡政府饭堂集体用餐，伙食费按实际支出结算。

第二，红河村九个基层组织的干部采取轮流值班制度。值班补助从村办事业经费中开支。非脱产村干部按日值计算报酬。

第三，恢复支书和村主任职务，既往不咎。责成从今以后努力工作，将功补过。

为此，红河村的生活秩序又恢复了正常。

刚过了白露，秋分没有到，天气就渐渐凉下来了。田野里，是一片金黄的稻谷。肖峰叉着腰，站在酸枣树下，回首望着那垌垌梯田，连绵的山峰。耳边，机器声的噪响压进了河水的咆哮，在肖峰的眼里，红河村已不再是十年前初回到时乍见的红河村。昔日的破篱笆烂竹搭、断墙残瓦已经不见，刚建起的几十栋楼拔地而起，是这么醒目耀眼，生机勃勃！那白展展、似一把倒放的大伞般撑开的卫星地面接收站屹立在村头，几乎家家的房顶上都立有电视机外接天线！这一切，都使肖峰心潮难平。一切都在变，都在朝美好的方向变……

肖峰思绪起伏。“既如此，个人的不幸又算得了什么呢？”他默默地把目光收拢，望着染红了大半个天空的晚霞。他在深沉地反思，回顾，比较。“是的，生活的天地是如此宽阔，而要想取得事业的成功，必须靠毅力，靠意志，靠奋斗，靠流汗……十年，就这么过来了。岁月无情，命途坎坷，沧海桑田瞬息万变。所幸的是十年里自己并没有倒下，十年艰难历程，一晃而过。在这十年中，有辛酸、有眼泪，也有笑颜。这就是生活，这就是人生。酸甜苦辣，狂风暴雨，都过来了，‘路曼曼其修远兮，吾将上下而求索’。饱历了人生离乱，劫后余生，才深刻体会生活升平之珍贵。热爱生活，珍惜今天，才能保持生命的隽永！”

许久，肖峰才慢慢踱步回家。妻子还没有回来，小邱姑娘刚巧进来，她是来弄饭菜的，肖峰请她到鸡场里抓只大项鸡来。

“有客？”她问。

肖峰笑笑地摇了摇头，把她支走了。他自己拿了个捞网，到鱼塘去捞鱼。当肖峰提着两条鲤鱼回来时，小邱已把鸡杀好。他把鱼给了小邱，自己便到菜园里，摘来青菜，两个人便一道动手弄。七点半钟，饭菜弄妥，翠妹才回来。她见满满一桌菜，便笑问道：“有客人？”

肖峰不语，只是指指墙上挂着的日历，日历表明今天是九月十二日。四位姑娘也来到，都兴高采烈地围坐在桌边。只有翠妹深悟其意，她默默地取来五只酒杯和一只高脚小杯，给每个酒杯里都斟满酒。这只高脚杯是不轻易用的，就连逢年过节也不见得就用上。只有翠妹知道，但凡用到它，就必是丈夫有难以展开的心事了。

四个姑娘见他俩的神情，猜到准有事，便都收敛了既往的笑靥。肖峰见状，知道自己不愉快的心情影响了她们，抱歉地笑笑，道：“你们尽管愉快地吃，不要管我。”

她们都以为他思念老父亲了才心情不快，于是谨慎言语，没有了往常的说笑。肖峰见状，极力把心事忍住，端起杯来，一饮而尽。

翠妹见丈夫一脸忧郁，怕他过分伤怀，就宽慰地说道："不要想那么多了，把心放宽，一切都会慢慢好起来。"

"肖老在美国，一定过得很愉快。"小邱望着肖峰，同情地说。

肖峰知道她们都误解了，才长叹一声，惆怅地说："我是在回忆往昔，难免有些伤怀。"他端起杯，对她们道，"你们都很年轻，未来向你们召唤。人生的道路虽然不平坦，但凭着你们纯洁的天性，热烈的追求，我预祝你们永远向上，永远幸福！"

姑娘们都感动地举杯，喝了。肖峰这才让翠妹给她们斟上香槟。肖峰又端着杯，说道："在我家，委屈你们四位了。要是说我曾经有过对不起大家的地方，那就是我老糊涂啦，请大家多谅解我的不是。也希望你们四位，把这里当作你们自己的家，不要见外。"

小张笑笑，真挚地说："肖叔，翠姐！你们应该把不愉快的往事挪开，不要再想它。'山重水复疑无路，柳暗花明又一村。'我想，只要家人健在，生活欢乐，碗里有吃，就是幸福！我们既不与人攀比，不惹祸，凭自己的才智和勤奋，'寻得桃源好避秦，桃红又是一年春'。我代表我们四个，敬你和翠姐一杯，祝愿你们生活永远幸福，美满！"

肖峰和翠妹愉快地笑了笑，大家碰杯，一饮而尽。肖峰轻轻地擦擦嘴，欢快地说："谢谢你们了。借你这吉言，小张，从今日起我一定把所有不快全部抛开！'花飞莫遣随流水，怕有渔郎来问津。'安心在这红水河畔，用自己的劳动装点生活！"

翠妹兴奋得面孔红润润的，用筷头敲了一下小张的碗边，笑道："真不料你还懂诌两句诗，我是也看不出你哩！"

"生活中谁不忙呢？可再忙也得应该自有生活的节律。"小秦平时不大喜欢言笑，是四个当中比较文静的一个，通常是未开口说话便先红了脸。如今竟也插话进来，声调甜润、语声细细懒懒地说："人生中，应该是，'不要人夸好颜色，只留清气满乾坤。'肖叔，我们虽然不全理解你的难处，但我们见你不时叹息就猜到你定有隐衷，世事多磨，古往今来，不平事多着呢！岂是由人所定？也让我在这里借花献佛，肖叔，翠姐，'疾风知劲草，板荡识诚臣。勇夫安知义，智者必怀仁。'我想，人生短暂，生命稍纵即逝。我们并不崇尚曹公的'人生几何'，却也'劝君莫惜金缕衣，劝君惜取少年时。有花堪折直须折，莫待无花空折枝'——赶紧生活吧，把我们的生活来装点，莫负此一生！"

翠妹称奇了，也用筷头敲了一下她的碗，笑说："嗐！真想不通，我家藏有四位才女在这里哩！"

肖峰让几位天真烂漫、无忧无虑的姑娘给影响了，遂把心事都抛开，振作起来。

一九八九年即将过去了。当凛冽刺骨的寒风袭来时，年关已近。近一年来的辛苦，总算获得了好收成。在这一年中，既有欢笑，有汗水流洒，也有悲戚的眼泪。但不管怎么说，也摘取了用汗水浇灌的果实。红河村第一条宽广平坦的街道建起来了，人行道上栽上玉兰树。齐刷刷的两排新楼，衬出了人们的喜悦。鞭炮足足响了一天，庆祝人们乔迁之喜。第二条新街道跟已建好的街道垂直，当中是个宽阔的十字路口，街的正中，建有一个美丽的花圃，是大家捐资建成的。这第二条街道也已经划定了地基，开春后便动工，共四十栋样式新颖的小洋楼。村部办公楼就将建在十字街口。

经过几天的经济核算，村公所公布了一年来的集体经济收支情况，用大红纸张榜宣布：集体事业总收入四十三万八千七百零五元一角三分。总支出情况是：赔还借私人二十五万元，赔还建房时补偿给个人二万一千元。年初时集资剩余四万七千一百元，集体余款额为二十一万四千八百零五元一角三分。属于村集体所有。计划是，用三万四千八百元在一九九〇年进行扩大再生产。这样，村公所还有十八万元的积累。集体经济算是迈出了第一步。

农户方面，全村平均户收入四万九千元。除了有四户收入仅达一万元外，一百零九户人家收入均在三万元以上。其中肖峰家收入最高，从二月二日开始到十二月二十五日止，扣去成本和支付工资、奖金、车马费用，电费，水费，吃食以外，净收入累计达十九万七千九百五十五元。其次，依次是会计、文书、支书、副村主任、民兵营长、村主任、治保主任、妇联主席八家，均在十三万元以上，有十六家在十万元以上。全村这一年里银行的存款额是五百六十万元。

粮食也获得丰收，因为经济雄厚了，采取科学种田、追肥、浇水，防治病虫害等，都取得成效，人均有粮达六百一十三斤。肖峰家粮食也创下历年最高产量。

翠妹召开了“家庭扩大会议”，给四位姑娘提前发放全年工资每人二千四百元，另给每人三千六百元红包和两套高级服装，兑现了跟兽医的合同奖金。她还代表肖峰宣布给四位姑娘元旦放假两天。连同集体的和部分私人的赔回款在内，翠妹存了二十二万元在黄草坝银行。

四个姑娘嘀咕一阵，决定轮流来，每人只放一天假回黄草坝。她们舍不得让肖峰和翠妹在节日里自个儿忙碌，反正距春节也只还有二十来天，可栏里还有三十七头大肥猪，场里也还有千多只肉鸡、两千来只小鸡和七百来只鸭，没有帮手可真够呛。元旦这天，小张和小邱先进黄草坝，当晚回来，第二天轮到小秦小胡，也是当天下午返。到三号这天吃中午饭时，四个姑娘每个人捧出一套男装一套女装给肖峰和翠妹，作为她们的一点点心意。翠妹倒还没什么，肖峰却眼圈红了，激动得说不出话。一些曾受过肖峰接济的农户，而今富裕了也并没有忘记肖峰夫妇。元旦这一两天，相继来送还借款，并唠了会儿家常。

贵州婆这一年也纯收入一万七千多元，乐得她眉开眼笑。她的脾气也古怪，在红河村开店这么长时间，竟不到女婿女儿家来吃过一餐饭，就有事也只叫一位姑娘来，她自己绝不会来。只因她不是这地方人，搭盖的地方已被征用做建房基地，终于还是被挤走了。在这方面来说，肖峰实在是无能为力，帮不了她什么。肖峰为此感到非常惭愧，觉得很对不住她，也对不住翠妹。贵州婆拆迁小吃店那天，肖峰流了泪。翠妹见了，极力相劝，说道："又不是你的错，妈也没有怪你，难过什么呢？"

"我愧对三亲六友。"肖峰心情沉重地说，"想我曾经也风光过，从没有利用手中的职权帮过任何一个亲友谋利。就连苦了一辈子的老父亲，按政策他有资格随我到省里去吃农转非，可我非常的廉洁奉公，都没有让去。"他气愤地说道。

"得了，得了，懂得你很委屈了！你喊这么大声做什么，怕别人听不到吗？"翠妹生气地对丈夫道，"自己笨，现在才来后悔，有什么用？别人有的，别人得的，你管人家用什么手段弄到，你自己摘的果，还怪哪个？我说，把过去的统统扔进垃圾桶吧！荣誉也好，耻辱也好，都不值得再提。你我恩爱，亲人健在，清茶淡饭也香甜！”

肖峰唯有垂泪，激动得说不出话。有这样一位善良的妻子，这后半世也不枉为人了。

天下没有不散的筵席，为低调处事，避开争端，肖峰决定罢手收摊。虽支持丈夫的决定，翠妹还是变成了个沉默寡言的人，艰难地将决定告诉了四位姑娘，她们虽伤心，却也表示理解。六个人忙了两天，把猪、鸡、鸭、鹅，还有鱼全都处理了。共得六万九千七百多元。翠妹舍不得卖掉那只芦花母鸡，她把它搬到厨房里来，并做了一个舒适的窝给它。她给了四位姑娘每人一千元钱的红包，让肖峰用大马车把她们送回黄草坝。她自己不忍去，因为她怕自己太伤心。

把姑娘们都送到家后，肖峰一个人在猪市里转悠，最后买了两只小白猪。小张等四位姑娘来请他去吃饭，他去了。五个人进了花江王记狗肉店，由姑娘们做东，请了一餐肥肥腻腻的清炖狗肉。倘在平时，肖峰是最喜欢吃狗肉的。每来一次黄草坝，他都少不了光顾一次花江王记狗肉店。可如今，他一口也咽不下，四个姑娘也吃不下，默默地相对垂泪。肖峰极力安慰她们。他什么也不说，把许多的话都梗在了肚里。他尽量现出欢颜的样子，专说些令人愉快的，可他越是这样，她们就越感到伤怀……

临别，小张给了他一大包东西，用网兜兜了，说是四位小妹送给翠姐的。肖峰也不拒绝，感激地收下。

回到家，安排妥小猪崽儿的吃食后，已是夜晚。夫妻俩谁也吞不下饭，翠妹把头靠在丈夫的肩上，不住地摸丈夫的白发。白花花的头发，写出了丈夫的沧桑岁月。肖峰抱着妻子，说不出话。心中却在不住地叨念：妻子啊，你本当凭着你天赋姿色，凭借你这十分美好的青春，在生活里找到一个美满幸福的归宿；可你并不，你宁愿跟我这个老头子并肩在风浪里，生活在人墙的夹缝中，为我分忧，和我一道为生活而奔波劳碌、备受折磨，毫无怨言！正是你，才使我得以在这个人世上顽强生存……你把我的欢乐看成你的欢乐，你把我的痛苦当作自己的痛苦！让我怎样才能表达对你的感激和爱？肖峰唯有深深的内疚和不安，久久地说不出一句话。翠妹也只是掉泪。夫妻俩相偎无言。夜已经很深，他们没有吃晚饭，也不觉饿。久了，肖峰怕妻子饿，才要起来煮些面条鸡蛋给她，翠妹摆摆手不让煮。

"你又打算忍吗？"她哽咽地望着丈夫问。

肖峰捂住妻子的嘴，不让她把话说出口，只是说："有你爱我，疼我，为我分忧，给我力量。就凭这个，我得要好好地生活下去，才对得起你！"

他服侍妻子上了床，而后躺在她身边，一支接一支不停地抽烟，眼睛老是睁瞪着，没有一丝睡意。直到后半夜才浑浑噩噩睡去，半睡半醒，做了许多噩梦。

当一觉醒来，妻子已经起来了。一缕阳光，透过纱窗照到床上。他急忙起身，妻子已经煮好一碗鸡蛋汤，放进沙参留待给他。

小张她们走了，没有了往昔姑娘们的笑语欢歌，翠妹怀旧，忍不住又滴下泪，肖峰跟妻子分吃了那碗鸡蛋汤。而后，她用饲料喂喂芦花母鸡，芦花母鸡乖乖地伏在她脚旁，任她抚摸。肖峰坐在一侧抽烟，翠妹抱着母鸡，拿过一张凳子，来到丈夫身边坐下。

“你从黄草坝带回那网兜是什么东西？”

“哦，是小张她们送给你的礼品——不知是什么，打开看看。”

肖峰说着，走过去，从网兜里取出用报纸包的一包东西，打开来，原来是四盒“人参蜂王浆”。翠妹眼圈又红了，她睹物思人，想起跟她们的友谊，软簌簌地滴下泪来。

除了四盒蜂王浆，还有一小包东西，上面放有一封信。翠妹放下芦花母鸡，哆哆嗦嗦地打开那小包东西来看，竟是一沓整整齐齐的人民币！她急忙拆开那信。

敬爱的翠姐、肖叔：

你们好！离别了你们，我们失落了一半的欢笑。千言万语不知从何说起。和你们一样我们四个也是口拙心笨，诉不出心中的话语。四千元钱奉还，你们给我们的太多了，留给自己买点补品吃吧。你们的好心，我们已深领。生活的道路是宽阔的，不要时时怀恋过去（友谊是应该珍念的）。注意身体，热爱生活。此一别，也不知何时才能再见。但不管怎样，我们曾经在一起共度的时刻都将永远留在我们心里，成为永恒的记忆。

今后但有机会，我们一定回访你们！谨祝你们春节愉快，生活永远幸福，欢乐！

你们的贵州四位小妹妹

一九九〇年一月十九日

翠妹捧着信哭了。

肖峰任她痛痛快快地哭一回。哭过之后，便会觉得好受些的。他望着空无人坐的凳子，静悄悄的四壁，除了红河的涛声，往昔的机器轰鸣没有了。虽临近过年，也没有多少悦耳的鞭炮声，听不到猪的嚎叫。他长长地叹一口气，在心中默默地说："这便是艰难人生……"

"今后我们怎么办？"翠妹哭罢，把泪抹了抹，将头靠在丈夫胸口。

"饭照样吃，地球照样转。我们原先怎么样做，今后还不是照自己样做！"肖峰望一眼外面晴朗的阳光，振作精神，对妻子道，"人活着是美好的，要有美好的生活，得靠勇气、信心。养殖场要继续办下去也行，因为这符合党的农村经济政策。但是我们两个不做了，让你妈来做。"

"为什么由我妈来做？"翠妹有些吃惊。

肖峰叹一声，说："你妈只你一个女儿，她本希望你嫁一个乘龙快婿，好让她将来有个依靠。不想你却嫁了我——说什么我心里也很过意不去。你也是，拿什么报答母亲的养育之恩呢？所以，我们就把养殖场赠送给她吧，也算是我们对她的一种补偿！我计划是，投资两万另给她五万做底本。让她把小张小邱她们四位姑娘请回来——这样，你妈到头来也有个依靠了。你以为怎样？"

"那，我们两个呢？"

"古诗云：'天涯何处无芳草'。只要我们热爱生活，有勇气肯勤奋，还怕没有我们落脚的地方？"肖峰说，"还有件事，我想了一晚，跟你商量商量。"

翠妹望定丈夫。肖峰取出一支烟来，点燃火，深深吸了一口，才征询地说道："我想，再寄给肖琳、肖瑾各两万，给爹寄去四万。另外捐十万给村部，报答村里对我们曾经的支持——你看怎么样？”

翠妹想一会儿，眨眨眼睛，望着丈夫，“钱，我并不在乎。我只想懂得我们两个今后的事。”

“至于我们两个——”肖峰拉起妻子的手，走出小厨，来到后院。阳光普照大地，把地上染得金黄。他把双手扶住妻子的肩，郑重地说，“钱这东西，多了，是个累赘，还会招来嫉妒、烦恼、不安，甚至危险！少了，也让人疲于奔命，衣食无着，穷困潦倒，为赚取它而不择手段！因此，我做了这些安排，剩下的也够你我一辈之用了。然后，找一处相对清静之所，我们安安逸逸地生活。你呢，想做什么都行，但不要太劳累，也无须为生活担忧，尽情地享受人生的欢乐。”

“你呢，你做什么？”她问。

“我打算在这样的环境里写点东西。四十年经历，加上我积累的资料，足够我写的了。”

“我只怕白费精力，写来没有用。”

“不能这么说……只要是正当的劳动，辛勤也总会有点收获。我是人民的一员，我以积极向上的笔墨歌颂美好的生活，同时也指出我们前进道路中的某些弊端，告诫后人要正直，勤奋，要有追求……当然，我从来没去考虑过能不能出版，我只觉得把这些都写出来是我的责任。是一种使命驱使我去写。当然，也是我的爱好！因此，我想过了，我非写不可。”

“到哪里去找这样的世外桃源呢？”翠妹轻轻问。

肖峰不语，他叉着腰，凝视远方，“是呀，上哪儿去找这样的

‘世外桃源’？”他扪心自问，却找不到答案。

翠妹极力揣摩丈夫的心。丈夫思想深邃，她实在无法测知。她是个不惯闲居的人，随便梳洗一下，就到养殖场去了。因为那里还有三马一骡一牛，以及丈夫多余买回来的两头小白猪。其他的，全都空荡荡的。

妻子去后，肖峰点上一支烟，踱步来到酸枣树下面。高大的酸枣树被人砍去一个小缺口，拜神用的石块被挖掉了，地面也平整了。只是不知为什么，砍树的人没有继续砍下去，把它砍倒。肖峰背靠着树，静静地向村里望去。小城的规模已展现在红河边上，给人一种清新兴奋的气息。回首望，十年前的荒山已经不见，开始披上一层薄薄的绿，这是园林专业队的贡献。肖峰伤感地摇摇头，想得很远。村里寂静非常，根本没有什么过年的气息。机器的轰鸣没有了，连猪鸡也减少了往日的哼啼。

一阵风吹来，寒冷刺骨，光秃的枝杈在风中摇曳。红河的涛声依然如故，“哗啦哗啦”地随风传来，敲击着他的心头。没有搞完冬耕的农户依然出工，闲暇无事的青年们因为手头有钱，大半都出外游逛去了。放了寒假的孩童天真幼稚，未知父母的苦衷，依然在村头玩耍，他们现在盼的是快些过年。肖峰田地里的活儿已经完成，冬种豌豆、绿肥也做完了。养殖场一停业，他就闲得难受。在酸枣树下站得麻木了，他才往自己的饲料房走去。

距离春节还有三天，乡邮递员给肖峰送来一封信。是肖琳从美国寄来的，很厚。他把信拆开，里面附有一篇复印的论文，该文英文发表。肖峰先看作者，是克莱德斯米尔和吉米·帕特里克联合署名，题为《从红河村的变迁看中国农村经济》，刊登在美国《新经济论坛》杂志上。肖峰把论文看了两遍，文章比较客观地叙述了红河村的经济增长状况，有详细的统计数字。而后说，此种小农经济得以数倍数十倍于前地增长，是靠了“搞活、开放”政策的结果。对农业国的中国来说，农村经济是整个国民经济的基础，因为中国有八亿农民。纵观红河村的经济，其性质是社会主义性质。因为生产资料是公有制，土地山林为集体所有。个体农民在接受了“家庭联产承包责任制”这个长期经济政策的指导下，在使用范围内开展以粮为纲，发展多种经营的种养结合体系，开辟了家庭养殖业，走上初步致富道路。从以上分析，现阶段中国农村的性质仍然是社会主义的。个体农户因经营上的需要，聘请帮工，不同于资本主义的雇佣制。因此，两种制度不能相提并论。

肖峰有些激动，他又来到酸枣树下。农村的习俗，在某一方面来说也是根深蒂固的。红河村虽然遭了这一场“霜冻”，过年的热情并不减分毫。此时，家家都在杀年猪，准备过年。孩子们已经开始零星地放炮仗了。高大的酸枣树，枝丫茂盛。那高高的树梢上，栖息有几只老鸦，不时“呱呱呱”地叫着。因为祖辈沿袭下来的，人们习惯了村头的大树，听惯了乌鸦的叫声。这一带村庄的人们并不以为听到乌鸦叫会是某种晦气，反而有一种熟悉的亲近感。小时候肖峰听惯了乌鸦叫，中间隔了三十年没有听到，如今又有幸听了十年。听着熟悉的乌鸦叫，肖峰想：“鲍也罢，克莱德斯米尔也罢，各人的观点不同，看问题的角度和高度也不同，有不同的见解和认识该是正常现象。学术界要没有争鸣，没有比较，就不能明辨是非曲直，就不会有科学的进步，社会的发展。问题是，我们怎样去正确认识此种争鸣，并从中吸取有益的。而不是人云亦云，或说风就是雨……”

肖峰想到这里，就把思路带住了。他觉得这些都不是自己应该考虑的范围。少数人的作为并不能代表全体、整体。这些背离了真理的东西，总要纠正的，只不过是需要一个过程。对此，他深信不疑。他对生活充满希望，也正源于此。

他把论文收了，拆开儿子的来信：

敬爱的爸爸：

您好！

旧的一年已经过去，充满希望的新的一年又将来临。我们全家在这里向爸爸和妈妈问候，祝你们新春快乐。

应瑾弟的请求，爷爷已在上个月飞抵英国，剑桥，看望瑾弟。然后和瑾弟回哥伦比亚，把维珺也接来共度我们中国的新春佳节。过完节后，待春暖时，爷爷决定返回故乡红河村。老人家拒绝了这边对他的挽留，因为凭着我和邝琳的身份，爷爷（还有您，爸爸）完全可以办理永久居住手续和加入美国籍。但是爷爷不愿。爷爷让我写信给您，春节后希望您——还有妈妈——能来美国一趟，顺便把小哲也带来。全家见面，玩叙几天后再一同陪爷爷回国。邝琳的父母，维珺的叔父也都极希望您来。

爸爸，您一定来吧！我们等着您。

儿肖琳于哥伦比亚大学

一九八九年十二月三十日

肖峰把儿子的信反复看了几遍，眼里涌出了泪水。他想父亲，思念儿子，思念孙子。

这时，村主任从那头小路雄赳赳地走来。肖峰抹去了泪，他不让人看见他掉泪。村主任远远望见肖峰，喊了声“哥礼”，几步小跑，来到跟前。他笑笑地递上一支烟给肖峰，肖峰用打火机先帮他点燃火，而后自己也点燃，二人慢慢地吸起来。肖峰知道他两天前刚恢复了村主任职务，只是他在经过这几次挫折后，说话、做事变得小心谨慎得多。两人默默地抽了一阵烟，同时向村里望去。红河村曾经是村主任的骄傲与资本，后来为这“骄傲”倒了霉，如今“官复原职”，他的思维就比以前复杂得多了。

肖峰仰望长空，长久不语。村主任见他手头拿着信，便问道：“谁的信——又是阿琳从美国写来的吧？”

“是的。”

“都说些什么呢？”

“我爹准备回来。”

“嗬！他老人家不留在美国啦？”村主任吃了一惊，他简直不相信自己的耳朵。

肖峰只是点点头，没有说话。

“听说你想离开这里，到外面去？”

“你听谁说的？”

“乡亲们都说。”他道，“是不是真呢？”

肖峰没有答。他用手扶着酸枣树，轻轻地抚摸着树身。这儿是他的故乡，埋有他亲人的骨殖，有他祖上留下来的老屋基。既有他童年时的足迹，又有他十年来风雨历程的脚印。他拿出自己的烟，给了村主任一支。两人都默默地吸着，谁也不说话，各人在想着各人的心事。

好久，村主任才指着树下被砍去的缺口，难过地说：“老祖宗留下来的树，都差点砍了。要不是我来得快——”

“村里的那些集体经营，还做吗？”肖峰问。

“你的意见呢，哥礼？”他望着肖峰。

“没有集体经济，村级领导机制就不能够巩固。没有巩固的村级领导机制，党和国家的政策、法令，就不能传达、贯彻到广大群众中去。集体经济不仅要办，而且应该大办才是。”肖峰轻轻地说，“你当了多年村干部，事事靠摊派，你见好吗？”

“好个屁！干部磨破嘴，跑断腿，不说统筹摊派，村干部喝西北风？谁愿白做事？”

两人不着边际地东拉西扯了一通，直到有人到处找村主任不见，用广播喊了，他才离去。

肖峰转到饲料房，见翠妹正在那里给骡马喂料。他走进去，马见他来，都嘶叫着。肖峰叹一声又笑道：“蹄痒了吗，又想跑黄草坝拉饲料吗？”

翠妹怕伤心，阻止他不让他说。这时，一场纷纷扬扬的细雨飘来，还带来刺骨的寒风。翠妹把围巾裹紧了脖子，抖了一阵，恨道：“我宁可天气怎么热都不怕，冷了什么也不好做。”

肖峰笑笑，忽然记起雪莱的一句诗，便轻轻念出口来：“冬天来了，春天还会远吗？”

2003 年 9 月 15 日初稿于钦州

2005 年 8 月 16 日全稿改定于北海

读后记

从小角度，映射社会巨变

杨桂宁

这是林坚毅老师继《野百合》之后，推出的又一部长篇小说，此作风格与之前的长篇大相径庭，这也给我带来了全新的阅读体验。

本书以政坛失意、暮年归乡的肖峰为主视角，讲述了20世纪八九十年代，位于红水河畔一个小山村发生的种种变化。从基层上看去，中国社会是乡土性的。从古至今，农民人口在社会总人口中比重是很高的，农民对社会的发展也做出了极大贡献。作为一名从农村走出来的记者，我感到无比骄傲。以前对自我生活的村子没有太多感想，在读完后再去回想，乡土社会果然都是大同小异的。本书以红河村发生的种种变化这个角度，反映改革开放之后，我国农村发生了翻天覆地的巨变。

说回主要情节，小说对主角肖峰的塑造还是蛮不错的。人生失意的肖峰决心从头开始，志心农耕，却事与愿违，他被村民视为怪人，处处受限制，受尽折磨。所幸他遇到了贵州妹，一个年轻姑娘爱上了他，变卖首饰赎他出来。老夫少妻恩爱有加，在寻求致富的路上，夫妻俩深山探宝、古洞寻珠、河底淘金、悬崖觅药……历尽千辛万苦，创造出一条致富路。他不计前嫌，以德报怨，带领村民共同致富，把穷山沟整治成了远近闻名的致富村。把肖峰这个小人物的人性光辉发挥到了极致。作为从农村走出来的孩子，我对农村的情况十分熟悉，在读的时候也偶尔会抽离出来思考：如果是我，下一步该怎么办？情节紧凑，围绕肖峰受到的种种不公待遇，读起来很是闹心。故事发展到结尾，虽然有些悬念，但我还是感受到了浓浓的宿命感。从主人公肖峰最后的遭遇这个小角度来看，中国社会的变革势不可挡。

最后，林坚毅老师曾提到了这部长篇的创作历程，了解了这个创作过程，更能深入体会作者创作这部小说的苦心。

这是一本值得一读的好书。

（读后记作者是《钦州日报》记者）